人间值得

韦凤英　著

天津出版传媒集团

百花文艺出版社

图书在版编目（CIP）数据

人间值得 / 韦凤英著 . -- 天津 ：百花文艺出版社，
2024.2

ISBN 978-7-5306-8782-6

Ⅰ . ①人… Ⅱ . ①韦… Ⅲ . ①长篇小说－中国－当代
Ⅳ . ① I247.5

中国国家版本馆 CIP 数据核字（2024）第 052881 号

人间值得
RENJIAN ZHIDE

韦凤英　著

出 版 人：薛印胜
责任编辑：张　雪
装帧设计：吴梦涵
出版发行：百花文艺出版社
地址：天津市和平区西康路 35 号　　**邮编**：300051
电话传真：+86-22-23332651（发行部）
　　　　　　+86-22-23332656（总编室）
　　　　　　+86-22-23332478（邮购部）
网址：http://www.baihuawenyi.com
印刷：三河市华东印刷有限公司
开本：880 毫米×1230 毫米　1/32
字数：168 千字
印张：7.5
版次：2024 年 2 月第 1 版
印次：2024 年 2 月第 1 次印刷
定价：58.00 元

如有印装质量问题，请与三河市华东印刷有限公司联系调换
地址：三河市燕郊冶金路口南马起乏村西
电话：19931677990　邮编：065201

自序

中国作协会员、乡土作家莫之椟前辈把对文学的追求称之为"做文学梦"，他还认为，对文学的追求，其本质就是对美的追求，所以称为美梦。美是一种境界，可以追求，可以到达。文学之梦是美梦，虽对生计无助，但对身心与人生有益。他还说过："爱好文学所需要的是平淡而长久的挚爱。我希望爱好文学的人，能以提高自身素质为出发点，长期地爱好文学。形成爱好文学的风气。爱好文学，不一定要以成为作家、诗人为目标。文学要用来濡养身心，这是一种益己益家益乡的行为。"我对这些观点深有同感。

文学可治病，写作可疗伤

我自幼多病，从少年到青年，从中年到老年，经常在诸多病痛中苦苦挣扎。每当病痛来袭时，我就想起文学作品里的人物，然后受到鼓舞，咬牙挺过病痛。病好后，我第一时间把患病时的经历与所思所想及时地写出来，以期感染读者，化病痛为人生前行的伴奏。有个文友看了我病后写的《生死体验》，给我发来微信说，人家患大病后得到的是痛苦的感觉，你患大病后却得到一篇好文章。我回信说，我就是用文字来治病疗伤的，把病痛写出来，就像吐出心中的郁结，病痛自然就减轻了许多。

做个小国王，尽己所能

文学写作要有平和的心态：别人有好条件好环境，笔下可以孕育出叱咤风云的人物，我没能耐，就生养个耕田掘地的农夫，社会同样需要；别人是工程师，可以设计桥梁、道路、高楼大厦，我天资不如人，就当个小木匠，修理制作一个个小板凳小饭桌，照样有用；别人有可下五洋捉鳖的本领，我本事小，就在浅水河湾里扑腾，捞些小鱼小虾，同样收获满满。人家的大手笔能驾驭重大题材，写出惊世骇俗的传世之作；我是个业余作者，就小打小闹记点芝麻绿豆鸡毛蒜皮的事；人家有才干在全国乃至全世界闻名，我土里土气能力有限，就在市内县内活动。

莫之棳前辈在给我的某封信中说过：我们县有130多万人口，相当于国外的一个小国了，你能在县内经常出没，有成就，相当于你是一个小国王了。你不要因利小而不为，千万不要放弃！我心里说，我不会放弃的。年轻时情感受挫，我很快抹干眼泪，在心里狠狠地喊道：什么东西！一边去吧，我还有文学！历经坎坷曲折时，我也不屈地在内心呐喊：挺住别趴下，我还有文学！甚至在病魔缠身、伤痛加剧时，我也在心里自信地呼喊：我不能死，我还有文学！精神之树不倒，所以我坚持到了今天。半个世纪以来，我在文学创作上虽然没有什么大起色，但是却依然长久地坚守在这块阵地上，一生一世不撤退，直到丧失意识为止。

长久而忠诚地挚爱文学

以前我在市县里的报纸杂志上偶发习作时，有人问过我，像这样发一篇东西有多少稿费？我说不多。这些人就不屑而轻蔑地说，钱这么少还自找辛苦？不值得！我说，就像有人喜欢麻将扑克象棋一样，这是爱好！没钱我也写。这是别人无法理解的，并且除了爱好外，我还要报恩，是文学从苦难中拯救了我，知恩图报是中华民族的传统美德，我要忠诚地挚爱她、回报她，长长久久，一生一世。

目 录

CONTENTS

1/ 辗转到人间

23/ 命运的转机

43/ 民办教师生涯

64/ 艰难的爱恋

85/ 艰难的成婚

185/ 把孩子送入城去

219/ 生死体验

229/ 后记

虽然人生路上苦难重重，

但人间值得走一遭。

谨以此书

向所有曾经给我温暖的

亲朋师友

致以

崇高的敬意及衷心的

感谢！

辗转到人间

樱子一落地就给家人带来烦恼与绝望！

一九五四年初夏的某天上午，在桂东南的一个小山村里，屋外的山山水水早已披满金色灿烂的阳光，樱子家里却是一片愁云惨雾。这是个什么情况呢？父亲阴沉着脸；母亲痛苦疲惫地啜泣着；外婆悲伤无奈地叹息着；祖母和邻家来帮忙的婶娘也在担忧地哀叹：怎么办啊？这孩子！

原来这天，樱子作为父母的第一个孩子，在母亲痛苦地挣扎、哀号、煎熬了两天两夜后来到人世间了！按照农村"头胎是金，二胎是银"的说法，头胎不论男女，都是父母的心肝宝贝、掌上明珠，都能给初次为人父母者带来喜悦，带来希望！可是樱子既不是金也不是银，连铜铁都不是，更没能给父母带来喜悦和希望，反而给父母的脑瓜里塞进了满满的烦恼和忧虑。

母亲难产生下的樱子是个双足内翻畸形的女婴！他们忧虑樱子不能走路，更担心她日后嫁不出去，无法自己养活自己，这既会苦了她自己一生，也会拖累家人一辈子的啊！

　　既然如此这般的烦恼忧虑，不如让她早日托生去吧。家人谁也下不了死手，便只能将她丢在家中的一个烂木盆里，上面再盖上一个烂木盆，想让她在木盆里窒息而死。不知是谁还给她喂过生米、烧酒，想让她噎死、辣死，可她就是不死。樱子在这圆形"棺材"里孤独无助地忍受着饥渴与蚊叮虫咬，苦苦地挣扎、哀哀地啼哭了几天几夜，母亲也跟着痛哭了几天几夜。父亲怪母亲生了个不中用之女，母亲则怪父亲在她怀胎时不听劝告，屋里屋外地乱动土、铺石板，犯了"胎神"，造成孩子双脚畸形。

　　外婆和母亲的四妹——樱子的四姨从始至终陪在难产的母亲身边，照料她坐月子，陪她痛苦，陪她悲伤。看樱子啼哭了几天不死，外婆就无奈地说，既然她命大，硬要留在世间，恐怕是你们命中注定要有这样一个孩子当头，下面的孩子才好养，还是抱回来吧，养大了再说。于是家人这才将奄奄一息的樱子抱回。这人生的第一道坎迈过来了，大难不死，樱子留在了人间。

　　祖母虽已分家，但樱子毕竟是她的长孙女，她想方设法治疗樱子的残足。她拿着樱子的生辰八字去找算命先生。算命的说，樱子前世是个领兵打仗的男人，杀生太多，要戴罪投生。托生者用泥砖砸她的左脚，用大石砸她的右脚，砸残之后再让她投胎转世，以示惩罚。但她有带弟妹的命水，在她之后会带出一大群弟妹，她会为弟妹挡掉灾祸。

　　祖母听说樱子有带一大帮弟妹的命水，就很重视她的存在，于是爬到村里那片山的顶处——黑头崖，为樱子烧香拜祷。黑头崖上面供着大王公大王婆两尊神——其实是两块大山石。大王公大王婆，保佑我大孙女也能像别的女孩那样，能走路能嫁得出去，能生娃能养家糊口，能担得起女人的担子。这是祖母对樱子最基本最朴实的期盼。

樱子满月后，母亲带她回外婆家，外婆用另一种方式补救樱子的残足——用较软的干杉树皮将樱子畸形稚嫩的双足往里夹，然后像古时候缠足一样，用布条将杉树皮与残足层层绑扎好，想用这种方法将残足扳正过来。樱子痛得成天哭闹，不吃奶水，双足又红又肿，渐渐黑瘀。母亲不忍看到樱子痛苦的样子，便将布条解开了，樱子这才停止哭闹。

在樱子断奶后，外婆把她接到身边，一直照料到她两岁多。但是，外婆不久后便离世了。

这所有的一切都是在樱子略懂人事后由两个姨妈、祖母以及左邻右舍陆陆续续告诉她的。

樱子在旁人看怪物般的注视下、家人的担心忧虑中长到了两岁多。在一个月朗星稀的夜晚，母亲惊喜地看见，在地坪边看着一群孩童吵闹玩乐的樱子，他们认定不会走路的樱子，竟然从地上站了起来，摇摇晃晃地走了几步，又跌坐在地上。母亲这才想起该教樱子学走路了，也就是从两岁多开始，樱子就开始艰难地用脚底朝天、脚背着地的方式跌跌撞撞、磕磕绊绊地踏上了她坎坷而沉重的人生路。

生了樱子之后，母亲又连续生了三个男孩，之后再生了两个女孩，家里便有了六个孩子。他们都是二十世纪五六十年代出生的，生不逢时，饥寒共存。在办集体大饭堂时，樱子才四岁多，本该是赖在父母怀里撒娇取宠的年龄，她却要每日三次瘸拐着双足，艰难地走到集体大饭堂去，领回属于她的那份名为二两实是一两多的烂米饭——饭堂规定不能由家人代领，然后拿回来与大弟分着吃。大弟还不够吃饭堂的年龄，在村托儿所里吃完被保姆克扣了一部分的幼儿粥饭后，因为吃不饱而不得不分吃她的那份。他们吃过老红薯根，吃过粗糠饼、芭蕉芯，吃过许多野菜和知名或不知名的野果，还吃过蝗虫、谷虫、知了、大头狗，连麻籽棉籽也吃。

大食堂解散后，人们仍是饥寒共存。在樱子的记忆中，童年和少年时期，白天吃的都是能当镜子用的、可以照见人的稀粥和缺油少盐的木薯干，晚上则是红薯或是那种很坚硬的、会痒喉咙的芋头以及掺一丁点儿米的杂粮饭。穿的就别提了，买布凭布票，许多人家都靠自己纺旧棉纱，用苎麻捻线来织布做衣服。樱子只穿过几套专门做给她的衣服，其余都是捡小姨的衣服穿。小姨很疼樱子，给了樱子一件她穿过的棉纱织成的套衫，这件套衫伴随樱子从小学到初中毕业，一直穿到不能再穿了才扔掉。那时大家都很穷，有布票也无钱买布，大人小孩穿的衣服都是补丁摞补丁，当时有句俗话叫"笑脏莫笑破"。

虽然是残脚，但是樱子却没少干活儿。祖父在三十九岁时就死了，祖母早已分家，她一个寡妇要养活小女儿和小儿子，要供他们读书，无法照料樱子他们，即使农村有"头孙当晚仔"的说法。这就苦了樱子，樱子从四岁起就要照看弟弟。有一次她和大弟二弟到池塘边玩儿，大家想摘池塘里的莲子，然而大弟却不小心掉到池塘里了。樱子吓得伸手去拉，够不着，又不懂得呼救。幸好有大人看见，这才把呛了水的大弟捞起来。父亲知道后把樱子狠狠打了一顿，怪她带弟弟去塘边玩儿。还有一次大弟在村巷里玩泥沙，玩来玩去便在巷子中央睡着了，恰巧有两头大水牛打架打红了眼冲进村巷，不知是大弟命大还是水牛有灵性，水牛经过时从他的身上跃过去了，没有踩踏他。

这惊险的一幕被父亲知道后，又把樱子狠狠打了一顿，责怪她不看护好弟弟。母亲为此哭了一场。

最为难的事是做晚饭，那时煮饭用的是两耳的大瓦煲，本地叫"牛头煲"，后来改用生铁铸的鼎锅。这两种锅都很厚，煮饭的时候，经常烧大半天，直到火灰堆积到煲底时饭都还没有熟。再后来又改用厚厚的平底锑煲——不是现在的铝锅，也同样难烧。那时的灶都是用几个泥砖头和一些稀泥巴胡乱潦草地建造的，又不装烟囱，烧的柴草又经常是半湿不干的。生产队有开不完的工，打柴割草都靠个人见缝插针挤时间，打回来的柴草来不及晒干就要塞进灶里烧了，樱子经常被烟火熏得头昏脑涨、眼睛火辣辣地疼。她因为经常把饭烧得半生不熟而招致父亲的打骂，说她不中用，饭也烧不好。她还得一边烧火一边照看弟弟，经常火烧了一半，屋里不见了弟弟，就马上出去找，把他拉回来。有时为了不让弟弟出去，樱子只得背着他来烧火，很吃力。她曾经有过这样幼稚的举动——烧完火后就双手合十，一边朝灶口拜一边轻声念叨：上天保佑今晚的饭是熟的，上天保佑今晚不会挨打。她那时才五六岁啊！

樱子再大一点儿的时候，除了照看弟弟、烧火煮饭、扫地喂鸡外，还要天天去野外找野菜野草回来喂猪。家里有一丁点儿自留田，大部分用来种青菜瓜果，母亲要卖菜挣点儿零花钱，剩下可怜的一点儿地种出的猪草远远不够喂猪的，大部分要靠找野菜野草来补充。

樱子八岁多的时候，父亲还没有送她上学。她渴望读书，便要求父亲送她上学。父亲担心她在学校里会遭人歧视羞辱，樱子说，我不怕，我能忍。父亲便让她上学了，她确实很能忍受，也不得不忍，不忍又能怎样？整个小学阶段，被同班或者不同班的同学打骂、侮辱、讥笑，她无力还手，也无法还口。父亲为樱子的前途着想，他知道必须让她掌握一种生存技能，也就是要有一门手艺在身。因此在送樱子上学的同时，父亲便早早地买了一台无敌牌衣车，这在当时是很富有的表现，因为全村仅有这一台，全大队也寥寥无几。樱子现在都还记得那台衣车的脚踏部位是木板做的。衣车过早买了回来，樱子还小，没人会用，邻村一个专门做裁缝的同姓本家叔祖便上门求借，父亲便将衣车借给了他。后来又将衣车折价卖给了这位叔祖。

　　几年后，父亲认定了樱子就该是靠衣车陪伴一生的人，于是又买了一台西湖牌衣车回家，并称待樱子长大后用衣车做嫁妆。樱子还没长大，还在读书，衣车闲着没用。当时兴修水利开始了，大批民工涌到大队驻扎，开山劈岭。一个头脑灵活的邻村人看到了商机，他向父亲借了衣车，然后在大队开了间店。还不大熟悉做衣服的他开始为"战天斗地"的民工们缝补衣裤，赚取每个来求助的人那么几角几分的人工钱。两三年后，舅舅又将衣车接着借回去用了。父亲这样一次两次买车借车卖车的折腾，加上他许下的那个在当时来说还算奢侈的诺言，害得樱子制衣的技艺还未到手，除了被人叫"蹩脚妹"之外，又早早地得了个"衣车"的绰号。每逢在上学路上遇见外村人，人家总会说，衣车来了，谁要衣车？在幼小的心灵里，樱子怨恨父亲的安排设计，怨恨他过早地张扬；也怨恨衣车，把衣车看作是她的耻辱，她巴不得父亲将衣车借出去或者卖掉，不要让衣车留在家里惹她烦恼。

　　说起读书生涯，更是充满了辛酸和眼泪。樱子用脚背着地、脚底朝天的方式走路，从没穿过鞋袜，冰天雪地也是打赤脚。赤脚最怕地上凸出的小石子、草刺等杂物，一接触便钻心地疼，家离学校二里来路，不算远，但每次瘸拐着赶到学校时总是迟到。每天早上在父母的喝斥中起床后，樱子总要干一大堆活儿。大弟负责烧一大铁锅稀粥，有时还熬一铁锅番薯、芋头或木薯干等杂粮；樱子则负责熬一大铁锅猪食，铁锅底厚，老烧不熟，好不容易烧熟了，还要晾凉米粥喂饱幼小的弟妹，还要喂鸡鸭。做完这些后，她才能匆忙地喝上一碗粥，然后包上一包木薯干，一边走路一边啃。等她艰难地瘸拐到学校时，人家早已上课了。不干家务不行，父母天没亮就出门干活儿了，或打理自留地，或上山割草打柴，赶在生产队开工前干一点私活儿，回来喝完粥后再背着弟妹去开工。遇到有些工种不能背着孩子做的，如割禾插秧，只得将孩子关在家里。那时总有干不完的活儿，大人辛苦，孩子受罪。

由于走路艰难，中午放学后樱子不愿回家，有许多路远的同学也不回家，但他们都带着粥到学校当午餐。樱子多次要父母给她买个四耳瓦煲——那是很通用的装粥用具，但父母就是舍不得花那点儿钱，家里也没其他用具可以装粥。她只好早上吃一顿，然后一直饿到下午放学回家。有时放学后家里什么也没剩下，樱子就只能急急地啃咬几个生红薯，将过度空虚的肠胃塞得胀胀的。她稚嫩的肠胃受不住这过饥过饱的折磨，十来岁便患上了很凶的胃病，中医叫这为心气痛，一发作她便痛得呼天喊地，满床打滚呕吐不止，只得用棉被枕头顶住心窝。

那时药物少，钱也少，家人经常去拔些草药熬水给她喝，但根本就不起作用。又叫本地的乡村医师开中药，也无法见效。刚起病时，每星期发作一次，每次最少三天，后来发展到不按时日，说痛就痛，一痛便不能吃不能喝，吃喝什么便吐什么，痛个十天半月是常事。父母在她的哭叫呻吟声中时不时会骂上几句，说什么平时放学懒回来，饿出病了，痛死你，还要折磨我们费时间花钱打理你，脚蹩也就算了，还要折磨人。言下之意是，鲜花才值得护理，小草应该贱生贱长，不值得费心机。

家里连床位也没有的樱子只能去祖母家与祖母挤一床，病一发作，自然会折磨到祖母。祖母用了许多土法，又去给樱子求神拜佛，但也无法减轻樱子的病痛。有一次樱子痛得受不了了，哭喊道，阿婆，快煲断肠藤给我喝，让我死了吧。没办法，每次痛得难忍时，祖母便弓着脊背，背着樱子在屋里慢慢地走来走去，像哄婴儿入睡一样轻轻地摇晃，希望用这种方法减轻她的痛苦。有时的确也起了作用，樱子在她背上会慢慢地感觉疼痛轻了一点，甚至迷迷糊糊地睡过去。

十二岁那年，樱子的病痛发作得更频繁了，没有一天是鲜活的，根本无法上学。她面黄肌瘦，软弱无力，头发枯黄，十足一个黄毛丫头，很像一棵被病虫侵袭快要枯萎的蔫巴巴的小树苗。祖母见樱子的父母无心也无时间理她，自言自语地骂了一番，听人说这小镇上有个中医的医术很好，便咬牙背她去离家二十多里路的小镇上求医。那时交通不便，出门无车，她艰难地背着十二岁的樱子，幸好在半路上遇到一个骑单车的好心人，载着樱子走了一程，祖母还是走路跟着。

赶到圩上，那医术高明的中医也只不过是开了一张中药方子打发她。祖母到药铺抓了药，实在累得无法再背樱子回去，只得和樱子走走停停投奔她的娘家。她娘家离小镇比较近。在她娘家的那晚，樱子除了胃痛外，还发烧了，头痛欲裂，大约是樱子从未出过远门吧，坐车被风吹了，受了风寒。祖母和她娘家人整晚都没睡，忙着给樱子熬药，炒生盐敷烫头部，甚至还给她烧香送邪。祖母经常一边照料她一边数落着，你生成个蹩脚的能顺顺利利长大还不打紧，偏偏你又病痛缠身折磨人。还经常骂樱子父母不理她。说句良心话，父母也经常带樱子去求医，药也吃了不少，拔过火罐，扎过钢针，甚至还带她去正规的卫生院和县医院看过。但她这顽病就是不断根，时不时就发作。父母为了生计，早出晚归，劳累得苦不堪言，不可能丢下活儿成天守着她。心理早熟的樱子对这点还是理解的，只怪自己命苦。

说来也怪，十岁那年，樱子的左脚竟奇迹般端正了过来，最初只是脚尖着地，脚跟还不能着地，几年之后就慢慢地真正"脚踏实地"了。

樱子上五年级的时候，班里的头头准备着拉队出去大串连，樱子行动不便，头头便不要她加入组织。樱子很委屈，看着神气活现、威风十足的他们，她无可奈何地将自己禁锢在教室里看课外书。

那时大家不上课，学校里的图书被乱七八糟地丢弃在一个破旧的阁楼里，幸好还没有发生过点火烧书的事，樱子就趁乱偷捡了几本能看懂的书。当时看书只是追求故事情节，并没注意作者是谁，直至长大后涉足文学创作时才知道她看过的书原来是一些名作家写的呢。《红岩》《钢铁是怎样炼成的》《青春之歌》《林海雪原》等小说，她就是那时候读完的，她那时的偶像也就是书中的英雄人物。

当时看这些书确实到了如饥似渴的地步，因为是偷偷看，加上是借别人的书，樱子就经常在煤油灯下看通宵。当时什么都缺，什么都得凭票，母亲经常骂她多耗火水。痴迷看书也经常耽误干活儿，或者把饭烧煳了，或者忘记喂猪了。父亲对此大发脾气，大骂不止，一边骂一边翻找她的书，声言找出书来烧掉，好在她收藏得很好，父亲找不见。有时樱子的胃病发作了，她就用个枕头顶住痛处，趴在床上，依然坚持看。正是这些文学书籍陪伴樱子度过了那个精神和物质都无比荒芜与贫乏的年代。

由于生活负荷过重，父亲的脾气非常暴躁，动不动就发火骂人，有时甚至为一丁点儿事就对家人大打出手。母亲、樱子和大弟遭殃最多，经常是他出气泄怒的对象。他没文化，骂起人来不讲章法，哪句够狠就挑哪句，在他面前，家人毫无人格尊严。他打人下手也很重，有一次大弟去碗柜里拿父亲留给他的食物，不小心将几个碗碰到地上摔碎了。这像要了他的命似的，父亲将大弟一顿狠打。看着大弟伤痕累累的样子，母亲心疼得大哭。父亲却威胁她说，再哭连她也一起打，女人的哭声会惹晦气进屋的。

还有一次，樱子半夜口渴，摸黑起床找水喝，黑暗中不小心踩到放在地上的饭锅，结果把饭锅的一个锅耳踩断了。听到响声后父亲跳起床，不是检查樱子弄伤了没有，而是检查那口锅坏了没有，看到一个锅耳断了后，他一个巴掌朝樱子头顶砸来。樱子耳朵嗡嗡地响，眼前火星迸射，第一次体会到了眼冒金星的感觉。打了还不算，父亲还大声怒骂，会渴死你吗，脚蹩也这么大力气，把锅耳都踩断了！挨了这一巴掌，听着这侮辱性的责骂后，樱子连水也不敢喝了，忍着渴躺回床上，心里在哭泣，这是我的父亲吗？我还不如一个锅耳值钱！

再有一次，在生产队挖花生时，就因为母亲用一句很平常的话反驳了他，他竟要用锄头朝母亲的头砸去。幸好在场的人将锄头夺了，他便改为拳脚相加，将母亲暴打了一顿。

每当他实施家庭暴力时，樱子和几个弟弟妹妹都心惊胆战，平时也提心吊胆，生怕哪一点惹怒他。母亲曾被他打得不想活了，上山找大茶藤嚼服，幸好被人发现夺了下来，将她劝回家。

樱子对他又恨又怕，很不理解他为何要对亲人如此残暴无情。心理早熟的樱子从小就与父亲有着一层厚厚的隔膜。每当樱子被父亲打骂后，她心里的委屈无处诉说，抑郁难受，心气痛便更厉害了。已经十二三岁的她还在和祖母共挤一床，有时候，祖母知道她委屈，便安慰她说，熬着吧，熬到长大了就好啦。算命先生说过，你是苦瓜命，先苦后甜，命中注定你要先吃苦的。

有一次樱子心气痛又犯了，母亲请来了一个从大医院下放来的女医生，据说她是犯了什么错误被下放到乡村来当赤脚医生的。也难为她，背着还不会走路的孩子，挎着药箱，走村串户为大家诊病治病。她一进门母亲就怨气十足地说，我这蹩脚女成天生病，没有一天是鲜活的，花了不少钱。女医生马上安慰她说，不要紧，她长大后给你挣回来。看她的面相就知道是个聪明女，定会有出息的。几句话把母亲说乐了，樱子也深受感染，病痛似乎也减轻了许多。

祖母和这位女医生的安慰，让樱子在以后的许多困苦与病痛折磨中坚定地相信，只要自己不死，就会长大的，长大了就好，就会有出息的。

上天给人制造了这方面的缺陷，却又从另一方面给予补偿。樱子在学校里虽然受到某些同学歧视欺凌，但她读书成绩不差，所有老师对她都很好。尤其是她喜欢看书，写的作文经常被老师当作范文念给全班同学听；每逢节日的时候，学校出墙报，上面肯定有她的作文，有时不止一篇，而是两三篇。同村有个家长看到墙报后回去数落他女儿，说她连一篇作文也没上过墙报，人家某某连上了几篇。他女儿回答，她是蹩脚，所以她才特别会写。

学校又要复课了，樱子不敢对父亲提出重回学校的请求，就悄悄地叫同班同学去向老师说明情况，老师知道后很快就来家访了，她这才又回到学校去。

祖母生养了三个儿子和两个女儿，父亲是老大，底下是大姑二叔二姑三叔。祖父好赌且贪杯，赌输了便将才几岁的大姑背去卖给了一户地主当丫鬟。三叔出生没多久，祖父便去世了，才三十多岁，属夭亡的人。家族祖上几辈都属于丁财两旺的，也出过读书人，有田产山林出租的。父亲的二太公读书出来后给容县的韦云淞军长当秘书，他曾写过一诗抒发抱负："大权在握气如虹，横扫东南西北中。华夏从今无鼹鼠，同胞欢乐沐春风。"中华人民共和国成立后，村中老学究评价说，这首诗充满了豪气和霸气。可惜这二太公不长命，三十几岁便英年早逝了，也没留下后代。他的几个兄弟也都念过不少书，就是没混上个一官半职，只靠吃家里的山林田产而游手好闲。有个兄弟闲着无事，凭着聪明才智，用竹子制作了个精巧的鸟笼——简直就是一座活脱脱的小城堡，那楼顶，那楼门，那楼梯，设计得精美细致，巧夺天工。这古色古香的小城堡似的鸟笼至今还由堂叔珍藏着，据说二十世纪八十年代县文物馆的人找堂叔要这鸟笼观赏过，还想收藏进县文物馆，可惜鸟笼有多处破损，无法复原，这才作罢。祖上出了这一帮无用的读书人，不事农耕，坐吃山空，并且都染上了赌博抽大烟的陋习，好端端的家产很快便败光了。到了祖父这一代，败家已达登峰造极的程度，四兄弟都有赌博的恶习。

到父亲这一代时，家里已完全破败了。穷人的孩子早当家，父亲没读过书，十二岁就独自外出谋生，最初是到邻县给一户地主放牛，稍大后走村串户收破烂，挑鱼花卖，还跟人学了弹棉胎的手艺。父亲是自己赚钱讨老婆，建房屋，养儿育女的。樱子曾多次听父亲说过，算命的人说他一辈子都没有祖荫庇护，没有兄弟姐妹扶助，建家立业都是单枪匹马，赤手空拳，无依无靠。艰苦的生活经历让他变得精明能干，凡事讲实惠又带点自私；吝啬刻薄，还有点虚荣，会装大方要面子，在外人眼里有点八面玲珑，能撑场面。

樱子的二叔也很会挣钱，也学会了弹棉胎的手艺，但也与樱子的父亲一样脾气暴躁，也很自私吝啬。他娶妻多年没有生育，本来是他的原因，但他却经常打二婶出气。连邻家的小孩子都很怕他。由于没有养小孩的负担，他又会挣钱，全大队唯有他家早早置办了收音机、衣车、凤凰单车、手表，夫妇俩各有一件毛领棉大衣、毛衣。他自己建的也是泥瓦房，但屋内摆设得富丽堂皇。小孩子都很想到他家去听收音机，看贴满墙壁的图画，却又很怕他。经常是一边用耳朵听收音机，一边用眼睛留意他的脸色，若发现他脸色有异，就得马上走人。他也是自己挣钱成家立业，没有受祖荫庇护。

很可惜二叔还来不及享受，三十岁出头便患病早亡了，留给祖母一肚子悲伤、大半生哀愁！二婶带走了这丰厚的家产，改嫁邻村，一鼓作气生了六个孩子。

由于早亡的二太公、祖父、二叔恰巧都是排行第二，父亲便错误地认为家族里凡是排行第二的男人都是短命的，因此他对自己的二儿子冷漠有加，无心无意，只当是贱生的小草、脚

辗转到人间

13

底的泥。虽然他重男轻女，但他最宠爱的是大弟和三弟。他经常挂在嘴边说，爹爱头儿，娘宠晚仔，生在中间贱过脚底泥。家里杀猪，他带大弟去大队的肉摊上卖肉，目的是让大弟跟着杀猪佬一起吃饭吃肉。有一次卖肉回来，二弟不知从哪里突然钻出来，父亲也不招呼二弟一起吃饭，只当他是邻家来望口（看人吃饭）的小孩，倒是大弟搛了一块肉给站在身后的二弟。樱子看到之后在心里可怜二弟，怀疑他是从路上捡回来的。可是她明明看见他是母亲生的，她比二弟大六岁，母亲生二弟时的一切情景她还清晰地记得。

父亲到圩上租了间铺子弹棉花，又带上三弟去。回来时父亲学三弟吃饭时说的话，阿爹，猪肉太肥，吃多了会腻；牛肉太韧，会塞牙缝，要剔牙；买鱼吧！鱼肉不肥不腻不韧。听得成天忍饥挨饿的樱子与弟妹们口水直流。这就是父亲，对他的亲儿子也要分出厚薄来。具有讽刺意味的是，这个最不受他待见的二弟，却是家里最孝顺的儿子，这是后话。

樱子病快快地挨到了小学毕业。从一九六八年秋开始，每个公社都开办高中班；每个大队都开办初中班，高中和初中的学制都是二年制。小学毕业后直接升上去读初中，不用考试。樱子上了大队办的二年制初中。真得感谢那时候的教育改革啊！不然全县屈指可数的几所初中，哪有她去就读的份？

上初中的第二个年头，樱子已是十六岁了，十六岁是生产队里挣工分够格的年龄，不够这个年龄，就算想做工也不行。于是樱子在放晚学后就去生产队挣一点儿工分，不过她做得很艰难，放学后，好不容易瘸拐着到家，有时还能喝碗稀粥再去，有时赶不及了，只能饿着肚子去开工，迟到了人家不让干，硬干了人家也不给记工分，回来就得挨父亲的骂。那时每组都有张工分上墙表，有一次樱子发现记分员没记她的，便找记分员问，他说给补记，结果还是没记。再问，他就发火，就是不给记。樱子又没迟到，他这分明是欺负人，故意伤害人。樱子伤心委屈得哭了，又不敢告诉父亲，只好将这委屈咽进肚子里。

樱子能做的工种很有限，挑担、上山、下田的活儿做不了，只能去老年组与一些老人干手上的活儿。那时地里会种很多红花草和苕子，大部分用做耙耕肥料，小部分用做来年的种子。采摘这些种子的任务就留给老年人，他们拿个小凳子坐着，一片片地采摘。花生地和黄麻地的杂草也由他们去拔除。那时的花生是铺地的，即蔓生的，不是在主根上生的，收获时需要先用牛拉铁耙将花生地耙松了，除掉藤蔓，然后人们就坐在小凳上用小木刀或瓦工刀翻挖花生，一片片地挖。那时采用大集体的人海战术，大家一开工就闹哄哄地说笑，有讲故事的，有张家长李家短说闲话的，就连青蛙能两条腿站着撒尿的谬传也说得有声有色，传播的速度比无线电还快。樱子从小就爱听故事，祖母、邻家的老人、爱看闲书的三叔、历经世事的父亲都给小孩们讲过不少故事和见闻，这些都为樱子日后的文学创作打下了基础。

父母养活樱子和弟弟妹妹六个人也极不容易，父亲经常唠叨，说什么吃饭的人多，干活儿的人少。所以他对樱子他们都很苛刻，不准他们有任何的空闲时间，连大年初一也不能闲着，什么活儿都要让孩子做点儿。他早上起床很早，一声唤喝，全家老小就像《半夜鸡叫》里的长工，都得从床上一跃而起，不敢赖床，不然定会招来打骂。他经常说，我都这么搏命，你们哪个敢偷懒？樱子和大弟拾过粪，还放过几年私人买的牛。那时政策允许每户养一头牛、两头猪，猪养大了，一头要平价卖给公家，另一头才能自己卖到自由市场。还可养适量的鸡鸭鹅等禽畜，父亲将这些放养任务交给大大小小的孩子们，谁都不得闲。他农忙时在队里开工，农闲时就外出弹棉胎，将所得的部分手工钱上缴队里，队里再按交钱数目记工分，每次评工他都是一级，母亲是三级，樱子则是最低的那一级。

在一家人的勤劳和父亲苛刻的精打细算中，日子还应付得过去，至少没借过外债，而且时不时有人向家里借钱，樱子就见过母亲的弟妹多次来借钱。舅舅是母亲唯一的弟弟，外公唯一的儿子，舅舅向父亲借钱，父亲不是很爽快，还背地里嘟哝，我要养这么一大群孩子，他养那么一两个孩子也要来向我借钱。当时樱子都替舅舅打抱不平，不是天灾人祸过不去了，谁愿意向人开口啊。况且他的钱也不是他一个人挣的，母亲和孩子们也苦挣苦做。每年买来的几回鸭子都让弟弟放，每年卖的大猪都是樱子和大弟扯野菜野草喂大的。在结冰的冬天，樱子衣裤单薄，顶着刺骨的冷风，赤脚去野外扯野草，手脚上的冻疮溃烂了，渗着血水，一条条裂口也露着血丝，但她还得忍痛去做。

卖鸭卖猪之后，父亲有时会给弟弟几角几分的零花钱或者给他买衣服鞋帽，但从来没给过樱子半分零用钱，更别说主动买衣服给她了。在樱子的记忆中，父亲掌管家中的财政大权，他只给樱子买过几次衣服——是在母亲的唠叨声中才买的。他还以樱子的残足为理由，从未买过鞋袜给她。樱子不论寒暑都是赤脚，有时冷得顶不住了就穿母亲的水鞋。穿的衣服有些是小姨给的，有些是拣母亲的，再不就是补丁摞补丁了。就是长到来例假的年龄，也是身无分文，每次只能悲哀地向母亲讨要一角几分的私房钱去买草纸。有时没有了，就用家里拜神祭祖烧的粗草纸。那么脏的东西，致使樱子很早就患上了难以启齿、非常痛苦的妇科病，经久不愈。患了此病后，有人还怀疑她小小年纪有什么不轨行为呢！

父亲节俭到苛刻。别家杀猪卖肉多少都留点儿猪肉猪肝什么的让家人饱食一顿，但她家里则不一样。每次杀光完猪，母亲只有把残留的半盘猪血撒上佐料，用几截猪大肠灌满，然后加半锅水熬成猪血肠来给大家解馋。最难忍受的是，有时猪肉滞销，剩下一些猪肉，他会迁怒于家人，一进门就找借口来骂家人出气。所以樱子他们宁愿不吃猪肉，也希望他连骨带肉都卖光。每次他出去卖肉后，母亲都烧香敬神，祈求早点卖掉猪肉，也祈求下次再养个更大的肥猪。父亲经常说，不这样攒钱不行，一大家人生活，子女要读书，三个儿子日后要讨老婆，要建三座屋才行。既然是这样，一家人只得咬紧牙关、皱着眉头，跟随他苦挣苦熬了。他这辈子也的确凭着精打细算以及一家人勒紧裤腰带过活，为三个儿子娶了老婆，而且没欠半分外债。在他逝世前的几年，他用近十万元的存款帮三个儿子各自建了小洋楼，这是后话。

初中两年转眼过去，该考高中了。樱子各科成绩不错，于是班主任动员她报考，二姑也叫她报考。樱子的二姑是父亲的五个兄弟姐妹中唯一的读书人，也是家族中仅有的知识分子，更是村里她那一代人中文化最高的两人之一——她初中毕业后考上了中师。当年祖母守寡，父亲和二叔很小的时候就独自谋生去了，大姑早已被祖父卖掉，祖母就独自抚养年幼的二姑和三叔，供两个孩子读书。三叔小学未毕业就不愿读了，小小年纪就摸鱼捉虾逮青蛙来讨生活。只有二姑不愿离开课堂，穷追不舍地做着她的读书梦。在她艰难的读书生涯中，因为家里孩子多，生存也艰辛，父亲没给过她资助。二姑跟樱子说过许多遍，说父亲是最没有兄弟姐妹情分的自私之人，是沙牛过河各管各。二姑中师毕业后就在家乡的学校任教，樱子在大队读初中时，她是樱子的初一数学老师。当时她已结婚生子，姑父是高中的化学老师。

二姑回家劝父亲让樱子报考，说或许考好了，高中会招收的。父亲虽然冷落樱子，但是他也意识到，若是樱子有机会把书念好了，他就不用担忧樱子日后的活路了，于是便让樱子去了。

这次考试樱子所在的学校取得了不错的成绩，总分和平均分都在全公社的初中里排名第二。语文、政治、化学、数学的任课老师教学有方，后来都被抽调到公社里的高中任教呢。当时高中招生是以各校升学考试成绩定人数的，考得好的就多分配点名额，考得差的就少分点名额。名额分到各初中后就不是按成绩定了，由大队干部、贫管会干部召集生产队长和学校领导来评选，从家庭成分、在校表现，再到升学成绩以及地域性，如有的生产队从来没出过读书人，找个记工员、会计什么的都很难，那就得照顾一点名额了。全公社有十几所大队初中，每所初中的毕业生多则上百人，少则几十人。公社高中都是刚创办不久的，规模小、班级少，每届仅招收一到两个班，最多不超过三个班，每个班五十多人，因此根本无法招纳众多的初中毕业生。而高中毕业后，经过两年的劳动锻炼，有望被招工招干或者入伍，期望最低的也可能当个民办教师而逃离农门。于是有许多家长就去讨好巴结生产队长和大队干部，有的直接去找文教组长，让文教组长出面，直接点名招生。在这重重的入学难关面前，脚有残疾的樱子落选是自然的了。

父亲见樱子没能选上高中，也很无奈，就开始安排她学衣车了。他先请了一个裁剪师傅到家里来教，因为樱子无心学这东西，好酒好肉白白招待了师傅两天后，父亲只好打发他走了，发一通火后，就叫她到舅舅家去学，当时舅舅正借着家里的西湖牌衣车替人做衣服收手工钱呢。他裁剪衣服时就顺便指点樱子。或许是樱子从小就排斥和讨厌衣车，把衣车看作是她的耻辱的缘故吧，她怎么努力也学不会这技术。

十几天后，樱子毫无收获地回到家。父亲很生气，骂她，你能干什么呢？难道让我养你一辈子吗？你想想看，生产队的活儿你干得了哪一种？这也是实话，总不能让父母白养着吧。无奈之下，别无选择，樱子只能回到生产队当起了放牛妹。樱子放的是一头该生崽却多年未生的母水牛——被大家称作"碧嬷"。这水牛性子暴烈，人稍微一走近它就瞪大眼睛喷响鼻，若再近一步，那对尖角就会向人挑来。它会挑人欺负，面对那些使唤它犁田耙田的大男人，它服服帖帖地听从。而对樱子这样的残足的弱小者，它就经常发脾气了。樱子很怕接近它。犁田的人为了保证牛绳结实耐用，不让牛把绳子拖在地上，往往在使完后，将牛绳缠绕在它双角上，让它自由自在地吃草。樱子每次都拿一根长竹棍，提心吊胆、小心翼翼地将牛绳从牛角上挑下来，将牛绳牵在手里。

说来也怪，这头被人唤作"碧嬷"的母水牛，经樱子放养了一年后，竟然神奇地产崽了。祖母高兴地说，这就是你益主的命水带来的。但是，这头生崽的母牛却也给樱子带来了很多麻烦。这头性子暴烈的母牛很多次为寻找外出的崽而挣断绳索，找见它的崽后，它就去啃禾苗，它的崽跟着它吸奶，然后禾苗被它踩踏得一塌糊涂。牛糟蹋了庄稼，樱子没钱赔偿，就只能全在工分里扣了，这当然又会招致父亲的一场大骂。

这牛一天早晚两次吃干草，中午吃青草，都得由放牛的伺候。放牛时，放牛的还得带着粪箕把牛粪收集回来，好让记工员过秤上数。樱子走路都困难，所以不可能将牛粪挑回来，只好眼睁睁地看着别人将本属于她的牛粪弄回去多挣工分。为了弥补这个缺口，樱子只得每天凌晨四点就将牛牵到禾草棚里去，让牛吃干禾草，然后期望它早点将粪拉下，她直接把牛粪收集起来。但有时樱子去得不及时，用牛的已将牛牵走，拉在禾草棚的牛粪也就会被别人弄走了。当时经常有争牛粪的事发生，若别人的牛粪被这样弄走了，别人肯定会不依不饶。但樱子却不敢出声，她说不过别人，人家也不怕她。

艰难地过了一年多后，父亲觉得这样不是办法，认为樱子年岁大了，终归是要学手艺的，最好的选择还是学衣车，于是又联系了一位裁缝师傅，姓黄。黄师傅是专业裁缝，在本公社圩街上一亲戚的店铺里承接裁剪活儿，然后拿回家与大女儿一起缝制。黄师傅的大女儿比樱子大两岁，与樱子同名。因为与她同名，樱子不叫她大名，而跟她家人一样叫她小名——阿月。阿月在生产队开工，业余时间就与她父亲一起做衣服。和她父亲一样，阿月待人热情，态度和蔼，大约是和气生财的缘故吧，做衣的人宁可等一阵子也要将布料往黄师傅这儿送。父亲在征得他同意后，就放心地送樱子到他家去学手艺。

在黄师傅家里，樱子看他画图剪裁，听他讲解，还尝试着做一些小孩子的衣裤。学了大半个月，还是不成，只得继续回去做那困苦廉价的放牛妹。父亲对她的火气更大了，看她更不顺眼了，经常寻事辱骂她，还会为一些小事找借口打她。前途渺茫，没有出路，樱子灰心丧气，绝望透顶，整天心里空落落的。

在苦闷、彷徨而无奈的日子里，樱子又沉入文学故事中去了。她向同村或者外村的伙伴借书，也到母校去找老师借书。出入校门多了，老师们都知道樱子是来借书的，原先的班主任李老师就说，你老看别人的书，为什么不写点自己的文章让别人看？你读书时作文写得那么好，再不写你的笔就会生锈了。

这或许是随口之说，却在樱子的心中悄悄地激起了巨浪。于是，她开始用一些废旧的纸张写下从内心汹涌而出的感想——那是写给自己看的。她还替女伴写过情书，惹得对方对那位女伴穷追不放。当时，每到农忙季节，各大队都会出几期用油墨印刷的出版物，如《春插战报》《三夏快讯》之类的，这些小文章都来自各生产队的报道员以及从大队抽调来办报的编报人员之手。当时有两类民兵，基干民兵和普通民兵，基干民兵有机会被选到大队参加投弹、射击等军事训练；普通民兵则是一些不太出众的青年，像樱子这种肩不能挑、手不能提的残疾人，就是当普通民兵也不够格。但民兵队长没有嫌弃她，把她的名字编入普通民兵的名单上了，并让她给大队的油印刊物写文章。虽然什么报酬也没有，连纸笔都是自己的，但樱子还是很感激。她写下的稿子有几篇被采用了，有一篇甚至被选送到公社广播站进行播送，然后又被选到了县广播站。樱子很高兴，民兵队长也向她祝贺，这是她人生的第一份喜悦，一丝暖意透进了樱子冰冷的心里。

农忙结束后，大队的油印刊物也随之停办，但樱子的心思还在写作上。晚上，为了防止蚊虫叮咬，即使是大热天她也穿着母亲的水靴；没有桌椅，那就坐在小凳子上，将床当书桌；然后点一盏用墨水瓶改装的没有灯罩的煤油灯，就在这一闪一跳的微弱灯光中去构思她的一篇篇稚嫩的文章。为了躲避父母的干涉，她经常躲在黄麻蚊帐里，还预备一条湿毛巾来擦不断冒出的汗。樱子写呀写呀，无拘无束，在深夜里，短暂的写作成为一天中最快乐的事。

母亲痛惜煤油，经常在对面房间命令她熄灯睡觉。农村人日出而作，日落而息，早睡早起。当时没有任何娱乐，都是白天干活儿夜晚睡觉。樱子嫌母亲唠叨，就学着从某些书中看过的方法，用一件破旧的大衣服挂在门上，借此挡住往外渗透的灯光。有时家里没有煤油了，她就谎称要用钱，向母亲讨来一角或几分钱再去买油。

当时横行信笺纸一分钱两张，樱子根本不知道稿件要用格纸来抄写，就用几分钱买了横行信笺纸和信封。当时信封也很便宜，一分钱一个或两个，甚至可以用旧信封，也可以自制信封，甚至随便用张什么纸将稿件卷成一小卷就可寄出，只要写上地址。寄稿件不用贴邮票，只需要在信封右上角写上"邮资整付"，或标明"稿件""此稿寄"字样——这是她在一些刊物上的征稿启事中看到的。她将稿件抄在横行信纸上后，按以上方法向《广西文艺》编辑部寄了三篇。其实樱子根本不敢奢望稿件会被采用，这只是一种自我宣泄，是寻找精神寄托来充实空虚绝望的内心世界，有了这精神依靠，她就会暂时忘却苦难。况且那密密麻麻的字儿像蚂蚁爬一样，怎么会指望有谁会去注意这幼稚的妄为之作呢。

命运的转机

　　一九七三年的九月，老天开眼了，樱子的命运有了转机。后来樱子才知道事情的经过，大抵是这样旳：自治区文艺创作办公室让莫同志到南宁参加将他的小说《三画》改编成话剧的活动。改稿间隙，莫同志到《广西文艺》编辑部闲坐，第一次跟小说组的叶编辑认识，叶编辑告诉他，他所在的县里有篇极有生活气息的稿件，如能当面辅导修改可能会改得好。莫同志当时不是县文化馆的干部，而是县供销社的职工，主要的工作就是与人合作创作供销社题材的文艺作品，并没有辅导作者的职责和任务。他是感念《广西文艺》对他一贯的关爱而接受叶编辑的建议，带着樱子的稿件回来看阅的。

　　之前，公社还接到《广西文艺》的函件，说看中了一篇稿件，让调查一下作者的情况。于是公社派高中带文体班、兼管文化站的陆老师到大队来查问，大队的人说不知道，叫他到学校去问。姓张的语文老师教过樱子，说樱子确实有写作的天资，因为残疾没能上高中，现在生产队当放牛妹。知道樱子的情况后，公社就派陆老师来见樱子。那时，樱子已过了十九岁的生日了。但由于从小身心病痛交加，整个人面黄肌瘦，头发干枯，萎靡不振，根本看不出是一个年近二十岁的人，倒像是一个瘦弱的小孩。二姑嘱咐她，说若别人问年龄，就往小了说，年龄小，更有培养前途。于是，当陆老师问樱子年龄时，樱子就回答十七岁，但陆老师还是大为震惊，说她的外貌与年龄不相符，看起来像个十四五岁的黄毛丫头呢。

几天后，陆老师就陪莫同志上门来了。樱子从此认识了轰动全省文学界、令大家都崇拜仰望的本土名人，他后来被抽调到县里的单位专门搞文学创作了。

莫同志细心地对樱子的稿件进行了点评，并指导了修改方法。后来樱子才知道，当时公社党委的李书记表示，要不惜一切代价将这篇稿子修改好，然后发表出去，为公社争光。因此他也要求公社里早已成名的莫同志从县上赶回来专门辅导；县文化局和文化馆也很重视，也要求莫同志来辅导。这样，樱子就按他的指导修改了。

十月份，地区文化局召开文艺创作座谈会，大多是有作品的作者和县文化馆的人去参加。这次，馆里通知樱子也参加。没有像样的衣服，二姑便将她的衣服借给樱子。瘦小的樱子穿着二姑宽大的衣服很不合身，像老鼠入棺材，又像撑了一床蚊帐在身上。第一次坐班车，头晕，呕吐，难受得很，但她心里却很激动——这是上地区去参加文艺创作座谈会的呀，是以前做梦也不敢想的事。

在座谈会上，樱子认识了县文化馆的吕馆长和本地区许多有名的作家。拜读了他们的作品之后，樱子初次领略了文学创作的要领，从无知莽撞开始向有条不紊靠拢。

吃饭时，县文化馆的苏副馆长招呼樱子同他一桌，就坐在他旁边。他不断给樱子搛菜，让她多吃点儿。长这么大还没有吃过这么好的饭菜，而且第一次有长辈这么关心她！樱子内心很是感激。

会议期间，樱子的胃病又发作了，苏副馆长派人带樱子去看病拿药，而且嘱咐和樱子同住一屋的人帮助照料她。

地区文艺创作座谈会结束后，公社通知樱子过去住几天。莫同志专门从县上下来辅导她将稿件又改了一遍。他们还指派了个字写得好的人帮樱子抄稿——因为她的字实在太差劲了。

十一月，《广西文艺》编辑部通知樱子带稿件去参加他们的文艺创作学习班，就通知了她一人，樱子不敢单独出行，所幸莫同志正好要去南宁改稿，于是他就顺道带樱子去了。那时还没有车直达南宁，他俩得先坐船，再换乘火车。

莫同志送樱子到了南宁，将她交给了杂志社的编辑。这次学习班是在隆安县招待所里举办的，来自区内各单位的作者都带来了编辑们认为有发表可能的稿件。领导安排编辑部姓黄的女编辑、某大学中文系姓李的女生以及某部队医院政治处姓杨的女兵与樱子同住一个房间，她们都像亲姐姐一样对樱子，使她感到人间的温暖和亲切。

樱子的稿件是个短篇小说，讲的是阶级斗争的故事。这部小说在学习班上得到通过，后在自治区文艺杂志上发表了——是樱子的处女作。当时没有稿费，只有两本稿纸、几本样刊和几本内部用的文艺资料。但对樱子来说，这种奖励比得到一笔稿费还要鼓舞人心。

莫同志改稿时住在自治区文化大院招待所，改稿间隙他到杂志社的编辑部跟符主编说，樱子的残足大约可以通过手术进行矫正。地区医院的医生说上级医院可做手术，希望能得到经济上的支持。符主编就跟自治区文艺创作办公室的张主任说明，张主任同意了：由符主编指派编辑部小说组的黄编辑与莫同志一起带樱子去医院就诊，如能治，可以给予经费扶助。

于是，隆安学习班结束后，编辑部留樱子在文化大院的招待所住下。黄编辑与莫同志丢下工作，专门带她到广西医学院附属医院骨科去就诊。诊断的结果是可以通过手术进行矫正，但要排队等候，等到何时并不可知。樱子年纪大了，不能再等了。于是莫同志与黄编辑就带樱子又到人民医院，去了几天，也没挂上骨科的号，没办法，只能心存侥幸地挂了个外科号。这次老天爷又开眼了。外科的医生接诊，说樱子该去骨科的，但知道樱子是从大老远的农村来的，而且挂号确实很难，医生就对樱子说，你在这儿等，快下班时我带你到骨科去。

骨科的白医生也是个心地善良的人。他热情细心地看了看樱子的脚后说，先拍片看看骨质，骨质没有变化的话可以矫正。拍片结果出来了，骨质无变化，黄编辑带着片子直接到白医生办公室跟他说了樱子的状况，请求让樱子早点入院做手术。白医生很同情樱子，也为编辑们的爱心感动了，就破例答应下来。他还当着樱子的面笑着对黄编辑说，我还以为是你的小孩呢。当时黄编辑还不到三十五岁，年轻漂亮，肤色白嫩，她的孩子还很小。不知情的人却把樱子当成她的孩子，说明樱子当时的确瘦小单薄，看不出真实年龄。

樱子很快住进了医院。入院前，樱子在距文化大院很远的族叔家里玩儿。族叔在南宁市公安局工作。能在这么大的城市里遇见他，确实是巧合。樱子在等待住院的这段时间里，有时会从招待所坐公共汽车到市中心的朝阳广场，然后到周边的供

人间值得

26

销百货大楼以及各种小商店里去玩儿，饿了就在附近的餐馆买点儿吃的。一天，她正在朝阳旅社底层排队买饭时，一个三十几岁的英俊男子走来问她，同志，你是××地方的人吗？

她感到莫名其妙，但爽快地回答，是呀！

他又问，你是××家的吗？

她感到更奇怪了，是呀，你怎么知道？你是谁？

他说，我就是你们村的赵××呀！

啊！她想起来了，他就是村里从部队转业在南宁某厂工作的赵某，她知道村里有这人，就是从没见过。

他说，你先吃饭吧。

樱子买了饭还没吃完，赵某就带着族叔来了。族叔抱着他那几个月大的女儿，他也是从部队转业到南宁市公安局工作的，而且在南宁娶妻安家了。族叔时不时会回一次老家，一回老家就各家各户地走走，所以樱子认识他，只是不知道他住在南宁哪个地方。赵某在外边与族叔是同乡同村，而且同是从部队转业在同一城市工作的，他自然与族叔经常来往，互相走动。他记起族叔曾说过，樱子正在城里等着做手术，樱子的父亲委托族叔帮忙照顾一下。族叔正苦于无法找到樱子。赵某虽没见过樱子，但看到她的穿着以及让人印象深刻的残足，就立刻猜出来了。他证实之后，便将正在家里休息的族叔拉来了。就这样，樱子知道了族叔家，之后闲着无事时，樱子便坐着公共汽车到他家去玩儿。

医院来通知的这天，樱子整天都在族叔家帮他照看小孩，直到很晚才回到文化大院的招待所。文创部的严主任正在焦急地等她，好在还有最后一班公共汽车。樱子上了车，严主任骑着单车跟在后面。

到了医院骨科留医部，患者都睡了，很静。樱子入住的是骨科最大的一个病房，这个病房里有六张病床。值班护士一个劲儿地埋怨他们这么晚才来，严主任不断地向护士道歉解释，并没有责怪樱子。樱子感到很内疚。医院很宽容，准许先入院，第二天再办手续。严主任从护士处领来床上用品，帮樱子挂好蚊帐，套好棉胎、枕头，铺好床单，然后一再嘱咐樱子要听医生的话，他会来看望的。那情景就像慈爱的父亲对年幼的女儿一样，甚至比自己的父亲慈爱多了。病房里的患者和她们的家属们都以为他们是父女呢！樱子感激的心情无法形容。自己生来不幸，却有幸生在这大好的社会里，天地怜爱，使自己遇到了这么多好心人！

入院后十来天就动手术了。手术前使用的麻醉是半身麻醉，护士用一根针刺了一下樱子的右小腿，她"哎哟"叫了声，痛！等了一会儿，护士又用针刺，这回没感觉了。但只是下半身尤其是动手术的地方没有知觉，头脑还是清醒的。樱子感觉右大腿被什么带子绑紧，开始没什么感觉，后来就胀痛得要命。樱子哭起来，她要求医生解开。那怎么可能呢？樱子还听到剪刀、锤子与托盘碰撞的声响。护士不断地安慰她，快了！再坚持一下！还有个护士跟她聊天，东问西问，像在分散转移她的注意力。

手术结束，医生和护士推着樱子经过一段空旷的走廊。那天下着小雨，雨丝飘到脸上，冷冷的。樱子听到护士说，她睡着了？

樱子马上应答，我没睡着，只是闭着眼而已，天上飘小雨了！

回到病房后，樱子听见白医生说，这孩子好敏感，哭闹了很久，一般人即使半麻也不会这么敏感！

麻醉过后便是钻心的疼痛。这个手术是三关节融合术，也叫踝关节矫形术，就是把原来畸形的关节凿开矫正，融合好后用石膏筒固定，然后让其慢慢生长吻合。手术虽不复杂，却是伤筋动骨。樱子哭喊着，医生、护士还有病友都来安慰她。樱子第一次想起家人来了，手术前，编辑部以为凡是动手术都必须由亲属在手术单上签名，便通知她母亲来。又是莫同志带着这未曾出过远门的村妇到了医院。母亲把带来的百来块钱交给族叔保管，让樱子要用时向他取。后来医生说有族叔代签就行了，不是风险大的手术，也不用人陪，床头有电铃，有事拉铃，护士就来了。于是母亲只住了两天就回家了。她体弱多病，耳朵早已失聪，也不方便照料人。

一九七四年的春节，樱子是在医院里度过的。春节前后，杂志社的符主编和小说组的全体编辑以及莫老师、县文化馆创作员陈上能老师，都先后几次到医院来看樱子。陈上能老师是广东人，中文系毕业后被分配到公社高中教语文，后调入县文化馆搞文学创作。在樱子做手术的前后，他受县文化馆的委派，几次到南宁和莫同志一起为樱子住院的事奔忙。樱子心里自然有一番激动。更令她激动的是，在除夕前一天，区文艺创作办公室的总负责人张主任与科室严主任也到医院来看望樱子，张主任还向白医生询问情况。黄编辑带来了几本样刊，樱子的作品就发在这上面。她也给医护办公室送去了两本，后来大家看了樱子的作品，都说她的作品有生活气息。还有护士问她，写的事是真的吗？是不是写她放牛时发生的事？写得那么像！

白医生是个好医生，在看望樱子的领导和编辑们走后，他就到病房来安慰樱子说，樱子，你们领导今天来看你了，你就安心在这里过年吧，有这么多阿姨姐妹在这里做伴呢。

樱子住的病房中有位从天津南下的女干部，姓杨，是在某县某银行工作。她很会说笑话逗大家开心。她说，我给你们讲个故事吧，从前有座山，山里有个庙，庙里有个老道讲故事。他讲什么呢？他讲，从前有座山，山里有个庙……她就这样反复地说，把大伙逗笑了。还有个十九岁的陈姑娘，爱唱歌，当时每年出版的《战地新歌》里的歌曲她大都会唱。

后来樱子又结识了几位病友，有梧州市酒厂的胡姑娘，有南宁市的王姑娘，然后由王姑娘认识了南宁市有机化工厂的小周。他听王姑娘说樱子会写东西，他是厂里的文艺爱好者，便想见一下樱子。他俩的友谊维持了好久。

在樱子入院后还没做手术前，杨阿姨还曾叫她去隔壁病房邀请一个大妈来吃饭。大妈和她是一个单位的。大妈与杨阿姨说话一样很风趣，经常来她们病房打扑克、讲笑话。杨阿姨的爱人做了好吃的，樱子去叫了大妈。大妈说不来吃了，她已经吃饱了。

樱子回到病房告诉杨阿姨，大妈说不来了，她已经"zhu pao"了！

杨阿姨听了之后感觉莫名其妙，反复问，什么？什么？你说什么？

樱子重复了一遍。

这次她听清楚了，大笑道，呵呵！大妈在隔壁养猪，关不住让猪跑了？

说得全病房的人都大笑不止，杨阿姨再加上一句，等下我要问清楚，她到底来这里治病呢还是来养猪的呢？

众人笑得更厉害了，有个人还喷饭了，引得护士跑来问为何笑得这么厉害。

杨阿姨说，隔壁一个大妈康复了，在办猪场养猪！关不住让猪跑了。

护士弄清楚众人大笑的原因后也笑了，真够热闹，三个女人一台戏，这病房六个女人够两台戏了！

杨阿姨说，樱子，教你标准的普通话吧，我们天津话跟北京话一样标准！她咬准字音一字一顿地教，樱子，注意了，是这样说的！樱子也老实地跟她说了几遍，直到说对了为止。这是樱子说本地普通话而引出的笑话。

住院七十天后，该出院了。踝关节术后需要用石膏筒固定三个月，让关节慢慢融合痊愈，可以回家慢慢疗养，因此编辑部的同志为樱子办理了出院手续。

出院了，还是文化馆派莫同志专程到南宁接樱子回家，帮她扛行李。族叔叫了辆三轮车到医院门口，三轮车不能进医院，于是黄编辑就早早到了医院，将樱子背到门口的三轮车上，然后才去上班。族叔把樱子送到了火车站。

莫同志与几位文艺小说组的编辑早已等候在火车站，那时送行的人可以到火车上去的。樱子是个女孩，男同志不便背她上车，编辑们便与车站联系，让一位女乘务员背她上车。到贵县时，又由一位女乘务员背她下车。从贵县回县城是坐船的，下船时再让一位港务站的女同志背她下船，很高很高的码头啊！

船是半夜到县码头的。文化馆早已接到电话，甘馆长亲自骑单车到码头等候，然后用单车把樱子拉到县文化馆住下。第二天早上，苏副馆长亲自给她打来洗脸水让她洗脸，他们都把樱子当成自家的孩子来关照。

第二天正好是妇女节，县党委副书记和文化局的领导到文化馆来看望樱子，然后决定用县委领导专用的吉普车送她回家。那时吉普车就是县里最高档的车了，这是多大的荣耀与幸运啊！樱子今天回来了！就像是凯旋的英雄一样！

当天，公社和各大队都在开庆祝大会，妇女在会场集中起来了，于是公社决定让樱子到会场亮相。

车到公社大门时，公社的团委书记黎妹把樱子从车上背到大门内的长椅上坐下。还没等她到会场，蜂拥而来的人已是里三层外三层地把她堵在长椅上了。她们都想看樱子是什么样子，有好奇的，有同情的，有赞叹的，有肯定的，有热情的，也有妒忌的。樱子觉得浑身不自在，有种被人当作把戏观看的感觉。

樱子还不能行走，又被人群堵塞着，只得取消前往会场的计划。喧闹了好大一会儿，团委书记黎妹只得又将樱子背回车上，她和公社的梁副书记一起送樱子回家。

车回到本大队，妇女大会已经结束。许多女人是带着小孩来参加大会的，小孩肚子饿了都吵着回家，况且开半天会议也只记半天工分，谁愿过多耽搁时间呢？加上樱子是本大队人，许多人都认得她，没有新奇感，过去歧视她的这回变成了嫉妒，也不愿看她一眼。黎妹背她进大队的时候，沿途只有少数人驻足观看。这正是樱子所希望的。

回到家了。祖母千恩万谢地感叹，感谢政府啊！从小就为她烧了不少香，许了不少愿，也没能让她的蹩脚好起来，现在医生开这一刀就扳正了，医生比神灵有本事！这世道真好！这世道真好！她不断地重复这句话，两行清泪挂在她的腮边。

面对命运的转机，村里某些人对她从歧视变成了嫉妒。有个婆娘见她就瞪眼，逢人便说她的坏话。她和她的婆婆经常和村里村外的人说三道四。有几种说法：一种说法是樱子的处女作《小容姐弟》是教过她语文课的张老师替她写的；一种说法是她的家人为了她的前途，让她那教化学的姑父代写的；更有人说是她二姑替她写的。他们说，樱子文化这么低，谁也不相信她能写出发表的东西，放牛妹不可能有这本事。

这段时间，家里时不时会有不速之客造访，说是爱好文学，想向樱子取经，也收到了一些陌生青年的来信。她是初出茅庐，写的东西还稚嫩可笑，根本谈不出什么经验技巧，只能将编辑部寄给她的文艺创作参考资料转借给他们，让他们自行阅读揣摩。当时的物质生活和精神生活都很贫乏，当樱子偶然露出来后，好些人便争相效仿，也是能理解的。但写作过程很复杂，需要有生活感受，不像数理化的公式概念那样，三言两语便解释清楚，遇到题目依照公式去解答就行了。她外出学习时聆听过老作家的讲授，都说写作要源于生活高于生活，她也还未将写作方法学到手呢。

石膏筒终于拆除了，樱子开始慢慢瘸拐着练习走路。脚板虽扳正了，但因年龄太大才做的手术，小腿的肌肉早已萎缩，骨头和关节也早已定型，所以走路还是瘸的。然而总比原来好了许多，至少可以穿鞋袜，脚底着地了。倒霉的是脚后跟内侧被坚硬的石膏摩擦破了，拆石膏后，裸露的伤口开始发炎化脓，在大队卫生室打针吃药也不顶事。随后伤口渐渐发臭了。公社的陈副书记下乡绕路来看她，见此情况，便用单车把她拉到公社住下。每天，陈副书记都抽时间送她到公社卫生院去打针上药。陈副书记对樱子说，你要赶快治好，等下期开学了送你去读高中。

几天后，樱子回到家，伤口并没有好转。父亲懊悔地说，看来还得再去一次南宁。他很迷信，据说樱子在南宁动手术时，祖母叫他去黑头崖拜大王公，保佑樱子手术顺利。父亲上到黑头崖顶，当年香火兴旺的两块大石头却不知到何处去了。找不到那两尊神，父亲只得胡乱地在空地上摆好拜祭物品，烧了香烛纸钱，然后随口说，拜不着，再来过。他说，或者是这句话应验了，樱子真的要再去一次南宁。

于是一九七四年的八月，樱子又上南宁去麻烦杂志社的编辑了。这次她不好意思麻烦其他人了，况且她已去过一次，知道路怎么走了，便独自前往。八月正值洪水期，从县城上船，走到贵县近郊的铁路大桥下时，因水位上涨，船无法从桥下通过，只得就地靠岸。天气炎热，她提着行李，艰难地走了很长一段路才坐上通往贵县火车站的汽车，随后又艰难地上了前往南宁的火车。还是黄编辑带她重回自治区人民医院，本想再到医院住一段时间，但白医生不在，随医疗队下乡了。留医部一个新来的医生态度有点生硬，说这点小问题不用住院的，别看有四个空床位，那是留给更重要的病人住的。他开了点消炎药，不由分说地将她打发了。过了几天，她们不甘心，又去了医院。这次见到了白医生。他认真检查了伤口，温和地说，樱子，你这伤口是被石膏弄破的。你不做好消毒杀菌的包扎，让细菌入侵了，发炎得这么厉害。还好，这不是手术的刀口。每天用淡盐水清洗，再用干净纱布包好，就会慢慢痊愈的。白医生的解释让樱子心服口服，吊着的心终于放了下来。

樱子要回去了，编辑们知道她来时的辛苦，不放心让她一个人回去，便派黄编辑送她。黄编辑买好火车票给樱子，约好第二天早上在火车站会面。

她们坐的火车是从南宁到广东湛江的，这趟车大约是每天早上七点二十分从南宁开出，途经贵县。当天，樱子早早起床，从住处出来等公共汽车，结果六点五十分左右公共汽车才到文化大院门口。樱子手提行李，脚又不方便，挤不上车，当时许多人都是挤公共汽车上班的。好不容易挤上了车，然后到南宁饭店附近下车，还要步行到朝阳广场转乘另一路车，正值上班高峰期，人群更是拥挤不堪。她便改为步行，还好到火车站只剩下两站路。当她瘸拐着到火车站时，火车早已开出去了。她慌得快要哭了，赶忙拿着车票到售票窗口改日期。坐不上火车，她已是疲惫不堪了，此时残足又隐隐作痛，她便不愿再走动了。若赶回文化大院的招待所，明天早上还是赶不上火车的，干脆哪儿也不去，就在火车站待着吧。

夜晚来临了，樱子头枕行李袋，躺在长椅上正迷糊着。查票！查票！两名白衣服的乘警手握大电筒来叫她出示车票。"老潘，在这里！"原来《广西文艺》的李副主编与潘编辑、凌编辑找到车站来了，一会儿族叔也来了。他们找了樱子大半天。凌编辑说，黄编辑从贵县打回电话，急得快哭了，说她早上赶到火车站时，发车的时间快到了，以为樱子已在车上，她便上车了。车到贵县，她打电话回来，说没见樱子。《广西文艺》的编辑接完电话后便放下手头的工作分头去找她，还找到了市公安局族叔处，也不见。留在招待所改稿的一个作者说，昨天有个男青年来找过樱子，但不知道他住在哪里，在哪个单位。大家都担心樱子被拐骗了。很晚了，抱着最后一线希望，他们到火车站看看，果然就找见了。三位编辑用单车把樱子拉回了文化大院。

第二天一早，编辑昨晚约定好的三轮车提前来了，潘编辑同樱子上车。他送樱子上了火车，再三叮嘱她不要让人骗了，黄编辑会在贵县等着的。

在贵县火车站出口，黄编辑和贵县文化馆的吕馆长在焦急地等着。看到樱子了，黄编辑眼中马上溢满泪水，搂着她说，好担心你啊，昨天早上我以为你已经上车了，谁知道找遍所有车厢也不见你。我不该给你车票，两张车票我都拿着就没事了。真担心你一个小姑娘，脚不方便，遇上坏人怎么办，我要对你的安全负责啊。

吕馆长接着说了昨天在火车上找她的经过。他这次刚好也坐这趟车回贵县，上车后便遇见黄编辑在找人。他问明情况后，安慰眼泪汪汪的黄编辑说，别急，慢慢找！他俩继续一节一节车厢地找，仔细辨认扎着两束羊角辫的姑娘。

回来后，樱子按照白医生提供的方法，自己配制了淡盐水，每天清洗伤口，然后用干净的纱布包扎上。一段时间后，不用服药打针，伤口慢慢愈合了。老天开眼，让樱子遇上这么多的好心人，这两次去南宁治疗，多少人为她操心、奔忙、担忧和焦急啊。

一九七四年的秋季，公社的陈副书记带来了一个消息，让樱子入读公社高中。接到通知后，樱子激动得哭了，她真的还能再读书！这是她梦寐以求的。她给之前住院时认识的梧州市酒厂的小胡、南宁的小王，还有好多的文友都写了报喜信，也给地区文艺刊物《玉林文艺》《广西文艺》的编辑们去了信，告知他们自己入读高中了。

高中这几年，公社、县乃至地区的文艺创作学习班也会通知她去参加学习。在地区学习班上，她又认识了许多作家，其中对贵县的农民作家黄飞卿印象最深刻。黄飞卿为人随和，面容慈祥，大作家对她这样的小辈也很热情，在谈笑风生中传授了很多写作方法。

一九七五年的年底，樱子收到了一封来自县供销公司的信，是两人的署名，一位姓邱，一位姓胡。信中说，两位都是刚参加工作未满二十岁的小姑娘，也喜欢写作，在县文化馆墙报上见过樱子的照片和事迹，想和樱子交朋友。樱子给她俩回了信，并在某个假日上县城与她俩见面认识了。邱是独生女，不用下乡插队，在县糖烟公司工作；胡因为眼睛有些小毛病也免于插队，在县供销公司工作。她俩在新职工学习班上认识的，都爱好文学，便联名写信给樱子了。樱子和她俩的友情从那时起就一直延续下来。

高中的学习和生活很松散，当时不大注重文化课的成绩，对于农村来说，能读到高中已是顶峰了。高中毕业后的前途也很渺茫，没有升大学的考试，大中专招生名额少之又少，都得经过两年的农村劳动锻炼方能参加评选，也不用考试。学校还时不时将学生带出去参加农事劳动，名曰与生产劳动相结合。上课也没有多少内容可记。所以学生都是得过且过，对功课不大重视，一下课或者上晚自习的时候都找借口回宿舍谈天说地，肚子饿了就用咸菜就开水哄一下肚子。

爱美是人类的天性。生活虽然艰苦，但女生们还是想尽办法把自己的脸打扮得美一点。宿舍里大多数女同学每人有一面小镜子，一闲下来就照着镜子挤脸上的痘。樱子虽然身体瘦弱，但皮肤却是干干净净，白白嫩嫩的，没有痘子长在脸上。有个姓蒙的女同学每天都在挤痘子，一边挤一边对樱子说，我真嫉妒你不用动手。你的皮肤那么干净，等我挤些传染给你，让你也不得闲。她真的将手伸到樱子脸上晃动，要往她脸上抹。樱子抓住她的手，抢了她的小镜子，丢在床上说，这是青春痘，美丽痘，我想要还求不来呢，不准弄掉，丢了青春的标记。大家经常说着说着就滚在床上，嬉哈大笑，打闹成一堆。年轻，无忧无虑，没有大学考，没有作业的烦恼，没有何去何从的选择，毕业了都回农村去"修理地球"，女孩们赶紧趁着这短短的快乐时光享受一回青春的美好。

樱子从小犯下的胃病一直没好，说犯就犯，每次发作都会痛很久。一次，恰逢荔枝成熟时节，公社的陈副书记叫他在高中任教的堂侄女邀上樱子和另一名同学去吃荔枝。樱子从来没有吃过荔枝，面对这一大桶诱人的荔枝，她狠狠地猛吃了一顿。有句俗语叫"一只荔枝三把火"，何况她吃了这么一大顿，当天下午胃病就发作了，来势很凶猛。连医生也有点紧张地说，痛得这么厉害，满头冷汗，手脚也发抖了。祸不单行，没多久，左腿坐骨神经痛也开始折磨樱子了。得了这种病，坐着难受，躺着难受，走路更难受，连大小便也难以下蹲，蹲下了又起不来，要同学拉才能慢慢站起来。去医院打针也不行，只能叫校医蒙老师看，他对草药懂得许多。

当时高中实行带点专业的教学改革，分为农机班、农技班、农医班和新闻报道班，各班除了学习文化课外，还会抽出一点儿时间学习专业知识。蒙老师除了上数学课外，还当农医班的专业老师。

樱子找到他，他便每天给樱子几样草药熬水喝。樱子每天拿个瓦煲到食堂熬药，食堂师傅见她天天捧着药煲，就戏称她是"药煲"。但就是这样天天熬药吃药，病痛也没消除，蒙老师没法了，就交给她一些小榕树籽般紫色的小药薯，说，这叫茅膏菜，会对胃有些损害，现在别无他法，只能以毒攻毒了。他教给樱子使用方法，让她将药薯洗干净，然后用玻璃瓶碾碎，摊在伤湿膏上。以后腿上哪里疼就往哪里贴，等感到火辣辣的时候再除去。贴药处会起水泡，等水泡自行溃破，溃破处会变黑结痂，疼痛就消失了。贴药可能会引起胃部不适甚至呕吐现象，那是贴药薯特有的反应，除掉药贴就没事了。

樱子顾不上自己有胃病，哪里疼就贴哪里吧。她沿大腿外侧一路往下贴，果然鼓起了一个个水泡，有种辣辣的感觉，最后变成一串硬币般圆圆的黑痂。疼痛终于解除了，时间一长，黑痂也消失了，并没有出现因胃难受而呕吐的副作用。

一九七六年的初夏，高中快毕业了，樱子又接到去地区学习的通知。其间，她给已调回容县的陈副书记写信，告诉他自己正在地区学习。陈副书记在外县工作了很长时间，妻儿都在容县，现在几个孩子大了，他要叶落归根，就申请调回，组织安排他当了容县物资局副局长。他接信后马上回信，叫樱子学习结束后到他那儿玩几天，他到车站接。樱子便有机会到本地区有名的侨乡容县玩了两天。他带樱子去真武阁玩儿，樱子第一次见到这座名胜古迹，当时还不大注重这方面的宣传、开发和管理，没有游人，冷冷清清的，去了也不用花钱买门票什么的。陈副书记还带樱子到县城里繁华的街道上逛了逛，最后还送给她了一个铁桶，那是他们物资局的人用局里废旧的铁皮加工做成的。这只铁桶跟随她三十几年，后来换了几次桶耳和桶脚都还在用。

临近毕业时，樱子的胃病又犯了，断断续续老是不好，便回家疗养了。蒙老师带领班里的部分同学到樱子村里的山上采草药，顺道去樱子家看她。樱子便用胃疼不发作的间隙为他们熬了大半锅粥，米放得太多，煮成了烂饭，同学们怎么也吃不完，剩下许多。父亲傍晚收工回来就骂她浪费粮食，那时家里的粮食还是紧缺的，生产队分的口粮不够吃，需要从黑市上买高价粮补充。樱子只得谎称米是同学拿来的，他不信，去揭米缸检查，因为米是新买的，还有大半缸，他看不出什么破绽，只好不作声了。

临近毕业时，樱子的胃痛又发作了，这病一直没好，只能又回家休养。不久，学校通知樱子返校参加毕业联欢，领取毕业证。她又拖着病体回到学校，但是只能躺在宿舍里，无法参加毕业联欢晚会。学校搞了丰盛的聚餐，她吃不下，难受得用枕头顶住胸口，趴在床上痛苦地呻吟。同学之间开始互赠礼物，当时最时兴的是相片、挂图、笔杆和笔记本。樱子收到了好多张挂图和单人照。

当时《广西文艺》每年都要办几期文艺创作学习班，其中有一期必在暑假期间开办，到班的许多都是教师、大中专学生或者教育工作者。读高中时，樱子也投了几篇稿子，有篇作品在地区的文艺期刊上发表了。《广西文艺》也准备用，就通知她又到南宁去参加学习班，修改稿件。

这次是在南宁饭店办的，除了听讲座、看资料、修改稿件外，学习班还组织学员到武鸣的伊岭岩石洞去参观游览。樱子第一次钻这种洞，看着各种洞石栩栩如生的形象，听着解说员讲解洞里的各种造型：有瑶山火车的造型，解说员说，同志们来晚了，火车已开走，下次再来的话，一定请同志们坐上这瑶山火车去游览瑶寨；这里有电影《白毛女》喜儿的形象造型，伴随着"北风吹"的旋律，那洞壁上酷似喜儿的洞石仿佛在翩翩舞动；还有母鸡抱蛋的造型，解说员说，良种母鸡下个蛋，一个就有一斤半，同志们下次再来的话，请大家吃一个大荷包蛋。这些解说至今还令人记忆犹新。

学习班结束后，大多数人都回去了，只留下少数人继续修改自己被选用的稿件。樱子的稿件已改好，本来也可以走人了，但因为唐山地震影响的地区很广，传说广西随后也会有地震，各地都有人疏散，编辑担心樱子挤车困难，就留她多住几天，等交通紧张的局势缓解了再走。樱子还要等莫同志给她洗晒相片，就继续住了下来。后来她回到家，一个文友给她来信说，幸好那天樱子没有跟她一起走，火车真的挤得连站的地方都没有了，更别说坐了。编辑们真有预见。

留下来改稿的几位男作者住在平房的一个大房间里，樱子则住在一栋楼房的二楼，楼前空地上有一排用竹子、油布搭起的防震棚。白天无事的时候樱子会去平房里坐一会儿，拜读他们的作品。莫同志也在改稿，他给樱子照的相片也洗好了。晚上，樱子独自一人在房间里待着，遵照编辑的嘱咐，衣带不解，时刻关注动静，一听到撤离的哨声就马上下楼，连电灯也不敢关，哪敢睡着啊。果然有一晚，她和衣躺在床上后不久，就听到街上传来一阵惊心动魄的尖哨声，顷刻间，楼里传来呼喊声和开门关门的声音，还有杂乱的脚步声。楼房似乎真的颤动了！樱子手忙脚乱地穿好凉鞋，抓起身边的行李就往楼下冲。

楼前的空地上挤满了人。潘编辑的妻子正在坐月子，此刻包着头坐在一个小矮凳上，潘编辑抱着孩子不断问，奶奶呢？奶奶呢？当看见抱着婴儿的奶奶后才放下心来。大家等了许久也不见动静，便陆续壮着胆子回屋去了。

经过这晚后，编辑动员一楼的一个住客搬出，让樱子从二楼搬下来，方便她遇事后撤离。后来听说那晚是几个烂仔搞的恶作剧，在街上猛吹哨子，害得人们惊慌地四处逃散。许多窗户被砸烂，有人急了往楼下跳，造成了很严重的后果。

在这期间，村里也发生了一场惊心动魄的事情。上面来人到村里宣布了地震的消息，叫大家晚上都搬到露天的晒场去睡，还对村里人讲解了地震前出现的预兆，其中有一条是，如果晚上鸡在窝里骚动不安，发出惨烈叫声，就是快要地震了。一天晚上，有一户人家的鸡群半夜里突然出现了打斗的情况，像被人捅了鸡窝一样惨烈地叫唤。这家人起床用手电一照，没发现有贼偷鸡，觉得应该是地震的前兆了，于是便高声喊起来，快敲锣呀！快跑出去呀！鸡群炸窝了，要地震啦！他这一喊，掌锣报警的人猛地敲锣了，住在屋里的人衣衫不整地全跑了出来，全村沸腾了。

邻村听到动静也行动起来，这村传到那村，方圆几十里像水沸腾了一样，整晚都喧闹不安。过后一检查，原来是那家人那晚吃了肉，将骨头肉皮之类的丢到了鸡窝，鸡吞不下一些大块的骨头，却引来了无数蚂蚁啃咬，许多蚂蚁还爬到鸡身上，因此引起了鸡群的骚乱。

民办教师生涯

高中毕业后，该干什么呢，能干什么呢？命运之神会怎样安排呢？樱子在阅读高尔基的名著《母亲》时，摘录了这段话："伤残阻挡不住前进的步伐，困难更磨炼了战斗的意志，战士削掉了手指，照样能打枪，失掉了一条腿，照样能骑马，革命战士是不会残废的。"这段富有激励的话，引起了樱子的同感和共鸣，但人家会这样认为吗？

一九七六年国庆后，大队里一个教高中二年级的语文老师请病假四十天，校长通知樱子去代课。上课的学生年龄参差不齐，有十几岁的，也有二十四五岁的，谁也不想放弃这迟到的读书机会。樱子战战兢兢地当起了语文老师，在许多个比她年长的学生面前她竟有些不知所措，很自然地产生了不喜欢做老师的自卑之感。还在本校任教的二姑却给她打气说，先做着试试看吧。

四十天的代课时间很快就过去了，接下去该干什么呢？在对前途的一片迷茫中，樱子的病又犯了，除了痛还是痛，她很丧气，难道还回到放牛时代吗？在无聊中想看书，又没有合胃口的书，想写东西又心乱如麻。二姑也替她着急，一到她那儿就唠叨不止，更让人烦。

在这之前，父亲曾去文教组找过组长，请求他在当年的中专招生中给一个名额，送樱子去读两年中专，让她有份工作养活自己。当年中专招生全公社初选八名，实际只招五名，其他七人都是民办老师，只有樱子是社青。

体检后一周，地区师范有个招生负责人到公社来面试樱子和另一个姓谢的人。面试很简单，先谈对读师范的认识和高中毕业后的经历，再读一段只有拼音没有汉字的报纸。樱子因为紧张，读错了一句，而姓谢的人已是多年的民办语文教师，读得十分流利。

樱子忐忑不安地等候命运的安排。就在樱子盼星星盼月亮的时候，公社有几位同志突然到她家来对她说了一通"一颗红心两手准备"的话。樱子嘴上表示服从安排，但她心里有了不祥的预感，那些话应该是冲她落选说的。果然，几天后，中专的录取结果就下来了，没有樱子。落选理由很婉转也很充足：她高中毕业还不够两年，按照当时大中专招生制度，考生必须在高中毕业经过两年劳动锻炼后才有条件入选。她难过极了，虽已领会前几天公社领导的暗示，但却不愿相信这是真的。很久之后她才知道，入选的五名民办教师都是有背景依靠的。

四月上旬，入选的都去上学了。樱子则接到了《广西文艺》的通知，到南宁参加文艺创作会议，为期九天。她这次选择从本公社坐班车到玉林住一晚，第二天一早再从玉林坐火车去南宁。樱子在船上睡不好，这样可以避免在船上过夜。她到公社开了介绍证明信，然后到路边等待去玉林的车，认识的人都以为她是去玉林读中专的。

她晕车很厉害，一路上大吐特吐。她在玉林火车站旁边的饭店住下，饭店的房间即使在白天也黑得像照相馆里的暗房，空气浑浊，憋闷得难受。晚上没电，说是抽电给农村抗旱，只能点蜡烛。幸好遇到了几个同是参加这次学习的人，其中一个是在隆安学习班时住在一个房间的中文系女学生，她已大学毕业，分配到家乡昭平县文化馆工作。第二天，一行人一块到南宁饭店报到。

樱子每到南宁，必会到小周家，但现在他家不知道搬到哪里去了，于是就给他厂里写信。他接到信后，在樱子回家的前一晚去南宁饭店找她，但恰巧房间没人——樱子去看电影了。等樱子回来时，小周已经走了，屋里留有一张字条和一包糖果。这糖果是他的喜糖？字条上没说。平时樱子与他都是谈学习谈写作谈人生志向，从不涉及私人之间的情感问题，互相之间也不会打听这些东西。这就是那个时代青年异性之间的纯真友情，纯洁得像一张没有任何污点的白纸。

学习班结束了，生活又陷入中师落选后的郁闷忧愁中。某些领导安慰她，让她再创条件，也有好心人说，迟早会有机会的。她听得出来，这都是软弱无力的安慰，想起在文艺创作会议上认识的年轻人，他们大多数都是幸运儿，都被选送上了大学或被招工招干变为有公职的人了。如贵县的丘雪芬被选送进了大学中文系，毕业后进了广西电影厂；西江农场的小谢、陆川的小林也都被选送上了大学；博白的小刘，民办老师不当了，进了某厂，多年后成为了这个厂的领导；就算很不景气的年轻作者，也当民办教师了。想来想去，就剩下她最没出息，成天待在家里受人讥讽。她陷进痛苦的深渊里，想写东西又写不出来，脾气变得很坏。父亲更加厌烦她，动不动就骂她。她患上了失眠头痛症，经常头痛欲裂，彻夜难眠，索性躲在家里不出来了。

要好的高中女同学凌来找樱子玩了。凌是她的远房表亲，高中时经常给她领饭打开水，还从水井提水到浴室给她洗澡。凌告诉她，他们大队一个姓黄的女孩高中毕业后回生产队劳动，整天哭哭啼啼，于是她的父亲找到文教组的领导，领导安排她当了大队学校的民办教师。凌很同情地说，她手脚健全怕农活儿，你呢，为什么不去找领导说说？凭你的名气，安排个民办老师看来不成问题。

于是樱子给调回原籍的陈副书记写信，向他诉说难处，恳求他给公社的领导、他的昔日同事写信，给她适当的安排。她又亲自到公社找领导，却不见要找的人。情绪低落中，她去找了公社高中文艺班的陆老师，以前就是他带莫同志登门指导自己修改处女作的。

说到工作问题，陆老师对樱子说，你还是当老师合适。供销社、粮所、食品站，虽然都是大家想去的地方，但那些工作要付出很大体力的，你做不来。做老师拿本书不过二两重，讲课几十分钟还能坐下休息一会儿，这文化传授与写作很沾边，还是做老师好。樱子信服他的话，给好几个领导写信，要求安排做民办老师，但都石沉大海，杳无音信。后来一想，也是自己看待世情太天真了，特别是调回原籍的陈副书记，他已不在其位不谋其政了，人一走茶就凉，想帮她也鞭长莫及了。

光是干等也不行，好运不会从天而降。于是父亲陪她去文教组领导家，向他提要求。文教组领导是掌握选送大中专生和安排民办教师生杀大权的。他家距离樱子家十几里，父亲选择了个星期日，也没带什么高级礼物，只是家养的两只鸭和一些土特产。樱子当时刚学会骑单车，还不大敢骑上路。父亲骑得快，她跟不上，刚走了三分之一的路，车胎又被东西戳漏气了，只得停在原地。父亲大骂她不中用，叫她回去，然后独自去了。但领导不在家，父亲只能放了东西就赶回来开工了。天不遂人愿，等吧。等待是很折磨人的，但也算是痛苦中的一点盼头。

这期间，之前来看樱子的凌去了远离家乡的大化电站建设工地，大弟也去了县里一个边远的水库工地做宣传报道工作。这些建设工地是当时热血青年向往的好去处。大弟去水库工地前先去公社落实一些具体事宜，回来后说，那天父亲虽没见着文教组领导，但他已经在考虑怎样安排樱子了，他准备叫樱子先代课。中专招生要等到来年春天，还有这么长时间，樱子只好先在生产队挖挖花生、剥剥黄麻，借此打发时间。有人跟她开玩笑说，这是镀金时期——当时的城镇非农知识青年到农村插队就被戏称为下乡镀金。

樱子终于接到代课通知了，是一个休产假的女老师的课，教小学三年级的语文，需要代五十六天。

小学生真难管，男生打架，女生吵闹，当面解决了背后又打闹起来了。上课第一天，班里一个女生头上长了虱子，把头发全剃光了，包上头巾，上课时还戴着一顶竹笠，伏在桌上不敢抬头。一个男生恶作剧似的揭开她的竹笠，樱子大声制止几次男生才罢手。放学后，天空下起了大雨，樱子全身被雨淋湿了，患了感冒。面对这一连串的麻烦事，樱子流露出了当老师难的情绪，这便给校长日后不接收她进校留下了把柄。

代课期间，学校的广播传来了大中专院校招生、恢复高考的消息，这令许多年轻人心情振奋，跃跃欲试，樱子也是坚定信心要报考的。他们抽空结伴到公社报了名，再到公社高中上复习课。在课上，樱子遇到了许多高中时的同学，他们现在也是民办老师。同学说有些人撇下学生不理，只管去听复习课，很多人都是鼓足劲头准备一搏。樱子虽有心考试，但不至于那么紧张，总用"运来自会来，无须太慌忙"这句老话来安慰自己。

高中同班同学 Q 也来学校代课了，也是替休产假的女老师。她的伯父是大队治保主任兼管理学校工作的贫管会主任，有权任免民办代课教师。她便自以为是，在樱子面前说话很狂妄自大。

此时校长大约是看樱子不顺眼，在背后讲她的不是。平行班的老师请假，他的学生就并到樱子的教室，两个班合在一起上课，人多嘈杂，樱子管不过来，校长不是想法帮助，而是跑去大队向 Q 的伯父告状，说樱子根本做不了老师，管不了学生。

这些话通过 Q 同学的嘴传到樱子耳朵里。Q 扬扬得意地说，以后你想正式进这学校就难了，我要进就很容易，我阿伯是在大队专门管学校的。当时 Q 是大队的风云人物。之前大队组建了一支小学女子篮球队，在参加全省同类比赛中夺得了冠军，县、公社于是拨款建了灯光篮球场。省里便把这大队定为群众体育示范点，各种体育项目都搬来试验。

集训的体育项目中有拳术这一项，由省上派教练来教会本大队一些热心的爱好者，再由这些人去指导训练民兵和小学生。因为是社会性的群众运动，并不只限于学校，所以除了学校的体育老师外，还得选出群众中的教练。Q 同学是个活跃分子，人小胆大，虽然个头只有一米四六，但是却自告奋勇地向其伯父请缨，于是她就当上了拳术队的教练。一招一式，吆喝得有板有眼，她指挥满操场的拳术队员，像跳大神的巫婆在台上东蹦西跳。之后学校要人代课，她伯父就让她来代课了，她现在还兼着拳术训练指挥官呢，小小人儿成天忙着出头露面，大展风光。

听了她毫不掩饰的狂妄之语，看着她的得意神情，樱子假意附和地说，那当然，你阿伯管着学校，随时可以进来，我没有亲人在大队当权，当然不如你自由随便了。

Q同学也报名参加高考，也与樱子一起到公社高中上复习课，当时学校允许已报名的民办、代课教师请假去听复习课。但Q根本就没好好听过课，她像一只浮躁而又活跃好动的小松鼠，这里跳跳那里瞧瞧，心思好像还沉浸在训练场上出风头的幸福感里。

樱子报考了文科，她对语文和政治十分自信，但对数学却不乐观，特别是高中部分。在她忙于复习功课，准备参加这次高考时，父亲去找了文教组的领导，樱子也给自认为会帮助人的领导写了信，要求若考上了就让她去读两年书，大学读不上，上个中专也行。高考报名后不久，樱子代课结束，回到家里专心看书复习，她的心里只有一个心愿——要考上学校。

一九七七年十二月十五日，樱子进考场了。考场设在公社高中的教室里，两人一桌，樱子正好与Q同学一桌。头一天考语文、政治两科，当时每科分数还是一百分。语文科的作文占七成，基础知识占三成。作文有两道题，任选一题作答，樱子选了《难忘的日子》，她写了一个先天残足的放牛妹爱上文学，得到了文学界扶持的故事。因为是亲身经历，又是用的第一人称，所以写得情真意切。

考试时，樱子埋头答卷，同桌的 Q 同学却忐忑不安。她平时的心思全在拳术操练场上出风头，原本文化基础就差，又不好好复习，一进考场就无所适从了。她想偷窥樱子的答案，樱子恨她狂妄自大，目中无人，每答一题就用草稿纸盖住一题。过后她就在背后对人说，樱子不够朋友。

二姑父被抽去地区批改化学试卷，回来与人闲聊，说这次有许多人交白卷，也有人答不出来，便在试卷上乱写一通，什么"小子本无才，老子逼我来。今年考不上，明年请轿抬"。这么差劲的考生！樱子心定了许多，预感自己能考上。

成绩揭晓了，樱子果然第一批就上线了，在本校几个民办或者代课教师中，只有樱子是第一批上线的。那时是成绩上线了才让人去体检的。文教组通知第一批上线的人去县师范体检时，樱子正好在县里参加文艺会议。

县医院将体检各科的人员、器械都安排到了县师范的教室里。外科是一个女医生检查的，问到了樱子的右脚，樱子告诉她自己的治疗经过，她不知道怎样填写才好，就去找了个中年男医生来。男医生叫樱子走路给他俩看，又让她脱掉鞋袜和长裤，继续走。他俩前后左右反复观察，检查得很严格很细致。

樱子体检回来后，许多人当面开玩笑，说大学生回来了。樱子想起体检时的情形，心里总觉得不踏实，老担心因残足而落选。这期间，舅父、好友以及同学都来向她打听消息。樱子说，不知道，结果由不得我改变。填志愿时，看到广西大学中文系文学创作专业在招生，她就锁定了它。但当时樱子根本不懂大学招生的章法，也没有人指点怎样填报专业，在她的愿望里，一个残足女，能上个中专就不错了，所以她将县师范填在了第一志愿，而忍痛把广西大学中文系文学创作专业填在第二志愿。

体检后，樱子预感残足会带来入选的阻力，便分别给几个领导写信，请求他们向学校说情，不要因为这个原因不录取她。她甚至给县委宣传部长也写信了，那时她实在找不出第二种办法了。

第一批上线的人体检后，陆续有中专上线的也去体检了。本大队连中专在内的共有十二人上线，他们也在日夜期盼着录取通知。后来樱子翻开那时的日记本，上面每页都写满了对读书的期待，真是"望眼欲穿事，满纸期盼言"。

在这紧张而又痛苦的等待中，公社宣委下乡告诉她，做好去县里参加劳模会的准备，全公社在文艺界评选两人，她是其中一个。在这个节骨眼上，大约是焦虑过度，病痛又缠身来了。樱子倒在床上，精神与肉体都痛苦不堪，几天几夜不得安生。

体检后一个多月就传来消息了：全县有十三名上了第一批榜，被省外的大学录取了。之后，本校已婚的姓周的民办老师得到了本大队的第一份录取通知书，是玉林地区师专的理科专业。文科的还没通知，许多人都安慰樱子，会有通知来的。紧接着，本校姓李的民办老师的中专录取通知书也来了。樱子是第一批上线的，却连中专也没有她的份，真的快发疯了。

Q同学起初以为樱子会读上大学，就不和她来往了，后来确认樱子没读上，就主动到家来找樱子。因为她俩一起读的高中，都参加了高考，都没读上大学，上天对她俩都很公平。聪明与愚钝待遇一样，甚至她比樱子还高一等，她起码有个有权的阿伯为她进学校当个民办老师提供帮忙。樱子呢？什么也没有！

在万念俱灰中，樱子到县里参加了县劳模会，连着几晚都住在女友胡或邱的地方。胡女友说，大学已无望了，能上县师范也好。樱子说，第一志愿我就填了县师范，能录的也该录了，现在看来是没有任何希望了。胡的姐姐与弟妹三人都从插队的地方赶回来复习参加高考，三人都考上了中专。胡担心眼睛有毛病，没有报考。邱也报考了，并且考的是英语这个当时紧缺而又热门的专业。

劳模会开了一个星期，白天开会或讨论，晚上看电影，这是当时各种会议约定俗成的程序。会议结束后发奖，先进个人的奖品是一支刻上"××年县先进个人"字样的钢笔、一条毛巾和一个笔记本。

高考落榜后樱子才得知，县宣传部长和莫老师都去县师范为她游说，但该校校长一味强调她不符合体检条件。莫老师后来还给樱子鼓劲说，来年再考，你语文科肯定不会差，这次你的作文就写得很好，只复习其他科就行了。鼓劲儿归鼓劲儿，樱子却有些灰心丧气，还有些赌气：这次考得这么好，竟然连县级的学校也没录取，以后还会有哪个学校录取呢？体检后，父亲曾找过文教组领导，叫他去县师范帮忙说情。落选后，父亲又去找他询问原因，他说不知道会这么快定下来。父亲就对他说，既然读书又没指望了，那就只有做民办老师这条路了。为了让他尽快给樱子安排，在他儿子结婚时，父亲给他家送去了两床棉胎。

一九七八年元旦期间，比樱子大一岁的堂姐出嫁了。同一家族中的三个大龄女子，堂姑和堂姐都出嫁了，只剩下樱子，工作没着落，岂敢提嫁人之事？

高考落选已成定局，樱子沉浸在伤感与烦恼中，于是，婚后回娘家的堂姐邀她与亲妹一起去桂平西山游玩散心，她姐妹二人轮流用单车载她。桂平距离樱子家一百多里路，当时的道路很难走，路上遇到不能行车的就下车步行，路上经过了几个圩镇，她们又逗留玩了许久，最后过浔江到桂平南木公社的姑婆家投宿。到姑婆家时已是傍晚，樱子累得再也不想动了。

第二天吃了早饭，三姐妹就往桂平西山去游览了。当时还没有收门票之类的规矩，她们就到乳泉和用四川刘文彩做原型的大型泥塑收租院去观看，然后到游览区的照相处照了几张合照。当时西山还很冷清，农村人生长于山区，对那些石头树木、高山峻岭本来就没什么感情，都是天生的模样，有什么好看头？加上心情不好，也就没觉得山上风景有什么新奇优美之处。

三月初，文教组那边有消息了：准备安排樱子当民办教师。樱子知道这是父亲去找了几次文教组领导的结果。她问了同村的一个民办教师，那民办教师说，听说原本想安排在本大队学校的，因为校长不同意，老推辞说樱子不愿做老师，还到大队去讲樱子的坏话，叫大队干部不要同意安排樱子，这事便搁置了下来。后来樱子还听说文教组领导去征求大队领导意见时，众多的大队干部里仅有一人同意安排，支书默不吱声，其他的都不同意，就连身为大队长的二叔也阻挠。Q同学的阿伯更是强烈反对，不用说也知道他为什么反对，因为樱子不是他侄女。换成是他侄女，保证会一百个同意！

樱子不知道怎么得罪了他们，竟连这么底层的一份工作也不让她做。她心碎到了极点，便写了封既愤慨又哀伤的信给文教组领导，请他无论如何要排除这些置人于死地的障碍，给她一条生路。父亲和大弟又频繁地找他，事情这才有了结果：去相邻学校任代课老师。

当时的代课或民办教师的报酬是这样的：公助民办的工资

一半由上面下拨，另一半由大队向各生产队按人口统筹，粮食则全部由大队向生产队统筹。自筹民办的工资及粮食则全部由大队向各生产队统筹。代课老师若是代公办老师的，钱粮都由上面给付，若是代民办老师的，则全部由大队统筹支付。所以大队就有对新进民办老师接收与否的生杀大权。民办老师一般由自筹民办做起，公助民办指标是由上头下拨的，指标给谁得按工龄和工作表现来定，也有少数利用关系的。因此，那些女民办教师很难嫁人，若想嫁到外大队，外大队未必会接纳她们进他们的大队学校，原本的学校又因她们外嫁而不再保留席位，使人两头不着落。因此，那时很多女民办教师都选择在本大队找对象，以保证自己的工作不丢失。男公办或者民办教师在没有把握给女民办教师找得席位的情况下，也不敢娶外大队的女民办教师，宁愿娶个种田的老婆。有些女民办教师想外嫁，但本校又没合适的对象，更不愿下嫁给本大队的农民，就只好听天由命，期待哪一天转为公办教师后再往外嫁，那是多么渺茫的事！于是就出现了许多大龄未婚女"难办"的情况。

　　樱子代的是公办老师的课，那位老师因意外亡故了，月薪二十九元，这是公办教师最低级别的待遇，而当时民办教师的月薪都是二十四元。因此有人戏称男女民办教师为"廿四哥、三八哥"或者"廿四姐、三八姐"。三八、廿四是当地对精神不正常的人的惯称，这工资正好与惯称巧合。许多供销社、食品站、粮所的职工也蔑视民办教师，虽然他们的月薪也是二十几元，但是他们所在的是实体单位，可以捞得单位内许多实惠和好处。确实，教师行业是清水衙门，家当就是讲台、黑板、粉笔和课本，这些东西既不能吃也不能拿。但就是这么低廉的待遇，许多人还求之不得呢。就像樱子，一番折腾下来，好不容易才挣得个代课的名额。樱子很知足了。她将留了几年的心爱的两条长辫剪成了容易梳洗的齐耳短发，带上简单的行李就到邻村小学教书去了。

别了，牵了两年多的牛绳！别了，让她蒙羞受辱的衣车！她变成了教书育人的乡村小知识分子，这是她天大的造化，是今生命运的重大转机！也是文学道路上的重大收益！

樱子到了该校，领导安排她当四年级语文老师兼班主任。一切安定下来后，樱子分别给朋友们写了信，然后托人到街上帮忙投寄，他们都开玩笑说，你累死邮递员了！

高中时樱子认识的最铁最够义气的女同学是陈二妹，她的家就在离学校不远的一个小村里。因为她在姐妹中排行第二，性格很像男性，泼辣能干，所以同学们都不叫她名字，而是叫她阿二。那时她坐在樱子后面，可是樱子的保护神。樱子与她上街或外出，遇到有人讥笑侮辱樱子时，她会挺身而出，为保护樱子而与人家对骂干仗。有一回，一群顽童对樱子说，蹩脚妹，一篇文章得读高中，她就去追打那些家伙。上学期间，她经常用单车载樱子到她家去吃饭洗澡，毕业后也经常到樱子那边的山里割草，回来的时候就在樱子家吃碗便粥，聊一会儿才走。现在樱子到她读小学时的母校来工作了，她就经常来找樱子玩儿，时不时接樱子去她家吃饭，家里有什么好吃的她也拿一份来给樱子，她家人也很热情地招待樱子。她的大姐远嫁广州市郊，送给了她一件嫩绿色的确良衣服，当时这种衣料很贵重。她嫌衣服颜色太鲜艳，不愿意穿，就转送给了樱子，说你不用干农活儿，不会有泥巴弄脏，最适合穿漂亮鲜艳的衣服了。那时大家的穿着都很传统，樱子也是第一次穿这么鲜艳惹眼的衣服，也觉得有点不自在。后来樱子买来一块颜色比较朴素的布回赠她。

这所小学有三个已经儿女成群的已婚女老师。李老师生了七个女儿，有两个送给人家了，自己养着五个。她和樱子是一个大队的人，樱子读小学二年级时就是她教的。她丈夫在公社高中任教，节假日的时候就回这里来。樱子与她既是老乡又是师生，现在还是同事，和她走得比较近。

赵老师生了三男一女，丈夫在公社文教组工作。梁老师生了一男一女，丈夫在本校的初中部当领导，樱子刚去不久，正赶上吃她女儿的满月酒。还有一个未找到对象的年过三十的"女难办"。樱子是新来的，大伙就专门拿她往男女之情方面开玩笑。也难怪，一个农村学校的男女，大部分都是本大队或本村的同姓同族人，而且大多是已婚的，不大适合开这方面的玩笑。樱子是外面来的，与他们不沾亲带故，所以他们就能放心大胆尽情地说笑。虽是玩笑，却也提醒她，是该考虑归宿问题了。

一个多月后，樱子与阿二一起到公社旁边的车站等从县城来的老朋友胡和邱，她俩来信约定这天找樱子玩儿。樱子将此事告诉给了阿二，阿二很乐意与樱子一起去等候，还准备叫上胡和邱一起到她家吃饭。她俩在车站等了许久，不见人影，正准备返回学校的时候，胡、邱二人赶到了。原来她俩不认得路，一直往樱子家去了。家人叫她俩去学校找，走了许多弯路，问了几次人也找不到。她俩担心被骗，打算回头返回县城去，想不到在路上撞见樱子了。来回几十里的路程，让不大骑车的县城姑娘累坏了。于是樱子骑阿二的单车，叫阿二用邱的单车载她，胡平时骑车多一点，挺得住。就这样，四人回到了学校。又饥又渴又累的两个人在李老师的屋里吃了早已准备好的、凉津津的白米粥。

休息了一会儿，胡才告诉樱子，邱被地区师专的英语大专班录取了，她俩在信中没说，特意留到这次见面才说的，要给樱子一个惊喜，让樱子也替她高兴。邱还送来了几斤樱子在信中叫她帮忙买的白糖，那时白糖也要有熟人才买得到。她就要到学校报到了，真幸福啊。

樱子叫她俩住一晚，阿二也说晚上到她家，家里已准备好要帮樱子接待她俩了。但她俩只有一天的休息时间，明早要上班，定要赶回去。樱子只好作罢，让阿二送她俩回到公路边。樱子将一些白糖给了学校的领导，又想给阿二点儿，阿二不要，说她哥在公社的加工厂工作，可托人买到。樱子便每天喝点白糖水，当时最奢侈的饮料就是开水加白糖，大家复习功课时也是这样补充大脑营养的。

时隔半年，高考又开始了。许多人主张樱子再考，莫老师也极力主张她再拼搏。她却信心不大，不过看到许多人都在准备，也随大流找了一些资料来看，不过主要精力还是放在教学上。管教小学生很费精力的，小孩子调皮捣蛋，稍不小心就出差错。一次劳动课，樱子安排学生抬粪水去浇黄麻，当时农村孩子没鞋穿，都是赤脚，一个男生脚底被玻璃割了一条长长的伤口，血流不止。樱子很害怕，赶紧跟校领导报告，领导便安排一个男老师用单车载着男生去公社卫生院，缝了七针，看到包扎好伤口的学生回来后她才放下心上的一块石头。

农村中小学的老师真不好当，白天老师上课，社员开工，大家都没空，所以家访只能晚上去。每周安排两次家访，与樱子搭档的是个高大威武的复员军人董老师，樱子上语文，他上数学。不知领导是有心还是无意，将未婚的他与樱子安排同上一个班，晚上家访也就理所当然要一起同前往了。樱子最怕的就是家访，路近的还好办，路远的就很费力了，瘸拐着走那山岭边的田埂小路和那长满青苔的独木桥，要多艰难就有多艰难。那一座座黑黝黝的小山，像蹲在黑夜中的怪兽，随时都可能张牙舞爪地跳起来；还有那草刺与毒蛇，以及那些一闻声迹就从村里冲出来扑人咬人的恶狗，要多可怕就有多可怕。每次去家访，都是董老师走在前边开路，一路走一路找些话题来倾谈。过独木桥时，他三两脚就走过去了，樱子却战战兢兢地像螃蟹爬行那样侧身在桥上小心翼翼地一寸寸挪。他问，要不要拉你一把？樱子内心当然很希望他能拉一把，但又自尊地认为这样就显得自己很不中用了，所以还是表态不用拉，自己能过去的。

有一次，家访完毕后，夜已深了。刚出村口，一只狗突然窜出来狂叫，似乎一呼百应，全村的狗很快就聚集而来，拦住了他们的去路，有几只还凶猛地扑过来。樱子被吓得魂飞魄散，惊叫一声后便不敢走路了，不知如何对付。只见董老师就地蹲下，口里吓唬恶狗，趁势捡起一块石头甩了过去。真怪，恶狗们竟被唬得怪叫着作鸟兽散。趁这当儿，他命令樱子，快走！我挡着！他就像电影里战场上为掩护战友且战且退的勇士，樱子在他的掩护下安全地突出了恶狗的包围。

这次之后，樱子对他就萌发了一种异样的情感：他多像个好哥哥。樱子是长女，没有体会过受哥哥庇护的幸福感受。要能有这样的哥哥就什么也不怕了，就能依靠他的保护，去战胜人生路上的一切困难。这种情感萌发后，樱子的心里便踏实很多了，很希望与他一起去家访，路越远越好，夜越深沉越显得浪漫、神秘、新奇！领导与同事也许看出端倪来了，就千方百计给他们单独接近制造机会。

有一晚，大家都去分校看电影。一个男老师事前说好用单车载樱子去的，出发时他却临时变卦，匆匆忙忙抛下一句话，你坐董老师的车去吧！又对董老师诡秘一笑，嘱咐说，你载她去吧！弄得他俩很尴尬。董老师很不高兴地说，你看电影这么上瘾！樱子看他不大情愿载她去，很伤自尊，去不是，不去又不是。最后勉强硬着头皮坐上他的单车，大队人马走了，剩下他俩独自在后面，却一路无语。

很久以后阿二才告诉樱子，她的表姐夫，也就是该校的领导对她说，他曾半开玩笑跟董老师提起想撮合他们，他却说受不起。知道他存在藐视自己的心态后，樱子赶忙收起刚刚萌发的情感，把本该汹涌喷发的情愫狠狠地压抑住，不让迸发、奔流出来。樱子是有自知之明的，也有很强烈的自尊心，若是人家不主动，即使她内心多么渴望别人的爱，自己多么喜欢别人，她也绝对不会主动。她会知趣识相地结束单相思的，绝对不会纠缠，肯定不会，一定不会。她也没好气地在心里说，走开！一边去吧！抛开这些杂念后她反而一身轻松，与他按照普通的同事关系相处交往，这种交往就轻松得多了。无拘无束，很随便，很自由，不用刻意隐藏什么，表达什么，没有了一切章程规矩。

后来樱子调离该校时买了两本当时认为比较好的长篇小说，董老师与另一位同事住在一起，樱子就送给他俩一人一本，以示公平，不偏重谁。这是樱子二十几年来头一回遇上有点好感、有所期盼的人，也是她这个弱者想寻找一份安全归宿的个人意念，既然上天不做安排，也就不强求了。

刚放暑假，民办教师就要集中到公社进行文化考核，原本说代课的不用考，后来又通知要参加，还说不合格的可能会被辞退，樱子只好怀着不安的心情去参加了考试。

秋季期开学，文教组将在本大队、学校和群众中影响不好的、阻挠樱子入校的校长调走了。樱子的代课期满，文教组便将她安排回本大队中小学做民办老师，月薪从原来公办代课的二十九元调整回民办工资的二十五元。

两个月后，樱子又听说大队支书的长子——一个读书处世都很差劲的人被文教组安排到相邻的一个大队学校去代课了。后来樱子才知道，这是个交换条件，文教组安排了支书的儿子当代课，支书才答应让樱子回本大队学校。支书的儿子在外大队代了一学期课，也像樱子一样转回本大队当起了名正言顺的民办老师。这是文教组领导的精明计策，只有这样才能将樱子妥善地安排好，樱子知道事情经过后，万分感激。

学校安排樱子担任五年级乙班的语文老师兼班主任。当时小学的学制是五年，也就是说，樱子带的是小学毕业班。当时公社高中内都设有初中重点班，从每年的初考中挑选成绩最优秀的小学毕业生，这些学生要往地区高中、县高中或中专冲刺。当时已开始在初中毕业生中挑选中专生，这就给各层次毕业班的老师施加了很沉重的压力。

樱子接管了这个小学毕业班，她憋足力气苦干，企盼能有个好收成。终于，在期末统考时，她所带的班取得的成绩在全公社中排中上档次。可是当全公社出成绩通报时，却将甲班的全公社倒数第二的名次错记在她的名下，而将她的成绩误记到其他人的名下。全公社老师看后议论纷纷，说她写作上虽有一定水平，但教学水平却并不怎么样，教出的学生成绩竟是全公社倒数第二。她受了天大的委屈，赶到文教组去要求查证后给予更正，他们却说通报已发到各校，每个老师都知道了，再更正也起不了作用。她想想也是，只好带着委屈，忍受着别人的非议，继续发狠工作。最终在升学考试中，她班里的三十六人中有六人考入公社重点初中，而平行班却仅有一人考上。

不知是有工作之后心情好了还是饮食起居有了规律，樱子像换了个人似的，鲜嫩的脸上油光发亮，白里透红的皮肤干干净净，没有半点瑕疵，许多女伴要往她脸上掐捏一把。当然，她相貌身材原本就不差，小时候在路边放牛时，就有过路人慨叹过，这么好的一只猫竟然没有尾巴，意思是这么靓丽的女孩竟是个残足的人。她到地区参加文艺学习班，中途在走廊上休息的时候，冬季的太阳晒在脸上，暖烘烘的，脸色很好看。有几个早已熟悉的作者当面就说，樱子长胖了，脸色比以前好多了，真是女大十八变，十八无丑女！一个和她一起学习过的男作者知道她是二姑的侄女，就对二姑说，她是你侄女呀，那时许多认识她的男作者都说，她要不是脚有毛病，军官也要追她的！

回到学校后的那晚，已有两个小孩的董老师来到学校宿舍，她、樱子，还有另一姑娘 Z 同住一个房间。董老师只是白天会在房间里待一会儿，晚上回家住，她家就在学校旁边的村子，不过偶尔晚上也来转一下。她一来到房间，就对樱子说，回来了？不带个阿哥儿回来？樱子说，人家不要我。爱打闹的 Z 姑娘说，人家不要我要，这么水嫩好看的脸蛋，我先捏一把。说着真的捏了一把樱子的右面颊。樱子痛得惊叫起来，流氓！抓流氓！她咯咯笑起来说，还有更流氓的呢。她把樱子放倒在床上后，就朝她的胳肢窝搔抓。樱子痒得满床打滚，气都快喘不过来了。董老师嘻嘻地笑，起哄说，吻她！Z 姑娘说，不敢吻，初吻留给她以后的男人吧，我怕夺了她的初吻，她以后的男人会来打我。

刚打闹结束，何老师的大嗓门就响起了，呵呵，大老远就听到你们的笑声，三个女人一台戏！随即人就出现在了门口。

樱子说他，你老婆才是女人！

他问，你们是男人？

董老师代樱子回答，她们是女孩，是姑娘，是黄花闺女，出嫁了才是女人！

这么讲究！他说，哎，你想出嫁了吗？邻校的凌老师很钟情你，他说如果他没结婚，就一定要追你，你长得好看，脚有一点点毛病他不计较，人不会十全十美。

樱子觉得受到了侮辱，他不计较我计较！他是旧社会的地主？要三妻四妾？

何老师见她生气了，就说，他有老婆了不说他，那个小黄老师没结婚，他也想追你，说要你也不要那个李老师。你中意他吗？我帮你跟他拉线。那个李老师也是邻校的，个子矮矮胖胖，身高不够一米五吧，正在恋着同校的小黄老师。

樱子说，我不当这个恶人，人家正恋得热火朝天，我不插足进去。

一九七九年的元旦，樱子为了配近视眼镜，同时也为了出去散散心，就邀上堂妹坐船往梧州去。她预先叫同事带了一袋本地的特产甜杨桃，又到镇上买了两个当地有名的腊鸭，想去看看原来在自治区医院认识的病友胡姑娘。

樱子费了好大劲才找到胡姑娘家。她父母都在市火柴厂上班，她在市酒厂工作，几个弟弟都去插队了，时不时会回家逗留一阵。家里人多，住房窄，樱子与堂妹就挤在一小架床的下铺，床对面就是她两个弟弟的上下铺，像间窄窄的学生宿舍。

好在是冬天，睡觉不用脱得太多，将就着凑合两晚吧。元旦这天，胡姑娘的酒厂与另外几个厂联谊，由厂团委组织元旦活动。她邀上樱子姐妹，一起坐车到郊外。先是登山，堂妹参加了，山村人爬山不是难事，堂妹摘了几面小红旗回来，奖品是几幅挂图。登山之后是猜谜，这回樱子也猜对了几道题，也得了奖品。最后是看厂里的交谊舞表演，当时的年轻人还不怎么开放，看着一对对青年男女手拉着手在舞动，别说农村女孩看不惯，就是厂里的一些女孩也看不惯，樱子就看见她们不断地撇嘴，互相使眼色，一副鄙夷的神情。还有几个像是嫉妒般奚落道，这么有本事，干脆就在厂里跳给更多的人看，为啥躲到这荒郊野外来跳？

临走的前一晚，胡姑娘要去上夜班，她说第二天早上到港务站送樱子，叫樱子等她。第二天早上，开船时间快到了，樱子姐妹并未见到胡姑娘，只好随着人群登船了。在船上坐了好一会儿，胡姑娘急匆匆赶来，说她刚下班就赶来了，公共汽车很挤。她带来了两瓶厂里酿造的稔子酒，凑到樱子耳边说，拿回去，给你母亲喝，你喝也行，补血的！

艰难的爱恋

梧州之行回来后不久，经人介绍，堂妹与外公社的一名男青年成婚了。堂妹又叫她的红娘帮樱子也找一个，好让她平时有个伴。红娘应允了，堂妹便用单车载她去相亲。

那是个五口之家，姓 L。父亲已逝，母亲在大队卫生室当农村接生员。兄弟三人均未婚，还有个妹妹。老大当兵已复员，现在回家务农，看着很精干，黑皮肤，身高仅够一米六吧。老三和妹妹没见着。樱子相的是老二，大队的拖拉机手，大队初中毕业，身高大约一米七。介绍人说，就冲他这身高才介绍给樱子的，樱子干不了的粗重活儿就让他来干。

下午到他家的时候，他不在家，樱子就把挎包挂在他房间里的墙上，转头去了堂妹家。第二天上午终于见到他了。他的皮肤虽不像他哥一样黑，但长相却不是樱子喜欢的，才二十几岁，前额就光秃秃的，像个脱发老头；那上排牙齿大约原来是龅牙，全拔掉了，露出来的都是白色假牙，弄得上唇翻起不能闭合，永远裸露着牙床根和白假牙。樱子无法接受，本想一走了之，但出于礼貌，只得不露声色地勉强在他家吃了顿饭，吃到了一口臭腊肉，恶心得憋不住，赶紧到外面吐了，感觉脸上热乎乎的。

相貌差还不算，最无法容忍的是他竟偷翻樱子挂在他家墙上的挎包，还好里面仅是换洗的内衣和一篇准备寄送的稿件。他问樱子，挎包里的那篇文章是你写的吗？樱子这才知道他翻过她的挎包了。更不堪忍受的在后面呢，饭后闲聊中，他母子二人对樱子的残足东问西问，还要求樱子将鞋袜脱掉让他们检验。

樱子气得真想扇他们耳光，心里默默宣告：就算我一辈子嫁不出去，也不会进这种没教养的家门！这样不尊重人，把人当成商品来挑拣审视。好在残疾是在脚上，若是在隐私处，岂不是要扒光衣服，来个全身检查？像牲口贩子买牛那样摸捏着看牙口？要想知道别人的实际情况，可以通过间接委婉的方式和途径了解，怎么能这么直接露骨地伤害别人的自尊，弄得别人无地自容、如此尴尬呢？樱子当即婉转且气愤地拒绝了这对母子无礼的要求。

他要送樱子回家，樱子拒绝了，自己转身去了县文化馆交稿件。他家不远处就是浔江，一过江就是县城。樱子将稿件《兵兵》交给了县刊编辑。这是一篇三千多字的儿童文学作品，当年就在县刊上登载了。第二年又在地区刊物《金田》上转载了。

相亲结束之后，红娘说，双方已见过面了，男方表示没意见，若樱子也同意的话就开证明去办结婚登记。樱子借口说想找个同行的，他不是同行，委婉地回绝了。他也写信说了与介绍人同样的话，樱子本不想回信，让这事默默地淡化过去，但她余怒未消，就给他回信："算了吧，一个肢体有残缺的人与四肢健全、身材高大的你结合的话，会给你造成拖累，增加你的麻烦，变成你的累赘，甚至会造成悲剧。"他回信破口大骂："你就是悲剧的制造者……你是害人的罪魁祸首。"骂就骂吧，樱子是在众多的贬损伤害中长大的，不在乎多一次或少一次的咒骂。她迅速将这从外貌到心理都丑陋无比的东西丢掉了。

相亲失败后，樱子决定再参加一次高考。民办老师的工作毕竟是风雨飘摇般的不稳定，哪天命运不济了就会被辞退。复习了一段时间后，她的心思一直不定，经常走神，老是想起被人如相猪相牛般相看的耻辱经历。她有许多感情要宣泄，便把自己个人的经历及感想写成了一篇作品《红与黑》，在高考后，她又躲进空荡荡的教室，继续抒写《何四姐的本领》，写到动情处，竟泪流满面，无法抑止。不知道当时心理为何如此脆弱，如此容易动情，是被小说中的人物感动了，还是联想到自己的处境才潸然泪下呢？

就在六月的忙乱中沉浮的时候，樱子收到了一封信，是一个不认识的姓涂的男人寄来的。信中说，他是距樱子这里很远的公社初中的民办老师，是浔江北边的。他们虽互不相识，但他很早就知道她的名字，也听见过樱子的人描绘樱子的相貌。他也是个文学爱好者，曾在县文艺刊物上发表过作品。为了与樱子探讨文学上的东西，要求与樱子交个不见面的朋友。这是极平常的信，与文学爱好者通信谈创作，不论男女，樱子都乐意为之。樱子翻出近年所有的县刊文艺杂志，果然看到了他发表的那篇小说。于是樱子给他回信，同意交这个不见面的朋友，不过声明一切都要等她和学生考完试以后再说。

一个月后，令人紧张而揪心的师生大考过去了，樱子感觉语文考得还算顺利，其他科就不甚理想了。果然，只上了县师范民师班的线。体检又是到县师范去做的，樱子碰见了许多从各公社来的青年民师，因为从这年开始，县师范特设一个民师班，从民师考生里录取。她将高考分数和体检情况写信告诉了莫老师，莫老师转头便给县宣传部长写了六页信，阐明了樱子的特殊情况，又专程去县师范找校领导疏通。他写信告诉樱子，这次可能有希望，樱子心里踏实了点，成天关注这事的父亲也放心了。

放暑假了，姓涂的男子又给她来信了，说想当面讨论一些文学上的问题，然后真的在暑假按图索骥地找到家来了。他大约二十四五岁，一米七的个头吧，皮肤黝黑，眼神中透出精明干练的光芒，能说会道，抽烟很厉害。他说他是省艺院师范系毕业的"社来社去"的工农兵大学生，刚毕业几个月，还没落实分配，现在是他们公社初中的民办教师。他还亮出毕业证和学生证给樱子看，让樱子相信他不是找上门来的骗子或歹人。他来了之后，就帮樱子修改抄写《红与黑》和《何四姐的本领》，这是樱子流着泪写成的作品。之前把作品寄到《金田》后，编辑认为写得比以前任何一篇都好，就寄回叫她修改。他字儿写得好，樱子字儿很差，他就叫她加强练习，并略点了写字要诀，无奈樱子手势已定，无法练好。

天气炎热，也难为他，白天黑夜大部分时间都在弟弟的房间里写呀抄呀，也抽了不少烟。晚上蚊子凶，他点上自带的蚊香，看来他是有备而来的。在这几天时间里，他与樱子谈了文学上的东西，还带来些文学指导之类的书籍给樱子看。

几天后，他将没改完的稿件带回去了，后面寄回来的时候，原来的上下两篇被他合为一篇，删去了许多章节，整个作品简洁紧凑了许多。樱子将这篇修改稿写上了他和自己的名字，寄回了《金田》。当时整份刊物由从贵县文化局抽调来的老李同志负责，他看了樱子这篇稿件后给樱子写信，说他是一口气读完的，赞叹樱子的比以前有进步了，准备在来年的第一期刊用，希望她再花心力改得更好些。他的信都是用毛笔或钢笔认真写的，许多封信都有两三页之长。他的信件末尾署的是笔名路丹，在信中他还专门说明自己就是当年在贵县文化局的老李，还问樱子是否记得他。樱子回信说，怎么会不记得呢？当年莫老师护送她第一次上南宁的时候，到贵县就是去他家吃饭休息。他们都把樱子当小孩子来关心爱护的，直到现在，他在给樱子的这些谈稿信中都是亲切关爱地称她为"小樱子"，充满父爱般的慈祥。对于这篇流淌着泪水的稿子，老李也百般呵护，百忙中的他先后给樱子写过六封信，可见他也花了很多心血培养樱子的。他还给莫老师写信，并将稿件交给他看，与莫老师的通信估计也有好几封吧。

　　暑假快结束的时候，樱子收到了姓涂的男子给她寄来的令她耳热心跳的信。信中有这样的话："你是长在高高山崖上的一朵淡雅之花，许多人都畏惧山崖的高峻不愿采摘，但我不怕，我爱你，我同情你，我要克服困难攀上山崖去采摘。"看到这里时，她的脸突然发烫了，心咚咚地跳，明知道学校办公室里只有她一个人，樱子还是赶快抬眼扫视了一圈，很害怕有人发现这个秘密。她感到很突然，好好地谈着稿件，怎么扯到这事来了？一点心理准备也没有，樱子又惊又怕，惊的是竟有人这么直率，没有任何过渡；怕的是自己是残足女，一般人都望而却步，正如他信中所形容的那样，许多人都不愿采摘，他却说爱。是真还是假？不管这爱是真是假，樱子还是第一次得到这个"爱"字。只怕他来历不明，用心不良，虽然亲眼见过他的有关证件，但他若是个骗子来愚弄人呢，堂堂的一个大学生怎么会爱上个残足女呢，不怕被人耻笑吗？不怕日后生活艰难吗？这爱可靠吗？大概不是头脑发热就是别有用心。樱子理智地回信，拒绝了他这横空飞来的爱。那段时间她眼皮老是跳，心里时不时会涌出一股不祥的预感，整晚失眠，终于，她又病倒了，先是发冷发热，然后咳嗽不止，只得半夜爬起来坐到天井边对着天上的明月发呆。她把弟弟们吵醒了。大弟叫二弟起来给她弄点什么药来止咳。他们都以为她病得难受睡不着，哪里知道姐姐的心事？她叫二弟回去睡，不要打扰她。对涂男子赠来的"爱"字，她是很矛盾的，既渴望得到，又担心是个泡影。虽然与一帮待字闺中的女孩在一起抒发感想时，都异口同声地表示一辈子不找男人，但现实是不允许的。老了怎么办？而且农村女子是不允许老死在娘家的。邻村就有个例子，一个不知为何不出嫁的老姑婆成天被娘家侄子咒骂，甚至大打出手，连锅碗瓢盆都被砸过许多次，告到公社次数多了，公社也烦，便有人埋怨她年轻时为何不找个人家落脚。

就在樱子内心备受煎熬时，涂男子更加滚烫的信又来了："我爱你，我同情你，我要做你人生的拐杖，即使社会偏见怎样残酷，我也要冲破传统偏见与你相扶相携在人生路上。"见他说得如此坚决，樱子心存侥幸地想，这次大概又是上天怜悯自己了吧。

为了慎重起见，樱子一边叫涂男子将她的残足状况告诉他的父母，征求他们的意见，一边写信给《广西文艺》的黄编辑。黄编辑也是省艺院毕业的，而且她的丈夫是该院的领导，家就安在那里。樱子叫她帮忙了解省艺院是否有过这个学生，在校表现怎样。很快，涂男子一封十几页的长信和黄编辑的答复信都到了。黄编辑在信中说，确实有这个学生，在校时是共青团员，班干部，学业可以，生活作风正派。

樱子还是有一点不能放心：这么优秀的男人会真心爱自己吗？她带着这个疑问去读他的信："虽然父母强烈反对，但我爱你的心不变！你是上天埋在土里的金子，我历尽艰辛也要把你开采出来……我爱你爱到黄沙盖脸之日，海枯石烂不变心！即使前路布满荆棘，我也永远陪你走下去……"全是山盟海誓的豪言壮语！樱子半信半疑。是他空虚寂寞时寻找精神填充物？还是个心理变态的大傻瓜？抑或真如他所说的与她有文学上的共同爱好？樱子将这一堆的疑问在信中向他抛出。

暑假结束后，高考上线的人都陆续接到了录取通知书。县师范的录取通知也发完了，又没樱子的份！莫老师再次到该校去问，不见校长。一个熟识的老师告诉他，因为樱子体检表上写着明显足残，任谁来说情也不录取她。这给樱子的打击够沉重的，她又伤心地痛哭了几回，哭得天昏地暗，这辈子没有读书的命！

涂男子也来信对她未被县师范录取表示愤慨，他主张樱子向地区招生办写信申述。她照写了，但又有什么用呢？命中注定不该来。父亲上县师范找校领导，说明樱子生存的艰难，对读书的渴望。人家客气地安慰说，今年已成定局，明年再考吧，若再考上了便录取。父亲回来转述这话，还说他以为莫老师他们跟学校都说好了，今年一定会录的，他就没出动。早知这样他就亲自去说，可能还有点效果。说来年再考，那是送人出门的客气话。还有来年吗？年岁不饶人，来年就超龄不能考了。樱子算是彻底对读书丧失了信心，好在人生还有一些亮点，就是爱情在向她招手，她的挚爱——文学创作也正开始结出硕果，有这两样存在，她的人生也不至于全部灰暗无光吧？

国庆节前夕，涂男子又来了。樱子放学后回到家，他已在家里等候多时了。他与樱子说了很多，一直谈到半夜一点多。他主张樱子来年再考，然后要多看文艺评论和文学作品，多积累生活素材，以便今后的创作能得心应手。

国庆节的当天晚上，皓月当空，给大地铺了一层银辉。涂男子邀请樱子到远离村子的大水渠旁边坐坐，这是他白天选好的地方。他俩坐在渠边不停地说，恨不得把所有的话都倒出来。樱子第一次与异性独处，心怦怦地跳，渠水载着他俩的欢声笑语奔流而去，樱子的心比那渠水还激动！田野的静谧，偶尔的虫鸣，山峰的黑影，构成一副动静共存的浪漫夜景，如此幸福，大概是上天赠予的吧。

但这幸福的感觉没维持多久，涂男子突然冒了句，你是否在你大队找个更理想的人？当时女民办老师的去向归宿的确是个难题，樱子为此伤透了心，想到许多次触摸到了读书的边缘，却被体检这道关卡无情地挡住了，她抑制不住地哭了，代之而来的是冰冷的空间，冰冷的身心，冰冷的人类，包括坐在身边的这个曾经给过她短暂安慰的人。他扯了扯她的衣袖，问她为何突然哭了？天哪！连他伸过来的手也是冰凉的，可见他的心也是冰冷的了。他对樱子态度的转变，肯定与樱子没读上县师范民师班有关。

他猛地抽着烟，静静地听她哭。夜很深了，也很凉，樱子浑身发抖。他看她哭得差不多了，就说，回去吧，太凉了！樱子痛哭了一场，反倒觉得心里坦然平静了许多。她在心里说，来吧，人生的波折苦难！只要我不死，就要挺立着迎战一切纷纷扰扰的苦难！

涂男子在樱子家里住了三天。分别之际，他俩相对无语。他交了张字条给她，是叫她在困境中学会坚强之类的话。

涂男子回去后的第四天，樱子又收到了他的一封长信。当她读到第二页时，脸禁不住又烧起来，心咚咚地跳得很厉害。"那晚我本来与你谈得好好的，我的一句话就让你伤心痛苦，你哭了！当时我真想将你一把揽进怀里，抚慰你那颗受伤的心，但我这样做必定会引起你更大的痛苦，给你造成更大的伤害，我就抑制住了。"

在此期间，有消息说，"社来社去"的大中专毕业生在年底分配录用完毕，不知涂男子是否留在教育线，按理说他读的是师范专业，该留在教育线的。

此时的民办教师人心浮动，情绪很不稳定。上级要来考核，合格的发任用证留下，不合格的辞退。学校的总务在此时悄悄告诉樱子，原来从她去年到相邻大队的学校代课时起，她的工资就没着落过。因为大队干部不愿让她进学校当民办教师，文教组领导就让她去其他大队代一学期课，工资先从教育组经费里挪。第二学期文教组领导就把大队学校的校长换了，又将大队支书的儿子也安排去其他大队代课，条件是要支书答应让樱子进入本大队的学校，公助指标由文教组按名额给，由大队统筹粮油和部分工资。刚开始支书是点头的，但其他大队干部还是不同意，整个学期应该由大队统筹的部分都没有落实，文教组领导只得通过新校长先从学校经费里挪，日后再慢慢想办法填补这个洞。为了不影响樱子的工作情绪和引起其他的麻烦，这事只有校长和总务知道。支书的儿子同样在其他大队任教一学期后回了本大队学校，由文教组领导与支书一起力排众议，樱子这才与支书的儿子被纳入大队统筹，原先学校给樱子垫的钱也由大队填补回来。向大队讨说法的理由是，樱子比支书儿子出来早，他得到的樱子也该得到。只是樱子直接得到了文教组特批的公助指标，支书的儿子则是大队统筹的自筹民办。樱子听了事情的经过，感觉有点后怕，好险哪，若不是文教组领导为她谋划出招，她连这民办教师也当不成。

　　因残足而受歧视受排斥的遭遇，使樱子从小就产生了逃离家乡的念头，所以那晚听到涂男子叫她在本大队找个合适的人的时候，她就悲伤地痛哭。樱子内心万分感激文教组领导，她花了一个月工资，买了礼物亲自送给他。她得到这份工作是多么的不容易啊，也很受人嫉妒。有人故意说难听的话让她听见，什么某某手脚健全都没得老师当，人家蹩脚的当老师了！为了生存，她忍气吞声，不计较别人的非议，而是非常珍惜这份工作，想尽办法去做好。一个姓秦的女生病了几天不能来学校，她就买了礼物去看，女生和家人都很感动，这学生便一直和她保持来往。

　　涂男子频繁给樱子寄信，成写信狂了，每星期至少两封。同事开玩笑说，她的信最多，实在是多。也有人说，人家是什么时候了，这个年龄信还不多就不正常了。有时候涂男子的信来了，有男同事拿着信高声叫唤，樱子，你的南（男）方来信！因为以前有一本书《南方来信》曾广泛流传，所以同事就取了这个谐音开玩笑。

　　樱子开始感到不耐烦了，对他信中表露的"同情"二字也深感别扭。她也把信写得很长，与他展开辩论：

　　　　你满纸都是"我爱你，我同情你"之类使我伤心的话，你俨然是个救世主，我是你从苦难中拯救出来的难民，为了对你感恩戴德，我就得永远承认我是个情场上的可怜虫。我为何如此反感你的同情呢？你看看今年《作品》第九期《疯姑娘》就知道了，小说中的刘明辉很受我敬重。我的那句"须知以同情为基础建立起来的爱情是很容易崩溃的"，这说法的依据是从《爱情的位置》得来的，冯姨对她的表哥只有同情没有爱情，客客气气相处了几个月就分手了。当然，你也有《湮没》作为论据，我看何兰并不是同情蔡源才建立爱情的，他们早在蔡源遭难前就已建立了爱情，只是在蔡源遭受厄运后何兰为了对他们纯洁的爱情保持忠贞，坚定不移，不叛变和出卖自己的爱情，才那么死心塌地去爱蔡源，这只能说明她并不是那种"顺境时爱，落魄时弃"的势利眼，并不存在由于同情而发生爱情的成分，如果她是在蔡源遭难后同情他才去建立爱情，那么你的说法才成立，才令人信服，像《疯姑娘》那样，原本她并不爱刘明辉，只是当刘被投入监狱后她才觉得他可爱——其实也不仅仅是出于同情，因为刘是为了救她，为她顶罪而去坐牢的，此事感动了她，才促使她爱上刘的，如果单靠她原先的同情和怜爱，我看她一辈子也不会爱上刘的。

所以我得出结论：单靠同情是不能建立爱情的，这种爱情不会长久，很快就会崩溃。当然同情在爱情中也能起某些促进作用，加快爱情的进展，但绝不是决定性的起主导作用的因素，只能算是个附加成分。想通了这一点，你就不会像施舍给乞丐一瓢热粥那样对我开恩，赐赠你的怜爱和同情了。我要的是互相爱慕、互相欣赏、互相尊重、互相鼓励、互相帮助。那种怜悯病猫般的同情，我不会感兴趣，而且会冷眼相对的。接受那种居高临下的同情，强者对弱者的开恩，就像乞丐接受嗟来之食那般毫无人格和尊严，这是爱吗？这是对弱者的尊严进行侵犯和凌辱的霸道行为，我心里大为不满，很不是滋味，难道我就因为残足而变得一无是处，没有半点值得别人倾心爱慕和欣赏的地方吗？既然是这样，那还牵强地维持这种关系有何用？

　　樱子不知道别人谈恋爱是如何的甜蜜，她这所谓的恋爱没有甜言蜜语，没有卿卿我我，只有带点火药味的笔头辩论，这种"笔头说亲纸为媒"的做法，使她隐约有不踏实感。别看他信上写得那么火热，樱子都不敢相信上天会在这个问题上能对她如此厚爱，让他找上门来施舍爱情。此刻，她也只能暂且与他把游戏做下去，哪天结束就算哪天吧。并且他的信虽写得很长，写得频繁，但都是一座座空中楼阁，没有真情实感，都是豪言壮语。她每晚给他写辩论信写到深夜，觉得很激愤，也有点亢奋，有那种把内心不满宣泄出来的痛快。

　　过几天，县教育局就要组织人马下来对民办教师进行任用考评了。樱子只得把与涂男子的有关爱情辩论暂搁一边，先做好工作，过了这一关再说。她放弃了星期日的休息，全身心地投入教室布置中，像在辅导专栏上粘贴语文知识，选贴名人名言和优秀的学生作业，表扬好人好事这些，把教室布置得熠熠生辉，才能显露班主任的工作才干。

　　在她专心致志地准备迎接考评的时候，涂男子又来信了。他让樱子把与他谈爱的事告诉二姑，信中的末尾第一次出现了

"再见"二字。樱子心里一惊，有了不祥的预感。她的理解是：事情结束了或与人绝交了，就在信的后面写上"再见"或"祝你幸福"之类的祝颂语。像电影结束时，银幕上会出现"再见"二字，表示电影放完了。那么，当朋友间的情谊该结束时，也可以用"再见"二字来暗示，说明这场"电影"结束了，可以分手各奔前程了。不知他是不是这种意思，看信的内容又不太像，不然他怎么会让她把这件事情告诉二姑呢？

县教育局组织的民办教师任用考评组进入学校了，阵势很震慑人，有从外公社各校抽调出来的校长、教导主任，也有各公社教育组的领导和辅导员。他们先听民办老师上课，然后检查学生作业的批改情况，还有各种诸如班主任家访，教育教学记录，作业批改登记以及课内课外辅导记录等，最后听本校领导、公办教师代表对被考评对象的评价。每位被考评的对象神经都绷得紧紧的，生怕出现半点差错而影响留任。

樱子的课是本公社教育组的一个辅导员听的，他们都说她很幸运，自家人不会与自家人过不去，总会想法让自己人通过的。樱子不以为然，觉得单凭这一节课来决定一个民办老师的去留，未免有点荒唐而武断。

刚经过了各项考评，樱子紧张的神经还没完全松弛下来，县文化馆的莫老师下乡经过学校时来找她，他给樱子买了两本儿童文学读物。在饭后闲聊中，他问樱子有没有谈对象，樱子便老实地将她与涂男子的书信来往告诉了他。莫老师说，他要与涂男子谈谈，叫樱子写信让涂男子去找他。因为涂男子也是在县刊《花洲》上发表过作品的，也是他的学生。

考评组的人撤走了。就在这天，樱子收到了涂男子寄来的两篇习作，叫她帮他修改。他在信里说，这几天没收到樱子的信，到底是怎么一回事呢？正当她百思不得其解时，樱子又收到了他的来信，与她对"同情不是爱情"的说法展开争论。樱子不想再费心思争论这个问题了，暂时没有给他回信，直到二姑给他去了一封信，叫他元旦放假时再来玩时，樱子这才回信，但避而不谈他的"同情产生爱情"之说，而是告诉他，她已把这场所谓恋爱论争告知莫老师了，莫老师叫他到县文化馆谈谈。也不知道他和莫老师谈了些什么，他半点也没吐露，樱子也不好问他。

一周后，涂男子给二姑回信，信里有一张他的半身相片。他是想让二姑多了解他，认可他，因为二姑是代表长辈给他写信的。相片拍得不是很好，他的表情也很不佳，板着面孔，就像要骂人一样，要不是已经认识了他，樱子单看相片是会被吓着的。

可是没过几天，晴天霹雳从天而降。樱子突然收到他父亲的来信，信里把莫须有的罪名扣到樱子头上来。说什么"如果你硬要和我儿子结婚的话，你们的幸福很自然是建立在别人的痛苦之上。真的为了此事把他妈逼死，出了人命案，后果难负。俗话说，剩猪、剩羊，不会剩个烂妇娘。你自己残疾是你的事，请不要坑害别人！"

读完信后，樱子顿觉天昏地暗，像遭暴雷击中一样，彻底蒙了。愤怒、羞耻、冤屈塞满心胸，堵堵的，但她没哭，而是愤怒地将来信复抄了一份。本想将原信寄回给涂男子的，但想到这信是他父亲谩骂羞辱自己的证据，需要保留住，她便改变做法，并马上给涂男子写信："我从懂事到现在，从没想过要把自己的幸福建立在别人的痛苦之上，更没有坑害别人的打算！用烂妇娘来比喻我，更是奇天大冤！我脸皮也烧得发烫了，是被心中的怒火烧的。现在我郑重声明：本人自动退场，不再与你演这种戏了，我早已预料这是个悲剧，所以我没有太投入感情。更要命的是，这封信早不来晚不来，偏偏在你把这件事告诉我姑姑和莫老师之后寄来了。要是早点寄来，我就不用像现在这样难堪了。收起你的同情心吧，我没有福气接受你的同情，我也不愿这样眼泪汪汪，忍辱含屈去承接你的同情。我虽是个肢体有欠缺的人，但我还有健全的人格与尊严！我不是你父亲咒骂的那种烂妇娘！从今以后，你走你的阳关道，我过我的独木桥，我相信没有你这救世主，我也能独立行走于世上！"她将此信连同复抄他父亲的那封信装进同一个信封，估计这信超重了，便贴了双份邮票才丢进邮箱。

伤害还在继续，而且愈演愈烈。涂男子的糊涂爹在给樱子寄了谩骂信后，紧接着又给学校校长、教导主任，还有二姑各寄了一封。在给领导的信中，他叫领导帮忙做樱子的思想工作，说他家里闹得很厉害，不同意他们成事，叫樱子离开他的儿子。校长将信给樱子看了，他没有说樱子半句不是，而是笑此人如此糊涂。

二姑把信也给樱子看了，那封信说得更离谱，说二姑是老师，要管教好樱子，不要去破坏别人家庭的幸福，中国这么多人，难道她就没人要吗，就不能生存吗？他儿子的母亲不同意这事，被气得快要自杀了，叫樱子悬崖勒马，否则会酿成大祸。

二姑也很气愤，她当即找到本校最厉害的语文老师帮她写回信，还发动董老师以樱子同事的身份给涂男子写信，声讨他父亲对樱子的恶意谩骂和侮辱，樱子也愤怒执笔，给这狠毒的老头儿予以还击。双方如此大动干戈，闹得满城风雨，一时间众人议论纷纷。原本他俩的纸上谈情还处在秘密阶段，此时却被传得沸沸扬扬，众人皆知了。樱子整夜失眠，真恨透了他。早知道会有这场横祸落在头上，真不该当初认识他。看来真应验了那句话：凡是不平凡的开头，就有不寻常的结尾。

他原先信中那句"再见"真的是预示分手的。樱子的预感现在应验了，于是樱子给他的驳斥信里最后写下的是："祝你幸福！"在樱子的心灵被撕裂得这般疼痛时，她也不怪他不守承诺，因为她早已知道他的承诺靠不住，他也没有义务承诺什么，更不用对承诺负责。因为他俩是两条平行线上的人，永远不会走到一起。

在双方笔战正酣时，涂男子的回信终于姗姗而来。在信中，他彻底而明确地斩线了。樱子虽早有心理准备，也希望他退却，但当这一切真的变为现实时，她便觉得有一种被愚弄的窒息感。起火是他，灭火也是他，写了半年的哄骗信，每周两到三封，那么强烈那么炽热，原来都是虚假的。他在信中说，看来这样的社会、家庭、环境已不允许他们对生活的结合做过于强硬的追求，似乎比他父亲的信婉转些，但话意却是一致的。女同事都认为事情是由他制造和设定的，因为原先互不认识，是他找上门来挑起这个头，现在要退却了，又不好明说，不能出尔反尔，只好由父母出面来说，他便可以顺水推舟，不显山不露水就退却了。要不是他出主意，提供线索，他父母怎么会知道樱子的地址和姓名，怎么知道她有个姑姑在本校呢？经过同事的分析，樱子又回到了原来不信任他的状态。而且现在他有铁饭碗了，而樱子只是个民办老师，太不般配了，樱子有自知之明。

樱子又给他写信了，在信里她主要表达了两点，一是要求他给自己的校长、教导主任写一封信，大致说一说他俩之间的事情起止，洗刷他父亲在给校长的信中对樱子的污蔑，还樱子清白，挽回不良影响。二是为了他日后的女友不至于因他曾向一个残疾女施舍过恋情而小看他，樱子要求他将两人之间有关这方面的信件都烧掉。樱子还在信中表示，去掉恋情还原友情，将文友关系保持着。

这出谈情说爱游戏就这样结束了，来得快，结束得也快，但樱子不想因此在文学事业上赌气或消沉，文学还是她的至爱，什么时候都不会放手的。趁着这个当儿，樱子把涂男子之前委托她的那篇东西改完了，然后给他去了一封信，告诉他若有勇气见面的话，便在县邮政局门口等，樱子会将改好的稿件交给他。若不愿见面，她就将稿件带到文化馆托莫老师转交。

他的回信很快便到了。其时他被临时抽调到县教研室帮忙整理某方面的资料，住在县城里，便说同意见面。樱子就动身往县城去了，如约去见了他，除了交还改好的稿件外，还有之前他的手抄笔记本，以及他寄给二姑的相片。别了，不该来的同情！结束了，找上门来的恋情！

在樱子与涂男子恋情决裂时，文化馆的莫老师先后托人带过两封信给樱子，都是安慰和疏导，他担心樱子想不开。他哪里知道樱子饱受磨难，早已锻造成铜皮铁骨，哪里肯轻易倒下？人争一口气而活，她虽不是好斗之徒，但有人要想压垮她，她就偏不屈服，要生活得好好的。他也不值得樱子为他殉情！樱子在日记里发誓："挺起来！活下去！我不会学某些人失恋了去寻短见，失恋并不等于整个人生都失败，还有文学这根坚固的精神支柱支撑着，还有教师这份职业养活着，我怕什么！我要用顽强的意志与毅力去冲破人生路上的重重障碍，来体现我的人生价值！"

心灵的创伤在慢慢愈合，樱子又写了篇《青竹河边》，可惜写得太伤感，没被《金田》采用。她还写信把《何四姐的本领》的写作经过，以及那段时间的心路历程告诉给了《金田》的主编老李同志，但没有把与涂男子的事告诉他。很快，老李同志给她回信了，信中谈了对她遭遇的同情，并鼓励她要沉着、善战，要乐观，不要消沉，敢于爱和恨，愤怒出诗人，不能放下手中战斗的笔，还说真正的文学不是在安乐椅上写出来的。除此之外，他还写了一封鼓励信给她。

　　小樱子：

　　　你的信，像一团火啊，我读了又读，深受激励。

　　　我看到了这奇丽的光焰，感到了这灼人的热力。

　　　寒风冷雨算什么，到时候了，花儿总要开放，草儿总要生长，燕子总要飞来，冰雪总要消融，春天的脚步谁也阻挡不住。

　　　女诗人柯岩曾在文代会上朗诵过另一位诗人的诗："如果人人都无所探求，真理何日捕获？活着为祖国探路求真，死了为祖国填沟补壑。一旦阳光从天空泻下，该复活的就全部复活！"

　　　我相信你一定能成为坚强的探求者，永远同人民一起，想人民所想，怒人民所怒，从生活出发，喊出时代的声音，为真理而斗争，历史终究是公正的。不能消沉啊，樱子！

　　　我焦灼地等待着你的作品——敢于干预生活的，流着热泪写成的《何四姐的本领》。希望你这次修改得更尖锐泼辣，艺术性更强，笔墨更劲练。最好春节后能读到你的修改稿，以便尽快编发出去，料定读者会热烈欢迎你的！我想先发你的《何四姐的本领》，这次寄来的尚未读完。

春节到了，送给你小年历一片。有空请到玉林，我全家都会热烈欢迎你的。近来整天开会，事情又多，恕我写得太潦草。

盼常来信来稿！

整个春天，樱子的心情都不好，不是因为失恋，而是因为她现在才知道两年前造谣中伤她的人是谁，是Q同学。当年她口出狂言，说她阿伯是大队学校的贫管主任，她要进学校很容易，而樱子想进却很难。谁知天意弄人，她阿伯早早死了，狂言就此落空，而樱子却进了大队学校，而且享受到了一个公助民办的指标。她恨得咬牙切齿，到处散布谣言，说樱子不是个合格教师，甚至跟从县城到本公社插队的女插青说樱子是个坏女子。有个女插青与樱子的好朋友胡是高中同学，回县城的时候就跟胡说了，胡信以为真，用红笔给樱子写了绝交信。看着那血红的字儿，樱子的心在滴血！她当即将那信烧掉了，然后到县城找到胡，说明她是清白的，并表示要查出这个造谣的人。她还给正在读大专的邱写信，诉说自己蒙受的冤屈。邱很快来信安慰樱子，说她一点也不知道，是胡来信告诉她的，叫樱子原谅她轻信别人的胡言乱语，澄清事实后大家还是好朋友。不久，胡也来信向她道歉，声明绝交信作废，大家还像以前一样相处。

现在终于知道是Q同学的作为了，但又能怎么样呢？能把她吃了？告她？就算赢了自己又能得到什么？不要越描越黑了。就像当时流传的一个事那样，说县城里有个叫瑞芳婆的，她有个女儿不正派，跟许多男人关系暧昧，被人们指责咒骂。瑞芳婆见女儿被传得无地自容，想封住人们的嘴，便气愤地拉上女儿到街坊邻居家里去质问，你们谁说我女儿学坏？我女儿在这里，你们问问她，她怎么学坏了？你们有证据吗？母女二人这样上门质问别人，让原本不认识她们的人连她们的眉毛都数得清了。所以之后当她们母女一出现在街上时，别人更是指指点点，那个就是瑞芳婆，就是拉女儿到各家找证据的人。这件事后面传到乡间，瑞芳婆便得了个外号——证据。人们一说到某事要有证据时都会说，你有瑞芳婆吗？

所以，处理有些事最好的办法就是沉默，一段时间过后也就风平浪静了。樱子现在虽然不对Q同学兴师问罪，但心里却对她存下了芥蒂。后来Q同学没有当上民师，便早早地嫁人了，出嫁时已有孕在身。当时那里的风俗是未婚先孕的女子出嫁时，同伴姐妹是不愿送嫁的，这是很不光彩的。Q同学事前亲自到学校请樱子和也是民师的女同学Z到时去她家喝出门酒，樱子心里怨恨她，婉拒了邀请，只是给了一份礼钱让Z帮忙带去。

涂男子又给樱子寄来了一封信，在信里谈了对写悲剧的看法，还发出"路漫漫夜长长，为何曙光不露面"的感叹。樱子给他回了一封信，而且决定最后一次回他了，在信中，她针对自己遭受的各种伤害尽情宣泄。

某人说过，能够忍受各种误解和屈辱，这是青年人一种高尚的美德，我却认为这是自我安慰。我也相信善有善报，恶有恶报，但偏偏我得到的却是善有恶报，大概这是物极必反，过分善良等于懦弱，会招致无穷的恶报。有句话是真理，正因为你有知识，你才被别人欺负，如果你没有知识，你就可以去欺负别人。这样说，这该死的知识应该滚蛋，要不是我读了这十年书的话，我就可以横行无忌地去欺负别人了。但世事却是作恶或行善不论知识高低，有些满腹经纶的人也成天去欺负别人，有些文盲却是人间施善者。疯子理智不清，神经错乱，天大地广他敢咒骂，海阔山高他任意贬损，父母之恩全然忘却，亲戚朋友完全丢弃，什么情操道德也忘个精光。

当疯子真好，可以享受欺负人之后的快意，但正直的人谁也不愿当疯子。报纸上有段话说得很好，我们既然作为一个人降生在这世界上，就应该堂堂正正地活着，无论是在顺境还是逆境中，都应该不停地前进。当圣母也很好，可以不问凡间事，不结凡间冤，清清静静，心安理得；当修女当尼姑也行，能修炼成正果那当然是好事，最起码能回避世事的侵扰，眼不见耳不闻心不烦。但人不能变成神仙，还是老老实实当好凡夫俗子吧！

我对搞文学创作的人都特别有好感，也特别尊重、敬仰和爱戴，因为一个塑造别人灵魂的人，自己的灵魂首先应当干净诚实。我很信奉这句话，我希望在文学圈里结交的人，都是这样品格高尚、干净诚实的人！

这封信寄出后，樱子长舒了一口气，感想抒发完了，与他的情谊到此结束。

艰难的成婚

　　暑假的时候，本校已外嫁的李老师回娘家度假。看到学校里的大龄"剩"女一个个都处理了终身大事，二姑亲自找到李老师，委托她为樱子物色对象，李老师答应了。樱子这段时间的心情很不好，又苦闷又担忧，苦闷的是经常畅谈单身的女伴一个个都出嫁了，有人就说她是高不成低不就，她开始受不住闲话了；担忧的是自己如果马上相中某个人，建立了小家庭，会不会因此疏远了文学？

　　很快，李老师那边就有消息了，说她某天到邻校去听课，跟该校的一位女老师说起樱子的情况，要为樱子物色个对象，不怕家庭贫穷，不论外貌美丑，顺眼就行，首要的是心地一定要善良正直，能接纳。那女老师说本校正好有一个很善良的未婚民办老师，李老师就找人去问，那老师答复说想先见面，于是双方决定到镇上见面。

　　那天，樱子骑单车按约定前往三十几里外的镇上。她先到父亲的弹棉处，再到约定的百货大楼门口，红娘李老师已在门口等候了，她俩等了很久，仍不见庄男子的身影。于是她俩就到邬高中的姑父处，姑父曾教过这个姓庄的男子。李老师约他时曾说过，若在百货大楼门前不见人，就请他到姑父处等。姑父那里也不见他的踪影，两人无奈之下又回到了百货大楼门前。下午两点多的时候，因为要骑很远的路，樱子只好与李老师分手返回。

与庄男子见面往后推了几天，还是在老地方，李老师确定的。这一次，樱子提前到了镇百货大楼的侧门外，然后背对着侧门坐在单车后座上等候。不久，李老师来了，她与樱子聊了一会儿，就听到有人在背后叫，转头一看，只见两个男子出现在眼前，一个是矮小的中年男人，另一个是瘦高的年轻男子。李老师介绍说，那中年男人是彭老师，年轻男子就是姓庄的民办教师了。彭老师是公办老师，曾经教过庄男子，和庄男子在一个大队居住，最近被调到外大队，刚好与李老师在同一所学校。李老师委托彭老师向庄男子提出这件事，因此彭老师也算是介绍人了。

两个介绍人闲话了几句后，彭老师就先走了。李老师将他俩带到百货大楼二层的一间冷饮室，因为是冬天，冷饮室里空无一人，二层又有全镇唯一的一间照相馆，门外有两三条长椅，是供客人等候照相时坐的。来照相的人也很少，环境显得安静冷清，很适合在此消闲两三个小时。李老师安置好他俩后也找借口走了，留下樱子和庄男子不远不近地坐在长椅上。樱子随意地瞥了他的脸，五官还挺周正：鼻梁高高的，脸长而瘦，长得像个美国人，但脸色是青的；两边面颊没有肉，像被刀削过一般；眉毛不粗不浓，单眼皮，眼睛不大；没有那种咄咄逼人的凶悍男人的眼神，反而弥漫着忧郁，像个多愁善感的小女子。对这样一个瘦弱单薄的男子，按照樱子原来"同情和怜悯不能产生爱情"的观点，樱子对他擦不出爱的火花，却油然而生一种怜悯的感觉。他少言寡语，文静内向，樱子问一句他答一句，从问话中得知他家是水库移民，一九六八年年底才从库区搬到现在的地方定居。从邬高中毕业，当民办教师有四年了。家里除了父母外，一个姐姐已出嫁，一个妹妹还在大队初中读书。

一问一答后是静默，待了许久，樱子觉得时间差不多了，就带他到父亲弹棉花的地方，将他介绍给父亲认识。庄男子的口袋里预备着烟卷，他拿出来让父亲抽，但地上堆着棉花，是不允许抽烟的，父亲谢绝了。弹棉花的地方噪声大，他也不善言谈，待了一会儿后，樱子说，该回家了。他礼节性地问，要不要吃点东西再走？樱子说，不用了，我回家再吃。其实她已饿得浑身发软，早上只吃了一点儿白粥，挨到现在，已是下午三点了。

回到学校，她赶快到二姑那里找吃的。吃了两大碗粥，樱子才缓过来了，她向二姑汇报了今天见面的情况。二姑听完后说，先处一段时间看看吧。

父亲从镇上回来了，说李老师叫樱子去跟庄男子办结婚证。这么快，闪电似的！刚见第一面，还没到过他家，他家门朝哪儿开都不知道呢。樱子心里直嘀咕，也不问问我同意与否，也没见过他父母，要是他父母也像涂男子的父母那样蛮横呢，哪有这么轻易的。父亲也说，先到他家里看看再说。对这种刚认识就催着办理的人，樱子都会有一种疑问：为什么要这么急速？是不是他有什么怕人知道的弱点和短处？不然怎么解释？

樱子收到了庄男子的第一封信，是二姑拿来的。拆开匆匆看了一遍，她就交给二姑了，反正也没什么私密话。二姑说，你给他回信吧。樱子说，叫他来这里让您见见，不知他敢不敢来，又不认识路。樱子就给他回了信，刚把信寄走，李老师就回来传话，说她到过他家了，他家里人都很热情，叫赶快办结婚证，他父母老了，盼着独子早点成家。

李老师还告诉樱子，昨天的信是在她的敦促下他才写的，原先他以为，女方若愿意就该先给男方写信，男方是不敢贸然写信的，若女方不乐意会招致一顿臭骂。看来他在这方面是新手，也老实得可以。但樱子坚持的原则是，不管遇到多么好的男人，自己多么喜欢他，也不会主动向他示爱的，更不会先给他写信，何况他也不是自己很心仪的男人。

庄男子的第二封信来了。信中写满了深情的话，但通篇找不到"我爱你"之类露骨肉麻的话，比那位涂男子实在许多。这位柔弱的男子没有花架子腔调，内心世界却很丰富，情感也这样真切，竟把对他没有爱意的樱子感动了。于是，樱子将自己的短处和弱点都亮出来，泼他一桶冷水，看他的心是金子还是废铁，是否有足够的心理准备去接纳一个肩不能挑、手不能提的残弱女子，然后相依相伴终生。樱子叫他冷静考虑是否坚持下去。若坚持的话就来一趟学校，见面再谈相关事宜。

谁知刚寄了信，樱子的心气痛又犯了，几天后才渐渐止住，整个人憔悴不堪，脸上没有了以往的好肤色。庄男子如约而至，樱子只得费劲地骑着单车到八里外的公路边等他。这是他俩第二次见面。很久以后他才告诉她，那次他第一眼就看出她的脸色与初见时判若两人，原来的红润不见了，变成了晦暗的气色，只是不知道她刚止住了病痛。

樱子领他到了二姑宿舍，他两手空空，没有糖烟水果，二姑有三个小孩呢。没烟可以，他年轻不抽烟，姑父也不抽烟，但给小孩的见面礼可不能少。换在今天，这样来见面肯定不妥，但那时很正常。樱子没告诉他要来二姑的宿舍。他以为是与樱子单独见面，所以没有带任何礼物，也不怪他不懂礼节。

樱子的亲婶在大队卫生室里做接生员，没有接生任务时就在卫生室里帮着抓药。她听二姑说樱子的对象来了，便也赶来见了人，回家后就对祖母说，庄男子的脸瘦得跟刀削一样，没有肉，这种面相没多大福气的。祖母虽没见过人，但出于袒护樱子的心理，也巴望樱子快点确定，她不服气地反驳，哪个最有福气现在谁也不知道，三十不长高才是矮子，四十不富才算穷人，现在年轻人还不知道未来呢。

二姑对庄男子的评价是人还算和善，就是话太少，不搭理他时半天不说一句话。李老师回来催樱子去和他办理结婚登记，避免夜长梦多。她和二姑达成这样的共识：他家是穷点，但他是独子，脾气和善，最适合樱子这样的残弱女子，不用担心被兄弟妯娌歧视欺负，不用担心被丈夫虐待殴打。

樱子想想也是，父亲脾气暴躁，虽然很会挣钱，但是又怎么样？母亲还不是吃尽苦头，一辈子没好日子过。虽然不大乐意委身于一个毫无安全感的柔弱男人，但是嘴上不能反对，人没有十全十美的，闭着眼答应吧。不过，这来得太容易的婚姻使她总觉得忐忑不安。当初与涂男子谈了半年，收到了大大小小几十封信件也没有成事，这庄男子只来过两封信、见过两次面，如此决定了终生，是否草率了点？是祸还是福？天知道。但她又在心里自我安慰：管他是个什么样的人，就当是一场人生赌博，赌得赢就好过，赌输了就认命吧。

樱子去大队写了证明，然后到邬公社门口等他，足足等了一个多钟头，他才慌慌张张地赶到，手上带着伤，旁边还跟着一个年纪与他相仿的男人。据他后来解释，他骑车从学校往家里赶时，在一个拐弯处摔跤了，全身是稀泥，手背也破了。仅够换洗的三套衣服全都放在学校，没法子，只得向当过兵的邻居，也就是跟着他来的那个同伴，借了一套衣服。难怪干瘦的他穿着那草绿色的军衣显得不协调，灰白色的裤子也明显有些不合身。至于怎么来了个同伴，他后来的解释是，他借衣服时，说是去公社办理结婚证，因为村里没人见过樱子，听说她是个残足女，很好奇，很想看看她是什么样子。

庄男子到的时候，他手背上的伤口还在渗着血，因为他不抽烟，所以只得向抽烟的同伴讨要火柴，那时农村很少有人用打火机。他将火柴盒上划火用的磷纸小心揭下一小片，然后贴在伤口上止血。弄好了这一切后，他俩才走进公社大门。找到结婚证办理处，门关着。有人告诉他们，负责人上县里开会了，暂停办理。白走一场，樱子却感觉庆幸，没办成，这意味着自己还是个自由人。从公社大院出来，庄男子约她下个圩日再来。

第二次去的时候，樱子找了在本校代课的秀姑作陪，她是邻村同姓人，口才很好。还是樱子先到，等了好一阵，秀姑埋怨说，我们住得远，他住得近，应该他先到来等我们才合情合理。正说着，庄男子到了，依然摆弄着他的手。樱子看着他渗血的手背，心想真倒霉，两次弄伤了手。

结婚登记处门开着，但是没有人在。看着庄男子一筹莫展地等着，樱子便四处找人，先到一间不大的办公室，一个男子正在里面看书。她便走进去与他搭讪，问他看的是什么书，他微笑着翻过书面，原来是本小说。樱子问，你也喜欢小说吗？

他说，是的，是我老婆从学校借回来的，我老婆是小学教师。

樱子像遇到了知音，顿时觉得他很亲近，便问他贵姓，在公社里任何职。他很和善地说，我姓吴，是公社办公室的，当过兵，是从部队转业回来的。樱子就叫他吴同志，并趁机问负责婚姻登记的人哪里去了。他说，或许是去开会了。樱子说，不是的，门开着呢。他便放下书出门去找，并叫樱子到那个办公室里去等。过了好一会儿，吴同志带着一个人来了，介绍说这就是负责人。

负责人很遗憾地说，没有结婚证了，因为是农历年底，订婚的人多，县里也没有存货了，你们下次再来吧。庄男子显得很失望，也很无奈，樱子却像又逃过了一劫似的，自己还是自由的。

樱子第三次前往的时候，还是叫秀姑陪着的。这次总算是他先到公社门口等了。负责人还是很遗憾地说，还是没有结婚证，县里还没搞好，等到农历十八圩日再来吧。樱子就拉着秀姑退出来说，逛街吧。庄男子也跟出来了，满脸惆怅。樱子想，还是没办成，看来不该跟他成事的。分手时她顺口说了句，事不过三！自己毕竟与他还很陌生，没有谈情说爱的过程，还很不了解他，也很容易说散就散，更不会有依依不舍的感受。以前她在南宁的文学创作会议上看过电影《李双双》，主人公的婚姻就是先结婚后恋爱，当时她还觉得有点不可思议，一对陌生的男女怎么可能在不熟悉不了解的情况下就捆到一起成了夫妻？现在她几乎也成了李双双，好在天意阻拦，三次都未办成。

樱子回到大队把证明退了。她在日记里说，过去的就让它过去，未来的就让它到来，重新开始吧。晚上，她给庄男子写了一封信。

小庄：

　　我回来之后整整想了一晚，为什么此事如此难办呢，十天内连去三次都没办成，这岂不是命运之神宣判我们注定命中无缘吗？俗话说"事不过三"，就等于说我们不应该结合。如果勉强结合，必定会有许许多多料想不到的痛苦的事情发生，这对你、对我，都是极不利的。所以我想还是算了吧，十八圩你不用去等我了。

　　很凑巧，当她写信的时候，庄男子也在写信，表达他对她的深情爱意。大约是听到了她那句"事不过三"的自言自语，庄男子很担心她退却，就挖空心思挤出一些令人心动的话。

　　没过几天，李老师专程回来叫樱子去见她。樱子不知所措，最后只能硬着头皮去见她，对她说明了原因，说三次去办理也没有办成，其中有两次他带着伤，怕是不吉之兆。

　　李老师替庄男子感到无奈，只能说回去转达这意思。也就在这天，庄男子的信又来了。他收到樱子的信后，一面叫李老师回来打探她的本意，一面请他的同事帮他写信。很久以后他告诉樱子，他当时心里乱极了，一个字也写不出来，只好请同事代笔。信写得有点伤感，樱子读着读着也心软了，觉得这么老实善良的人被自己伤害，实在有点可怜。但又想，现在痛苦一段时间，总比日后承受长期苦痛要好受些，便决然地给他回信拒绝了。

　　祖母知道她和庄男子分手了，很着急，也很无奈，赶紧托邻家叔婆为她做媒。叔婆已介绍成了几对新人，许多人都说她做媒成功率很高。她很快将一姓U的男子带到她家，叫樱子去相看。姓U的男子也是邬公社人，在县里的一个小电站当合同工。

一见面，U男子就忙不迭地拿出一长卷随身带来的图纸展开给樱子看，并滔滔不绝地说他是水电类中专毕业生，分配在某单位当会计。由于贪污了一笔不大不小的公款，被开除了公职，所以耽误了婚事。近年水电站招他回去干老本行，虽然是合同工，但总算回归知识分子队伍了，这些图纸就是他亲自设计的。

事前樱子曾听叔婆说过，这人比她大九岁。现在看着他那黝黑沧桑的脸，听着他的自述，她一下子就否决了，并没欣赏他展开的图纸，只是礼貌地听他自话自说。他还肉麻地说了许多吹捧樱子的话，什么"听说你写文章很厉害，但人家却嫌弃你足残，我不嫌弃你。反正你是当教师的，有一份收入够养活你了。脚有一点不方便也不要紧，我回去与我大队的领导和校长说说，马上迁移你过去。"

说得这么露骨，樱子用了极大的忍耐力才压住心头的怒火。她虽然足残，但是凭她的脾性，决不会只要是个男人就答应的，更不会接受这种不讲方式方法、伤害她自尊的怜悯。他的表现与涂男子有着惊人的相似，所以当他回去后寄来信时，想起见面时他的神态、表情、眼光，樱子就很反感，甚至厌恶，像吃了腐臭不洁的东西，跟当初在L男子家吃到的那口臭腊肉的感觉一样恶心。于是她连信也没回。

经过这么几个回合的折腾，樱子心如死水，对归宿之事已彻底绝望。她早就不相信书中描写的惊天动地、震撼人心的浪漫爱情，也不相信生活中爱情高于一切、大于一切、重于一切！纵观现实，哪一对夫妻不是面对平平淡淡的柴米油盐？因而她消极地认为，只要不是刚见面就觉得反感厌恶的人，大约都有可能结为柴米油盐的夫妻，自己周围有哪对夫妻有过震人心扉、摄人魂魄的爱情经历？都是自己相识或是经别人介绍认识就一起过日子了。很多婚姻都是凑合型，只要负起责任，尽了义务，就是美满了，还能有多高的奢望？

樱子回过头来审视她接触过的四个男子：私自乱翻她挎包并叫她脱掉鞋袜让他检查的 L 男子，自己上门送来同情与怜悯而后逃遁、给她刻骨铭心伤害的涂男子，媒人介绍、少言寡语、小她三岁的柔弱庄男子，刚见面就奉上肉麻的吹捧和无法接受的怜悯的 U 先生。在这四个男人当中，只有庄男子从来没有提起过她的残疾，没有给过她难堪。没有比较就没有鉴别，她觉得应该回过头去找他。

第一次没有约定来到庄男子家，等了很久他才回来。他家是一座三井头泥砖瓦房，是从库区搬迁来后，当地大队抽调各生产队劳力建起来的，连墙脚的砖也是泥坯的。一个廊手连着大门，屋外盖着小厨房，连着小厨房的是一个小猪栏。厨房和猪栏的屋顶不是瓦盖的，而是用一片片长条形的杉木皮盖的，很低矮。特别是那猪栏，小得仅能容下一头猪。

那三间正屋一字排开，中间是厅屋，两头是房间，庄男子住左边那间，他母亲与小妹住右边那间。因为没钱置办床铺，已在读初中的小妹还和母亲挤在一张床上睡。他父亲则住在连着大门的小小廊手里。整座屋只有两间正房装有极不安全的薄木板门，而且屋里没有任何家具。穷到这种地步，甚至屋里可能都没有可让人偷的东西。这是樱子将来要全力以赴咬牙改变的归宿之所了吗？想来头都大。

看到她不请自来，庄男子的笑容出现在他忧郁的脸上，他把樱子过去的拒绝当成是考验，还恳求她尽快将结婚手续办了，大概怕她再次变卦，他故意说，你再不来，再继续考验我的话，我就重新去相亲了，有做媒的人跟我说了，也是你们山里的妹子。她笑着说，那你去相吧，心里却说，别学我这样相不合眼了就吃回头草。

在庄男子家吃的第一顿饭，樱子特别留意他吃了多少。他的饭量不大不小，吃饭速度还算可以。饭后，她提出要回大姑家，庄男子就骑着她的单车载她出村。路上，樱子与他找话说，我已经二十八岁了，怕不怕我年纪比你大？她故意多说了一岁。他不信，说，你有二十八岁的话那我也有三十岁了，比你还大，你别考验我了。樱子又说，我脾气不好，很凶蛮的。他说，你敢凶蛮我就捶你！我比你还凶蛮。樱子说，量你不敢。樱子还说，我脚不方便，不能干种田挑担的重活儿。他说，不用你做，有一家人做呢。这是樱子认识他后对话最多的一次。

樱子后面又邀请他去县城玩儿。他家距县城也有四十多里路，踩着单车载她去，正好可以看看他体能如何。一路上坡坡坎坎，他这么瘦弱的人居然能顺利骑过去，看来这道考验他也通过了。

到了县城，她带他到好朋友邱所在的地方。邱大专毕业后在玉林地区的一所中专教英语，现在回家度假了。她的对象也在，是她早已认识的、曾在本公社插过队的知青柳男子。柳男子是当年公社里很活跃的文艺骨干。恢复高考后他第一年就考上了省城的中专学校，现在也毕业了，被分配到玉林地区某单位工作。在邱家吃晚饭时，庄男子就像个哑巴一样不言不语，很难融入谈笑风生、活跃健谈的这一群人。胡朋友也在场，她私下对樱子说，他这样总不说话怎么行呢。可他就是这样的一种性格！

这次县城之行最终决定了他俩的终身，樱子也不想再烦恼地寻寻觅觅了，尽快结束这种心灵的流浪吧。

按照与庄男子的约定，他俩第四次到公社去办理结婚证。在郏公社大院，她又遇见了吴同志，他还记得她，微笑着与她打招呼，还开玩笑说要她请吃喜糖。办事员填好结婚证交给他们说，行了！去看电影吧，逛街吧。庄男子没搭腔，她问办事员有什么新电影可看。办事员说，去看《生死恋》吧。她说，不看，这电影不吉利，恋来恋去到最后有一方年纪轻轻就死掉了，不看这晦气电影。办事员笑道，这么迷信。

从公社大院出来后，包里装着结婚证，樱子的双腿却像绑着大秤砣般沉重，迈不开。下半生的几十年就要紧紧地拴在这柔弱男子的身上了，以后生活的重担他能挑得起吗？还有目前迫切要解决的问题是：他们大队的掌权人会接纳她迁入他们学校吗？会不会百般阻挠呢？这些问题现在就开始折磨人了。

他们没去看电影，也没逛街，而是去了初次见面时待过的照相馆，照了张半身合影。相片上他笑得很甜美，樱子却笑得很勉强。照完相后，他邀请她回家，原来他家里都准备好了，杀鸡买肉，做了一桌丰盛的菜肴。

他家前面有一条江，是经过樱子所在的村后再流到他们这里的，叫西河江，算来他们还是同饮一江水呢。西河江从他们这里流到郏镇附近，再与从他们库区老家流下来的白沙江汇合在一起，然后奔向浔江。这两江交汇处形成了一大片低洼地，浔江水位一高就会倒流，这片低洼处就变成泽国。一遇干旱，江水在低处也解不了渴，这片田地又只能干裂。所以这里一直是山里的妹子避免嫁往的地方。当年堂姑经人介绍曾相过一个紧挨着这个村子的某个地方的男子，她与该男子来往的每封信都是樱子替她写的，双方都满意。但就是因为这小村是水淹地，所以家里父兄都反对，最后就没成事。

一九六二年以后，浔江边上修筑了防洪大堤，同时在西河江入浔江口处安装了巨大的水闸，洪水来时就关闸，浔江水就乖乖地向东流，不会再侵袭这片土地了。只是内洪会滞留那么三五天，但不会影响到他们这个小村，因为他们毕竟处在上游一些。而处在下游的邬镇反而会被内洪浸泡个把星期。

世事就是这样，人们一旦定性了某种说法，就很难更改了。樱子村里的人都说她到头来还是嫁到水淹地去了，不管她怎样解释现在不会遭水淹了也没用。那就说吧，是自己嫁人，谁爱说便说。

结婚证虽然领了，但是还没钱办结婚酒，他是独子，父母就只有这一回喜事要办，因此想方设法也得办好。阿心（庄男子的小名）的情况比樱子还惨，他刚做民办教师时每月仅有几元补贴，然后回生产队记工分，虽然领取的是全队第三高的工分报酬，但队里的工分值很低，到头来也不多。一家四口，小妹读书，三人是劳力，所有收入竟无法维持生活，做了几年民办教师，他连单车也买不起一辆。

看到他们这样的生存状况，樱子头都大了，一个残弱女子能有几分力气呀，怎么能将这穷根拔掉呢？虽然还没过门，但是她已经开始维护他的家了。樱子所在的大队当时给民办教师的粮油报酬是每月三十二斤大米和半斤花生油，每年春夏结清上一年的尾欠。樱子将部分大米交给学校食堂，剩余的就拿回家，因为她经常在家里吃的。全年六斤花生油，她用四个大口玻璃瓶装好了，然后放进一个铁桶里，再往里面倒满米糠，这样就不会互相碰撞了。她叫阿心把东西运回去，如果节省点吃的话，六斤花生油起码能顶两个月，这样就不用像乞丐般顿顿向人借了。她还送给他几十斤平时积攒下来的米票和谷票。谁知刚运回去，阿心父亲就将刚到家的花生油抽走了一瓶，给了邻家大嫂，明说是借，事实上是赠。粮票也给了她二十斤。

樱子知道后很不高兴。这是她从牙缝里省下来的，他却这么充大方，这要是让她父亲知道了，肯定要臭骂她一顿。她经常回家吃饭，从没交过钱油，米也极少交。省下来的米大多与公办老师换成粮票收着，父亲早已不满了，经常当面指责她只带张嘴回来白吃。她将此事告诉给了二姑，二姑提醒说，他这么不会当家，以后你进了他家的门要学精点，自己的收入要掌管好。要接济家里也该一点一点地给，不要一下子全给了，这样他会以为你是富翁，反正用完吃完会有你支持，有钱时大手大脚，没钱时坐等饿死。她想想也是，便不再多给钱物了。

二月间，天上吹着冷风，飘着冷雨，阿心突然来学校找她。那么冷的天，樱子穿着毛衣都觉得冷，他竟只穿了两件薄单衣和一件很破旧的卫衣背心。他到房间坐下后直发抖，本来就青的脸色显得更青了，还流出鼻涕来。她找出一块小手帕给他擦鼻涕，倒了杯热水给他，问他为什么不穿毛衣。那时最时髦最抵冷的就是毛衣。他说这么点工资，连家人的肚子也填不饱，哪有钱买毛衣，毛领棉大衣倒是有一件，嫌臃肿，不愿穿，也不方便穿，那是看书备课改作业时披着的。樱子的心里泛起了一阵酸楚，当即许诺买毛线为他织件毛衣。

他这次冒着严寒来找樱子的原因是这样的：他的学校有个公助女民办教师嫁到别的公社去了，按照当时的政策，人迁出去，公助指标留下，由本大队的自筹老师顶上这个指标。任何学校都是按教龄来分配这类指标的。学校共有四个自筹老师有资格领这个指标，他的教龄在其中排第二位，而教龄排第一位的老师却超生了，所以就被否决了。如此一来，这个指标便该轮到阿心了，但因为他是外来的移民户，而本地土著人多势众，又是同一姓氏，他们便抱成团，想要抢下这个指标。

阿心已经去找过教育组的会计了，告诉他自己有这个资格，会计让他去找组长，阿心知道樱子家与这组长很熟，便想让她去找组长反映实情。樱子这才知道他是个自筹民办教师，当初李老师说他是公助民办教师，原来是哄骗她的，可能做媒的人为了成事，有时会使用一下骗人的手法，正如她也骗阿心，说自己与他是同一年的，瞒住了比他大三岁的事实。她有点怪李老师当初不说实话，但现在结婚证已领，是一家人了，怪谁也没用，他的难处也就是自己的难处，不帮他谁帮？

他们先找到大队支书，但支书百般推托，同时也很强硬地表示一切由学校决定。于是他们又找到校长，教导主任知道樱子来了，便不请自到地也来见校长，校长见教导主任在场，什么也不敢说，更不敢表态这个指标应该给谁。没办法，樱子只好往上找教育组了。校长送她出门的时候，悄悄地、也很无奈地说，实在没办法按公办事，不怕你笑话，我在这里是个傀儡，不过我也快退休了。

到了镇上，樱子单枪匹马地闯进邬公社教育组。阿心没来，他在教导主任那里，教导主任是他的顶头上司，怎么可能批假让人去上级部门告他的状呢？樱子先找到会计，因为教龄、工资这些事务都由他管理。会计说他已知道这回事了。他跟樱子的父亲也熟，其实，为了大弟当年来邬镇读民办高中的事，教育组的人父亲都熟。她又找到教育组长，正巧组长是樱子公社的人，曾在大队里的小学任过校长。他的女儿和樱子是高中同班同学，现在也是民办老师。他对樱子反映的事很重视，表示要过问把关，叫她先别急，有问题要慢慢解决。樱子请求他一定要用行政手段镇住这种无法无天的不公正行为，干预他们的排外做法。

从教育组出来后，樱子到百货大楼毛线专柜选了一种天蓝色的毛线，将近三十元一斤，是自己一个月的收入。想起阿心受冻的模样，她狠下心，一咬牙，买了一斤多。樱子拿着毛线去找华姑婆，她还不会织毛衣。华姑婆比她大两岁，还待字闺中。樱子请她尽快织好，越快越好！她笑着说，还是单身好，不用一心挂着两人，自己挂自己多省心。

华姑婆在离家不远的社办碗厂上班，白天弄好碗泥让师傅打成碗坯，然后她将这些碗坯搬到外面晾晒，晚上再回家。她父母没有儿子，只生了三个女儿，她是中间的，姐姐与妹妹都已出嫁。她是当时村里为数不多的、大队选送到公社就读的高中毕业生，但时运不济，尽管她去过三线建设工地锻炼，但最终也没有等到任何通过招工招干选送读大学的机会。恢复高考后，她没有信心参加考试，无奈中就进了这个碗厂去"玩泥巴"，造成婚事上的高不成低不就。她晚上寂寞无聊时便看书或者织毛衣，樱子经常抽空与她夜谈。她经常叹息，恨自己比别人多读了几年书，她说要是自己是小学文化就好了，那样就可以心无旁骛，或许不满十八岁就嫁掉。学历高了，心高了，眼界也高了，害得现在想独身没可能，想嫁人没对象，还是安心当老姑婆吧！她接了樱子的毛线活儿后，紧赶慢赶，花了一个星期就织好了。毛衣是织好了，但天气却逐渐转暖。阿心只得把毛衣收了起来，这是他今生享有的第一件毛线衣服，未婚妻送给他的。

经过樱子多次走动后，阿心的公助指标落实了，现在她又该考虑自己的迁移问题。她先去邬公社教育组找蒙组长，蒙组长表示可以给她一个公助指标，但大队统筹部分得与大队和学校疏通，若他们不同意，这部分的报酬就无法落实。她心里没底，当初争取阿心的公助指标已耗去了她的部分锐气，现在轮到自己的事时反而没信心了。但既然已经拿了结婚证，迟早是要回归婆家的。她只得打起精神又去大队和学校，最后可想而知，比预想的还要麻烦。他们就是拒不接收，蒙组长陪她去面见大队领导，他们也不松口，只好作罢。

邬公社教育组叫阿心通知樱子办手续，但樱子与阿心商量后，决定不迁往。她与他们大队和学校的领导有了隔阂，便有点赌气了。一个星期后，蒙组长找到樱子的父亲，叫他劝说樱子赶快迁往，又打电话给校长，让校长通知阿心到教育组，当面劝说，趁蒙组长还在这个位子上，早做安排，否则人事调动后，再想迁往就更困难了。

但第二天他们又匆忙决定：情况有变，暂不迁往。后来才知道，原来教育系统进行了大整顿，由公社统一领导、掌管、统筹全社中小学民办教师的各类事务，大队贫管会被撤掉了，学校再也不列入大队管辖范畴了。樱子热烈欢呼！在这次整顿中，所有民办老师要经过考核，表现差劲的将会被清退回家。大家听后心都慌慌的，担心会清退到自己头上。樱子比任何人都提心吊胆，会不会抓住"嫁出的女如泼出的水"，把她当外人往外赶呢？她只好再去找教育组领导探口风。领导说，这次清退的是极少数太差劲的，像樱子这样教学工作上没什么问题，纪律上又没犯什么错误的，虽然已与外公社的人领了结婚证，但户口和工作关系还在本公社，就安心做好工作吧。她悬着的心放下来了。她的工作不用担心了，但阿心呢，会不会被清退？

大队支书的儿子和另外两个表现很差劲的男老师被清退回家了，其中有一人是某大队干部的近亲。于是这大队干部恼恨地骂教育组，说什么留下已准备外嫁的瘸脚女，也不留下本大队的这些男子汉。不过骂归骂，教育组统一规划了，再也由不得他们像当年不让樱子进学校时那样作威作福了，连支书的儿子都清退了，还怕哪个呢？

在这人心浮动、诚惶诚恐地等待命运裁决的过程中，莫老师托人给樱子送来了《创作技巧谈》一书。她只得撇开一切忧虑，抽空沉到看书写作中去。这年的暑假，樱子在《金田》上发表了她的小小说《X+Y≠XY》，是刊在"青年女作者之页"专栏的，文后有作者简介，还有评论文章《篇幅与容量》，充分肯定了这篇小小说的成功之处，也指出不足的地方。这千把字的小东西给了樱子鼓舞，也引起了好些青年人阅读的兴趣。在这之前，县刊以《奇异的恋爱公式》为题已将这篇作品刊出了，县内爱好文学的青年大都看到了，还有人在她面前提起过这小东西呢。她接受了莫老师早先的劝告：无法招架复杂庞大的长篇，就写点快捷的小东西。

民办、自筹教师队伍的整顿工作结束了，阿心考核合格，还留在教师队伍里。既然两人都有幸留下来，又是由公社统一掌管，不用再担心被大队刁难整治了。阿心又想到了婚礼，说借钱也要把婚事办了。于是父子二人便分头去亲戚家借钱。前段时间，阿心已托在供销社工作的表哥买了辆东风牌单车，把所有积蓄花光了，现在只得再借。

星期天，李老师带着彩礼来了，同时还带来了阿心的信。

信中说他去舅舅家借钱，空手而回，现在给她家的礼金是他父亲从他姐姐家借来的，想多给点儿也没有，有钱的话谁也不愿当衰仔的！只是对不住樱子，委屈了她，他心里很难过。樱子看完信后觉得他很可怜很无助，心里堵堵的，为他担心、难过和伤感：怎样才能办妥一生仅一次的大事呢？

当晚，父亲回到家后，樱子战战兢兢地问他怎样办理这件事，因为礼金太少，她胆战心惊。父亲很冷酷无情地宣布：不要半分钱彩礼，也没有半分钱的嫁妆，让她自己上门去就亲，不要在家出门。樱子嘴上没说什么，心里却痛苦万分：自己像犯了弥天大罪被父亲绝情地赶出家门一样，但是她并没有做错什么呀！父亲真够狠心。她含着眼泪回到学校，又强忍住泪水准备好第二天的教案。她整夜无眠，想到伤心处便再也忍不住了，任由泪水流淌，湿透了枕巾。她不敢放声痛哭，怕惊扰了左邻右舍的同事。

第二天，在上第一节课的时候，大弟来学校对她说，昨晚他跟父亲协商了一下，父亲最后同意她在家出门，预定办二十桌酒，最亲近最要好的才请来，要以简单到不能再简单的条件让她在家出门成婚。还叫她向男方多要二十斤猪肉办酒席，原来的四十斤太少了。

樱子说，要他再拿钱，是老糠再也榨不出油来了，我给点吧，明天是十五号了，我领了这个月工资就去找点牌价猪肉。昨天他叫李老师带了一封信给我，说他这段时间为了这笔钱到处跑，都无着落。说到这儿，樱子的眼泪涌了出来，竟抑制不住地哭了。大弟叫她莫哭，她呜咽了好一会儿才压抑住内心的酸楚与委屈。大弟走后，她先擦干眼泪，调整好情绪，这才走回教室。学生们惊奇地看着她，他们一定不明白老师为什么突

艰难的成婚

103

然眼睛红红的，一副无精打采的样子。

后来她才知道，当晚她回到学校后，母亲将当天媒人送来的一百一十元礼金交给父亲，问他打算怎样办理这件事。父亲见钱少，就愤愤地将钱丢在地上，恨恨地说，不理她！不要她半分钱，我也不出半分钱，叫她自己上门去就亲！母亲将钱捡起来后转交给大弟，大弟也不接，说，你先拿着吧。母亲收好钱后马上去找祖母，祖母来找父亲，说，她小时候你还说要买衣车陪嫁呢，都让人叫成花名了，现在却像赶瘟神一样赶出门去，这像什么话？父亲说，小时候我以为要送衣车才有人肯要她，我才说送她衣车作为陪嫁。现在我一番奔波，给她找了个老师当了，她不用衣车也有饭吃了，就不用我送衣车了。母亲说，她是长女，我还没嫁过女，你不能像旧时地主家出嫁奴婢那样只管推出门了事，她脚有毛病，已经受人小瞧了，再这样打发她，人家会更小瞧她，再简单也要让她有脸面地在家出门成婚。邻家五婆闻知此事也来相劝，大弟也不断帮腔劝谏，在众人的强大攻势下，父亲终于同意花最少的钱，让她在家出门成婚。

樱子原来要了两百元彩礼，但阿心只凑够了一百九十元。当时女子出嫁都向男方讨要服装费，大多都要八至十套服装的费用，樱子体谅他没钱，半分也不要，只是在彩礼里截留了八十元用来置办嫁妆，她早知父亲不会送任何东西的。她让大弟买了个大木箱，让父亲弹棉胎。蚊帐是母亲与祖母共同织好布再让裁缝做好的。母亲还用私房钱给樱子做了一条围裙、两条裤子。围裙的寓意是成家后儿女成群。两条裤子呢？一条叫上轿裤，是女子出门当天穿的；一条是到婆家后给家婆的，叫大裤（富）进屋。樱子还买了一些毛巾梳镜之类的小东西，还为自己和阿心各做了一双布鞋，只是鞋底未纳好，日子就近了。

当时最威风的陪嫁是三转一响：单车、手表、衣车和收音机。她已有单车和手表，存折里攒有一百二十元准备买衣车，是为了父亲装脸面，当作他送的，再预支一个月工资买收音机，三转一响就齐全了。因为媒人说过她有三转一响作为陪嫁的，她也有信心有能力置办这些东西。现在看到阿心为办婚事的钱如此为难，她只得将钱全数取出，又向学校总务预支了她下个月的工资。她将这一百五十元交给阿心，说明这是私房钱，准备买衣车和收音机的，现在为了帮他，就不买那两样东西了，日后他家要还她。他安慰她说，这两样东西日后一定会有的，放心吧！

出门的前夜，祖母拿上三支香到村头的大榕树下插好，要樱子搂住榕树，然后说，榕树大哥，我孙女今晚就嫁给你了，她以后有什么灾难你都替她担当。她问祖母为何要这样做，祖母说，本地有句俗话叫"男大三年无妨，女大三年沉杀郎"，你今晚烧香嫁给了榕树大哥，他就成了你亲夫的替身，你就可以放心地嫁给小你三岁的男人。哦，原来是这样，人家北方是"女大三，抱金砖"，在这里却有这种陋习。当初她报年庚给择日先生的时候就报了个假庚，报了同他一年的岁数。这里的风俗是这样，男人是真庚，女人的年庚可以随意改动，直至相好为止。

父亲在她出门的前一天才从弹棉处回来。他为樱子买了件鲜蓝色的外衣，说是给她的上轿服。他也够吝啬的，既是上轿服，却仅是一件衫而已，没有裤子，凑不够一套。好在母亲做了裤子，也是鲜蓝色，那时流行这种颜色的布做新娘服。虽然如此，樱子还是很感激他，没有这件衫，她还真的没有新衣穿出门呢。为了筹办这场婚礼，她已分文不剩了，原来还打算穿一个月前买的那件外衣出门呢。

出门这天，全校三十多位老师来了，最亲近的亲戚、村中女伴以及族中各户代表也来了。樱子收到了近三十块布料和十几条毛巾、枕巾。村里一个会缝纫的女伴马上将老师们送来的两张床单缝成夹被，将棉胎套好。二姑单独送了条床单，她叫樱子收好，日后有孩子了可以用来分铺。华姑婆除了与女伴凑了一份礼钱外，还额外送了一对小巧玲珑的六角形绿色小花盆，说让她日后可以种吊兰之类的花草，放在窗台上，这是她在碗厂精心制作的，她想得真周到啊！樱子很喜欢这对小花盆，可惜后来被人连花带盆偷走了一个，她伤心了很久。

按老规矩，出门这天要哭嫁，要跪别父母长辈，但樱子却不愿做那虚假的哭，人是自己选择的，没谁强迫，哭什么呢？她还略感庆幸，仿佛得到了某种解脱。一整天她都没掉过一滴眼泪，有些姊娘就笑她，说一定是看到了这么多礼物，高兴还来不及呢，哪会哭泣掉泪啊。她却不是这样想的，别人哪能理解她啊！

直到出门要跪别父母长辈时，祖母来了，樱子跪了她。轮到跪别父亲时，人们却怎么也找不到他。有人说他早躲掉了，竟不接受女儿的跪拜！樱子憋了二十几年的哀伤被诱发了，恰似汹涌澎湃的怒潮找到了突破口，顷刻间冲泻而出，化作一场实实在在、自然而然地呼天抢地的大哭。她跪在母亲面前不肯起来，她意识到：这一跪，就跪别了女儿家的历程；这一跪，就跪别了父母的庇护，告别了依傍父母的生活；这一跪，就意味着日后人生路上的关卡都得独自去闯。虽然她对他们，尤其是对父亲有过怨言，但毕竟他们生养了她，送她读了十年书，父亲还多次跑动，为她争来了民办教师的工作。她任由泪水流淌，尽情宣泄，双膝跪地，任母亲怎样拉扯也不肯起来。婶娘们七手八脚地把她弄上车，那一刻她脑中一片空白，就像经受着生离死别一样，难怪人们说嫁女儿是办小丧事。

回到婆家，樱子的心头又是一番辛酸滋味。新床还没有安好，床架床板都竖在墙边，应该安床的位置贴着红纸，上面写着"安床在此大吉"，原来是安床的时辰到了，就用这红纸代替了。她的床上用品送到后，安床的两位婶娘才来搭架铺床。因为是新式床，不是两条长凳上架四块床板的那种旧式床，两位婶娘和阿心弄不好，好在制作这床的木匠是邻家的叔父，只好叫他现场指点帮忙。

家公见她的陪嫁里没有衣车，过后跟人嘀咕，说有衣车送来的，又不见来，说话不算数。她真想大声抗议，阿心叫她别出声，做丈夫的知道理解就行。过后他对家公说明买衣车和收音机的钱已给家里挪来用了，家公才不再提起衣车之事。

还有件窘迫事不得不说，娘家为樱子送嫁的男女宾客有八人，这八人将她送到婆家后需要留宿一晚。第二天回去时，除了家婆丈夫要给他们红包外，她也要给他们红包的。别人都有贮箱钱，樱子却没有，打开木箱，只有别人送的布料手巾，一分钱也没有。阿心也没钱给，真的急死人了。好在第二天族老按既定规矩将族中男女叫来，要她分糖给大家，趁这机会认识族中老小，叫她用茶托装上喜糖请大家吃糖，阿心就在旁边介绍，人家拿了糖果后便会往茶托里放红包，有人放一个，有人放两个。过后清点红包，有两分的，有一毛两毛的，最多有五毛的。她便将这红包钱分成八份，分给了娘家的送嫁宾客，算是应付了这笔人情。好心酸啊，那时的他们就是如此贫穷。

婚姻大事总算在困难中艰难地办妥了。正月过后，樱子怀孕了。此时又发生了一件令她动怒的事。那是周末的晚上，阿心吞吞吐吐地告诉她，你那些信我处理掉了，连我写的也一起处理了。她蒙了，当弄清楚情况后一跃而起，冲到旧衣柜边，拉出柜子里的抽屉，里面空空如也，只有一张字条。

　　樱，既然你爱我，就应该让我平静点，你那些信就像一把把钢刀直刺我的心窝，刺得我心里很痛。我也知道你一直想着你的自传，我本想等你回来后再处理，但我还是忍不住，最终一把火烧了这些信。请你原谅我，不要怪我，我是真心爱你的，你一定要原谅我，原谅我啊……

她简直不敢相信，这闷葫芦似的柔弱之人竟会烧了她的信。

就在不久前，樱子问他，很奇怪，别人与我相见相识后，总会当面或在信中谈及我的脚，为什么你一句也不问，好像没事一样，你就这么放心娶我吗？

阿心说，我相信李老师，她跟我说过了，我还用得着那么笨蛋地去问你，伤你的自尊心吗？

樱子又问他，为何天下那么多女子你不找，偏偏要找个足残者？

阿心说，我读高中时就知道你了，老师多次提起你，还说要请你来给我们做演讲呢，后来又不见你来。我欣赏你，中意你，就想娶你，其实你的长相、肤色、身材都很不错，我们学校有个老师还说我有福气，能娶到你这么漂亮又有才华的人！

脚有一点小毛病算什么呢，每个人都不是十全十美的。

听他这样表露过心迹后，她放心地将涂男子的信给他看，毫不设防。

樱子冲回床边，狠狠地摇着他问，真的烧了？得到他肯定的答复后，樱子气得快要窒息了，静默了一会儿，她"哇"的一声哭了。那些信是她的人生经历，是她个人的情感历程，不管这些信件是虚情假意也好，真情实感也罢，都是她个人的，其他人无权处理，并且她曾对他说过，以后写自传会用到的！现在却被他付之一炬，连他给她写的也烧了。

樱子问他为何不拣出他的信件来。他说，连我自己的也烧了，说明我的信件也没有保留的必要，我也写不出好话乖话，不值得保存。我想让行动来证实谁最爱你，不能相信纸上的东西。

见她哭得很伤心，他搂住她说，别哭了，安心和我过日子吧，别想那么多，别伤着孩子。我虽然穷，但我会对你好的。

她推开他的双手气愤地说，别碰我！我不属于你！我明天就叫我婶子打掉孩子，你以为有了孩子我就会死心塌地跟你了？你就可以随意处置我的隐私？你这么不尊重我，会很容易离散的。

听了她的话，他松开搂着她的双手，捂着脸像个孩子一样哭了，哭得很伤心，很无助。樱子第一次见一个大男人这般哭，心马上软了，将他的头搂向怀里，自己先止住哭，然后像大姐保护小弟般抚慰他，叫他别哭，声明她刚才说的是气话。

经过这场矛盾后，他对她的任何信件都没私自拆看过了，有时他很想看某封信，就先征得她同意。她没和他达成什么协议，但他却没再闯进她的私人空间。她叫涂男子寄回她原先的日记本，阿心收到后为她保存了一周，直到她周末回家后才原封不动交给她。但她多少有点怨恨他，几十年后她动笔写回忆录时，只能凭借模糊的记忆和自己的日记本来叙述那段经历，遗漏了许多该说的和想说的。

怀孕后樱子的妊娠反应不算强烈，却被尿道炎折磨着，一直服药，中药西药，偏方验方，都用遍了，也没用，后来变成了慢性，时不时发作一场。直到怀胎四个月时，有一次，公社教育组的女辅导员来学校听课，看到她的情况，便好心地询问她。当知道她一直在服药时，女辅导员便告诫说，为了保胎儿平安健康，有什么病要能忍则忍，别老服药。她这才停止服药，咬牙挺着。看到她不思饮食，有女同事建议她服用复合维生素 B 溶液，可以缓解妊娠反应带来的食欲不振和干呕，还可使孩子出生后免除口腔起泡之类的口腔炎症。她照服了，果然食欲大增，吃肥猪肉也不觉得腻，因此长胖了许多。

阿心买来两盒维生素 E 注射液给她，说在书报上看到的，为了确保孩子健康聪明地成长，叫她每天打一支。樱子便每天到大队卫生室叫当接生员的婶子给打一针。几针过后，由于这针剂是油质的，很黏稠，都积聚在针口处难以消散开，便逐渐发炎化脓了，针口处疼痛无比，无法再打了。

星期六的时候阿心来接她，婶子叫会外科小手术的黄医生处理她的针口，还叫阿心在现场帮忙。黄医生先打麻药，因为针口处太坚硬，针尖无法扎深，所以只实现了表面麻醉。阿心拿来干净的毛巾叫樱子咬着。黄医生先割了个"十"字，然后用力将里面的脓汁挤出来，挤不出深层的，便开始第二次划割。樱子疼得大叫，咬着毛巾浑身发抖。黄医生叫阿心压住她的上身，一阵用力挤压，一大堆黄晶晶、油汪汪还夹杂着脓血的汁液流在了婶子拿着的硬纸盒里。

　　黄医生跟阿心说，更深处还有脓汁，回去后你帮她再挤一挤，尽量将脓汁挤出就好了。回到家，阿心也是叫她咬着毛巾，又帮她挤压刀口四周，她疼得不断埋怨，说他出馊主意，让她受痛受苦，并发誓即使用了这药能生龙儿凤女也不要了。那刀口处留下了永久的疤痕，后来患病需要打针时也不能在那个部位扎了。

　　母亲知道她怀孕后，每次走路去二十里外的小圩都会买两把枸杞叶，送一把到学校给她，留一把回去给大弟媳。大弟媳比她迟两个月怀上第二胎了。人们都说孕妇吃枸杞叶清胎毒、明眼目，日后生的孩子眼睛明亮，所以当地女人怀上孩子，没钱吃肉也要多吃枸杞叶。母亲还叫樱子有空就回家看看，说迟早会调走的，调走后就没时间回去看她了。听得樱子很心酸，也很伤感，母亲在这个家里活得最卑微，最没有地位，家里人嫌弃她多病又失聪，谁也不想理她。只有樱子回家看看她，陪她坐一会儿，她才得到了一点快乐和慰藉。于是樱子找了个星期天与阿心一起回娘家，正好父亲也在家，但他很冷落他们，没和他们搭几句话。

　　樱子心里怪父亲：为什么要如此对待自己的女婿呢，半个儿呢！大概他就是嫌阿心家穷，阿心本人又少言寡语。于是她抽空写了篇小说《穷姐夫》，是用第一人称写的。小说里的"我"跟父亲一起生活，家里母亲早逝，没有兄弟，两个姐姐已出嫁。大姐嫁进穷家，大姐夫寡言少语，但善良老实勤劳，有良心有责任心，却受父亲冷待；二姐嫁了个有钱的生意人，二姐夫能说会道会赚钱，但欠缺良心和亲情，却受父亲宠爱。由于使用了第一人称，后来，婆家周边读过这小说又不知道她家情况的人都以为樱子就是小说中的大姐。还有好心人当面问过她，真的是无兄无弟吗？要不要认个有大舅小舅的外家来走动？这是当地农村的风俗，外家没有兄弟会被人瞧不起，所以很多人会认一个有兄弟的外家来装门面壮胆。她笑着对好心人说，你舍得的话，宰头猪请我家的父母兄弟姐妹来吃，定能吃得只剩骨头。

暑假到了，阿心和家人扎进辛苦的夏收夏种里去了。樱子原本就干不了田里的活儿，更何况还怀着身孕，他们家的人也不指望她帮忙，这也是阿心早就承诺过的。于是，樱子就安心写东西，间或做点家务。

谁知刚转入夏插，一场来势凶猛的病痛就向阿心袭来了。起初家婆用土法为他治疗，他自己也开药方去抓药，都不见效。他开始腹痛，皮肤、眼珠以及小便都像用黄枝熬出的水一样黄；特别是呕吐，喝水、服药都会吐个精光，连黄胆水也呕出来了。樱子慌了，很担心他有什么不测，可不能让孩子没出世就失去父亲啊！她让家人赶快送他去医院。小姑才十七岁，很能干，用单车载他去了镇医院。樱子不放心，拖着六个月的身孕也跟着去了，一路上不断祈祷：千万不要患上凶险的恶疾啊，出嫁前祖母指点我为他搂过大树找了替身的。她就像捐了门槛的祥林嫂一样不断安慰自己。没事的，要死就让大树替他死吧！

经过医生确诊，是急性黄疸型肝炎，她放下心来，这种病能治好的。樱子读初中时村里的学校曾流行过这种病，传染力很强，班里有四分之一的同学都被传染上。那时还没有条件隔离，她、母亲以及大弟二弟也被传染上了。或许是小孩得病好得快些吧，大队赤脚医生给开了几包药就治好了。阿心现在是成人，或许好得慢点，隔几天就要小姑陪他去医院复诊拿药，终于也慢慢地好转。黄疸褪去，人却更瘦了，身体发软，好像一阵大风吹来也能把他刮走。

暑假快结束的时候，新政策来了：民办的公助指标可随人迁走。这样说她可以迁出了，不过樱子还在犹豫中，担心在那个陌生的地方她无法适应。邬公社教育组的蒙组长催她，说以前想迁没机会，现在有机会了，课都排好了，赶快迁。

阿心的病还没有完全好，樱子只好叫小姑用单车载她去办理迁移手续。教育组安排她到学区初中——小蒙联中工作，为了照顾她，又将阿心调到距学区初中仅两百米的学区中心小学。他白天去中心小学上课，吃住就到樱子的学校，这样他们也能天天在一起了。

樱子一直上课到生产的前一天。回家后的第二天晚上，她的肚子就开始疼了，丈夫住校不在家，想去医院也没办法。好在家婆还有些人缘，叫来了大婆、五嫂和大嫂整夜陪着，小姑和大嫂打着手电筒去邻村叫来接生婆。樱子苦痛难当，十分恐惧，好不容易挨到天亮，她叫小姑赶快去叫他哥回来。大嫂说，不用叫吧，有接生婆和我们在场，叫他回来也帮不上忙。樱子说，帮不上忙也要他回来。她心里还说，他不在身边我没有安全感，心里慌慌的。

很快阿心就回来了。后来他告诉樱子，当小妹去叫他时，他也很恐慌，初次为人父母，不懂得提前去医院，用单车送医院晚了，救护车又无法开进村，倘若发生意外怎么办？女人生小孩是人命关天的大事呀！他诚惶诚恐地守在樱子身边，握住她的一只手，为她擦汗。阵痛发作的时候，樱子就紧紧地抓住他的手不放，想以此减轻痛苦，不过确实也感到了点踏实感和安全感。过后他对她说，当时看到她如此痛苦，他就在心里祈祷，不管是男是女，平安出生吧。

　　痛到下午四点左右，孩子终于降生了，是个女儿，粉红嘟嘟的一团肉，他们当父母了！经过近一天一夜的痛苦挣扎才迎来了新生命，一家人顿时感觉如获至宝。农村大多数人都是重男轻女的，以前有人问家婆，若儿媳生个女儿怎么办？她说，什么都行，我起码当奶奶了。现在家婆忙里忙外，虽然她有哮喘病，时不时会发作，但还是乐观开心地疼爱着儿媳和孩子。一日三餐是家婆送进房里的，她说坐月婆不能见风。脏衣服和屎尿布也是她洗。最令樱子感动的是，坐月婆不能去别人家的粪坑如厕，自家的粪坑又不遮羞，她就叫樱子解在粪桶里，过后都由她去处理掉，整整一个月都如此。

　　女儿刚出生几天，厚厚的眼屎盖着眼睛，每天都需要用软布蘸温水慢慢擦拭。这还不算，皮肤、眼珠和小便也出现了像黄枝水一样黄的情况，烦躁，吵闹不安。家人接来邻村专治新生儿疾病的一个老太婆，她诊断后说是起黄锁，这实际上就是新生儿黄疸。她点燃灯芯草在孩子脸上的六个穴位上进行烧烙，樱子不忍心看，也捂住了耳朵，不敢听孩子的惨叫，烧烙后又开了几味中药。经过几天折腾，女儿的黄疸褪了，厚眼屎也没有了，但她变得很刁，把她一放在床上就哭闹。樱子只好时不时地靠在床头抱着她入睡。女儿睡了，但樱子却无法睡，每晚如此。

　　因为没钱置办新床铺，阿心还在这床上睡。他睡床边，樱子睡床里，女儿睡中间。每到夜深人静时，他会不时地伸手探她的鼻息，还几次为她盖好踢掉的被子。他说从书上看到过有产妇夜晚猝死的例子，他不放心她。她则担心女儿，不时地探女儿的鼻息。当他又探她鼻息的时候，她说，你睡吧，你别管我，我好好的，你明天还要上课呢。他说，我还是不放心你！樱子好感动，他说过他不会说好话乖话的，但他会用行动证实谁最爱她。

由于担心孩子和缺少睡眠，樱子郁结成疾，双乳坚硬疼痛，时而发冷时而发热。孩子不能吸奶，一触到奶头她就感到钻心地痛。阿心把大队的赤脚医生请来，诊断后说是急性乳腺炎，于是开了中药，樱子照单服了几剂后，这才慢慢好了。但还是发热、出虚汗，夜里需要时不时地露出手脚晾一晾。而且还老是口渴，一天喝完一热水壶的开水还不够，家人担心坐月子的樱子只喝白开水受不了，便每天往热水壶里放些山楂片。

经过这一连串的磨难，樱子嘴里骂着"这小刁蛮"，心里开始体会"挑担才知牛吃力，养子方懂父母恩"这句俗语的深刻含义。

女儿满月后，家里按牌价缴卖了一头猪给公社食品站，除了牌价钱外，还得了一百五十斤的谷票。当时规定，农户每年宰一头猪去自由市场卖的话，必须先按国家牌价缴卖一头猪给公社食品站，然后才发给一头猪的屠宰证。有的农户一年仅养了一头肉猪，缴卖给食品站后，自己要那屠宰证也没用了，所以干脆就将证卖了。家婆每年也只养一头大猪，缴卖给食品站后，钱又用来买了头中猪饲养，近期还不能屠宰，家公便将那证卖给了邻家。至于那谷票，家公说没钱去粮所买粮，于是私下送给了邻家女人。还未过年，家里就缺粮了，樱子只好去学校找总务要自己每月的口粮。

家公之所以敢将谷票送人，就是因为知道缺粮的话自有樱子去解决。通往学校的路是一条田野中的机耕路，每年年底，农民都会在农田里挖些土来填补道路中的坑坑洼洼，因此一块块的硬土块就横七竖八地躺在路上了。尽管她小心翼翼地迂回穿行，尽力闪避这些硬泥块，但在经过通往西河江的支河桥上时，前轮还是碰到了，单车一摇一抖，她从一丈多高的桥上掉下去了。好在是冬季，水不深，又有软泥托住，樱子没有受伤，只是从头到脚都是稀泥。她满身污泥地爬上来，还好单车没掉下去。

她在庆幸没有受伤的同时，也在痛恨家公的败家行为，明明自己缺粮，却还要无偿地将谷票送人。后来又听说他还要送钱给那女人去买粮呢，这很容易让人联想到某种男女交往上去。当初她给阿心六斤花生油，家公马上就给那女人送去了四分之一。想到这里，樱子就满肚子气，干脆不去学校了！阿心还没有回来，家婆赶忙烧热水让她洗澡，换掉脏衣服。这次遭遇让她对田间骑车有了更深切的惧怕，在家怕去学校，在学校又怕回家。

祸不单行，摔跤后不久，学校分了几斤肉票过年，她凭票将猪肉买回来，做成腊肉挂在廊手檐边的钉子上。大妹那几天正在她家，她也舍不得用这腊肉招待，想过年的时候拿去探年，现在竟然被偷。她不敢跟外家人说，只得去小姨家，姨丈在他们公社的食品站工作，樱子想叫他帮忙弄几斤肉票应付。但快过年了，肉票管得很严，姨丈也弄不到。大妹回家将这事告诉了母亲，樱子回去探年时，母亲对她叹气说，吃用节俭些也要将房屋关好，这样实在是不安全，叫你爸砍些松树带回去，没有杉树的话松树也可用的。

暑假，阿心叫上他的姐夫和小妹，还有外家的二弟三弟，到樱子父亲分内的自留山上砍了一批松树。他们先在家婆住的大房里钉板阁，这样可以把每年放在上面的稻谷盖好，减少一点儿鼠耗。樱子请人将松树段、格片、还有在本村瓦窑买好的瓦拖运了回来。生产队解体了，队里的牛栏猪舍便拆了分给各户，他们家分得些大泥砖，便用这些泥砖砌了另一个廊手。阿心的姐夫是泥水工，年底的时候回来也帮着弄，砌好后再用厚木板钉好大门，整座屋这才算有了门。终于有安全感了，樱子略舒了口气，这是她进庄家后搞的第一项家庭建设。

　　暑假的最后一天，家里养了两头猪，大的那头病了，不吃东西，也不睡觉，而是整天浸在门前的烂水窝里。阿心两次去请兽医都没请来，很着急，生怕这大猪病死了。他们一家攒钱就靠养猪了，虽然两人都有工资，但是去除日常开支后就剩不了什么了。第二天，樱子参加完开学会议后马上去大姑家说了情况。大姑家的堂小叔是有名的兽医，于是大姑便带她上门找他。按辈分，樱子应该叫他十二叔。在十二叔的帮助下，大猪的烧终于退了，也重新开始吃东西，一家人几天来悬着的心终于放了下来。

　　樱子在小村活得不自在，总有一种空落落的惆怅感和恐惧感。家里有操不完的心；村里恶人又多，时不时会有一场咒骂找上门来。而且这小村也实在太穷了，很多家庭经常要靠一顿一顿地借粮过活。全村没有几辆单车，她家的两辆单车经常要轮流借给别人，有时甚至两辆都被借走了。有人建房的时候都用他们的单车运东西，搞坏了又是他们修。还经常有人来借钱，说他们夫妇二人都是领工资的，肯定比他们种田的有钱。家里还没卖猪，就有几家预定好借钱，不借又会得罪人，借了自己又没得花。而且家里还有永远还不完的债，有些债务十几年了，债主也追得急。有一次，自己女儿生病了都没钱治！每家都有本难念的经，谁理解体谅他们？

櫻子烦透了，与阿心吵了架，然后跑回了娘家。快过年了，她不敢对家人说什么，只能跑到二姑那里倒苦水。二姑同情她，就收留她过年。这里的风俗习惯是出嫁女不能在外家过一些重大的传统节日，父亲知道后很恼火，他责怪二姑，不该容留她，哪有出嫁女不在自己家过年的？除非是被男方赶出家门了。母亲也很着急，以为她被嫌弃了，赶紧托人将阿心叫到家里问情况。

在父母的连轰带赶中，阿心将櫻子接回了家。刚会说话的女儿一见到她，赶快紧紧地抱住她的腿叫，阿妈！阿妈！抱起女儿，她流泪了。她还看见阿心在她的日记本里写下了她离家出走后陪女儿睡觉的情况："今晚我第一次单独陪女儿睡觉，起初还担心孩子会吵一晚要找妈妈，但她懂事了似的很听话。一睡下来，两只小手不时摸我的脸，嘴也不住地叫，阿爸！阿爸！我简直流泪了。一是可怜女儿没能和她妈睡，二是为有这样聪明的孩子而高兴。经过一夜的辗转反侧，觉得她拿我出气是应该的，因为我有责任，我穷，我必须依靠她，共同搞好这个家。我气走她是不对的，应该安慰她，共同商量如何搞好家庭建设。"櫻子被感动了，她觉得，有这么好的女儿，有这么理解体贴自己和需要自己的丈夫，即使前路困难重重，也要咬牙走下去。

櫻子又怀孕了。民办教师是农村人口，可以生二胎，但当时计生法规很严，要求一二胎之间隔三年。女儿才一周岁多，因此櫻子必须弄张二胎准生证。女同事阿梅还是个姑娘，却很有心计。她让櫻子先向公社计生办公室写好个人申请书，然后要本校领导在申请书上签名盖章。校长性格有点古怪，去找他的时候要跟他聊天，聊他高兴和感兴趣的事，然后趁他高兴让他在申请书上签字。有了单位领导的签字，再到村委会签字盖章，找村委会干部时，也要瞅准时机，轮到随和好讲话的干部值班时再去。阿梅的法子很管用，樱子顺利盖好了章。

五一放假前，郐公社党委通知樱子到公社参加写作会议，县委宣传部的人以及县刊《花洲》几名编辑要来讲课。公社文化站的站长安排她在会上谈创作体会，她在黑板上边板书边演说，谈了《X+Y ≠ XY》《穷姐夫》《姑嫂之间》的创作素材的运用。樱子不用讲稿，说到有趣处，听众都大笑起来。文化馆的覃老师找到她说，你说得真好，比一些专业的同志说得还好。

会后，樱子与《花洲》的编辑，公社主管文教卫生的蒙副书记，还有她当年办结婚登记时认识的公社办公室主任吴同志一起吃饭闲聊。感谢这次会议和这顿饭，为她二胎准生证的顺利到手做好了铺垫。

二胎怀孕初期还是一般的妊娠反应，不大碍事。四个月后，问题来了，三年多未犯的心气痛复发了，疼得她呼天喊地，无法进食，更无法工作。这是她嫁进庄家后第一次犯病，又是孕期，一家人都慌了。阿心上课去了，只好由小姑去给她买药。拖到暑假时，心气痛发作得更厉害了，服药无效，她甚至开始呕吐出血。乡镇卫生院无法解决，只好上县医院，但钱不够，在这小村里，只有别人向他们借钱，他们却无法向别人求借，没办法，只能向外家开口了。

阿心载她到公路边，让她在公路边等着，然后只身去向樱子的父亲借钱。父亲这次很慷慨，给了一百二十元，并说不用还。大弟也在家，本想跟着来送她上县医院的。阿心说她还能坐车，不用麻烦。他这才作罢。赶到县医院，经过检查，胎儿没问题，樱子这才放心。医生说，要想治好心气痛而又不伤害到胎儿，最好能转入留医部，用中药调治。带来的钱不够住留医部了。庄的堂叔堂婶就在县医院工作，一个在制剂室，一个在推拿部，他硬着头皮找堂叔借钱，空手而归。当初堂叔反对他娶个残疾人，结婚时也没敢请他到场，现在为她治病向他借钱，他怎么会借呢。

看来又得樱子出动了。在偌大的县城里，樱子也没有亲戚，朋友胡倒是经常来往，但涉及钱这个敏感的问题，她也不好意思向朋友开口。她心一横，硬着头皮向文化馆这个经常出入的公家单位求借。她到文化馆找到经常接触的《花洲》女编辑覃老师，覃老师通过会计请示了领导。领导说，本来没有给外单位的人借钱的先例，但考虑到她是文化馆的重点业余作者，加上她的小说《一家之主》已评上县年度优秀作品，稿费和奖金有六十元，还未到位，她可向文化馆写借条。若是日后她不归还这笔钱，等奖金到位后也可填回这个数。于是她便向文化馆打了借条。

堂叔说，现在心气痛止住了，要中药调治也无须花钱住院，拿中药回家慢慢服用就行了，经济困难何必花这住院费。他们想想也是，于是决定出院回家。此后一段时间樱子用中药调治心气痛，又遵照医嘱服了两盒八珍丸养胎，身体逐渐复原了，食欲也大增。樱子感觉胎动很活跃，在八个月的时候，阿心载她回外家，叫有经验的婶子给她检胎，婶子说胎位正，胎心音也很好，应该是个男孩，不过也有些人是有反常的。她摸摸樱子心胸上的脉又说，看来七成可能是男孩。

正在这时，教育组又来检查工作了。副组长 Y，辅导站的 M 辅导员，学区支书 L，还有本校的校长 D 听樱子上了一节课。看着她挺着沉重的身子，休息的时候，Y副组长问她是哪年结婚的，有几个乖乖了。她答，刚一个，还反问他，Y副，你有几个？他答，三个。她猜不透为什么要这样问，这些问题好像与听课内容风马牛不相及，是不是有人授意他问的？果然，两天后的中午，他与M辅导员又来了，说要验看她的二胎准生证。看就看吧，好在她早已办好证的。不过证件放在家里，即时要验看哪有这么方便的？

经过一番交涉，樱子让他俩明天再来。第二天，她将证件带到学校，他俩验看了证件。M装作若无其事，一言不发，其实樱子知道，这绝对是M使的坏，平时许多老师都说他很阴险，要对谁使坏时，总是让旁人出面，自己避免与人结仇。Y副组长是领导，由他出声，合乎道理。Y副组长反复看了几次证件，一再追问间隔够不够三年，是谁签的字。樱子说，不管间隔够不够，也不管是谁签的字，反正我有证在手，就是合法的。说得Y副组长也无话可说了。樱子真想说，你和M辅导员各有三个孩子，生够了就来管制我们？虽说是时势所逼，但也不用像审犯人一样审问我呀。看完证后Y副组长说，好在你有证，不然从这个月起，你们夫妇每月的生活费会被罚扣，如果是再早些的政策，还会开除其中一个呢。好险！樱子又一次得到了庇佑。

十个月了，可樱子的肚皮还是没动静。人家说，怀孕过时间不生的，可以去亲戚家吃顿饭，讨个红包回来，这样就能快点生产了。于是她去了大姑家，大姑也知道她的来意，便做饭给她吃，给了她一个红包。又过了二十来天，樱子感觉应该快生产了，这才请假住进镇医院，医生检查后说，胎儿还未入盆，不过有些人特殊，等到阵痛生产，胎儿才入盆的。天哪，樱子想，人家都是怀胎十月，她怀了十一个月，胎儿竟然还未入盆。

孩子，你住在妈妈的肚子里很好吗？你还要赖到什么时候才愿出来呢？住了三天院，还是没动静，她要出院了。医生挽留说，曾经有过孕妇在医院待产许多天都未生的，一出院回家当晚就生了，你已怀过月了，还是别回家，多住几天吧。

她主意已定，仍坚持出院回了家。两天后的晚上，肚子真的开始阵痛了，天上刚好下着冷雨，难以送她去医院，阿心便冲去邻村叫接生婆，他安慰她说，别怕，头胎都是在家生的，二胎也应该没问题。

接生婆来了，还是给她接生女儿的那个。接生婆看后说，胎儿刚准备入盆，是一边阵痛一边入盆的，这种情况有得你痛呢。

二胎同样将樱子折磨得死去活来，难怪人们常说生孩子是女人的生死关头，是到鬼门关走一遭。她痛苦不堪地呻吟呼喊着，大冷的天却大汗淋漓，丈夫用毛巾给她擦汗，握紧她的一只手。接生婆也同情她，说你这么难生，这一胎是男孩的话，你就不要再生了。

经过一晚的痛苦折磨，她拼尽全力终于生下了孩子，疲惫不堪，全身瘫软，闭着眼睛有气无力地问阿心，生的是什么。阿心还在为她擦汗，安慰她说只要平安，生什么都行。家婆说，孩子全身青紫，还不会哭，接生婆正在给孩子吸痰。然后听了到惊喜而焦急的声音，呵！是男孩！快！快急救！接生婆一番忙活，孩子终于发出哇哇的啼哭声，一屋人都化焦急紧张为高兴喜悦。接生婆说，这么长个的孩子，不用称也知道起码有八斤，怪不得这么难生，你怀胎时吃过什么补药？她说，没吃过什么补药，倒是心气痛的时候住院吃过治病的药，还怕影响胎儿发育呢。还打过补血针，前期吃过两瓶维生素 B 溶液，后期吃过两盒八珍丸，不过怀了足足十一个月。接生婆说，多怀一个月就多长个子，再长的话就要开刀剖宫产了。这天正好是阿心父亲的生日，祖孙二人生在同一天，家公乐坏了，他不会喝酒，便亲自去买肉回来庆贺。

生下儿子才六天，樱子的乳腺炎又犯了，左乳胀痛，发冷发热，大汗淋漓，腰腿疼痛，难以入睡。有了生女儿时的经历，这次阿心没去找医生，而是对着药书抓了药回来。家婆又老了两岁，哮喘病还时不时发作，白天照料樱子和孩子已经很累了，夜里实在熬不住，只得由阿心帮她。天太冷，阿心就拿电筒照着，然后钻进被窝里去给孩子换尿布，这样孩子就不会挨冻了。有一次他刚扯开湿尿布，一股尿流不偏不倚地射向他的脸，他怪叫着忙伸出头来笑骂着说，这坏小子往老子脸上撒尿，长大后怕会往我头上拉屎呢。樱子咯咯地笑他狼狈的样子，这个过程虽然辛苦，但也无比幸福。

春季开学后不久，樱子最怕的心气痛又犯了，又住进了医院。儿子未满四个月，只能放在家里，白天还好办些，家婆可喂他些米糊，晚上没奶吃他就哭闹不止，抱到别人家去讨奶吃，他已会认人，不吃别人的奶。第二天，小姑只好背他到医院，让樱子给他喂奶。心气痛一止住，开了点药，她就出院了。大约是她服药后通过乳汁传给了儿子，儿子很快脸色青得可怕，还拉肚子，去看医生，说有贫血。阿心就将她还没服完的药丢到窗外，不让再服了。

这年，他们在刚分得的宅基地上用去年脱的泥砖坯建了两间很低矮的茅房和猪栏，没钱买瓦，就用便宜的油毡布盖顶。家里这才有个遮着的解手处。又是阿心的姐夫回来帮忙砌的，总共花了一百块钱，这钱还是樱子出动借的。除了建茅房、猪栏，还要购置碗筷桌凳之类的日用品，而且多了个孩子，也需要多置办一套床铺棉被。说到棉被，还有冤的，之前结婚时没钱买新的衣柜，就从亲戚家搬回阿心的太婆留下的衣柜，亲戚曾用这衣柜装过番薯，结果老鼠把柜子咬了两个洞，钻进去偷吃番薯。他们不知道，使用前只是简单地冲洗了一下，就将棉被衣服装了进去。后面发现老鼠咬烂棉胎在里面做了窝，一窝小鼠吱吱地叫，这才将棉胎拿出来，只见上面是鼠窝，下面是霉烂处，棉花都发黑了，霉味扑鼻。上好的棉胎是她父亲从各捆好棉花里匀一点出来弹的，现在又得将坏的除去，补回一些好棉花再翻弹，又得花钱，真是人穷衰事多。

　　他们也试着投资养殖，除了养常规的猪、鸡外，还养了一双长毛兔，一群樱桃谷鸭以及一双良种白鸽，指望靠这些繁殖起来，但没有成功，后来断断续续死了上百只鸡；长毛兔可能都是公的，一直不产仔，都拉肚子死了；良种白鸽也老不产蛋，只能宰了做菜。白花了本钱和饲料。两人又商议养鹅，鹅仔很贵，还要去很远的农场求熟人才能买到。樱子就写信给农场的陈文友，文友答应有小鹅出窝就帮忙。钱呢？没有了。她鼓足勇气，厚着脸皮去表弟家借，表弟在大队信用社工作。表弟见她只借一百五十元，便满口答应下来，叫她明天去拿。可第二天上午去了，他不在家，樱子只得先回家，下午再去，碰到一家人正议论她借钱的事，大约正为这事争议。樱子很难堪，光这两天她就三次上门，多不容易！她说，就当是借你信用社的，我照付利息吧。表弟这才勉强答应，叫她跟他到大队信用社去。他取钱给她后一句话不说就走了，很冷淡。樱子很为难，要不是，不要又不是，借钱就得这样低声下气地去看别人的脸色。当家就是这么难，阿心不会说好话，借不到钱。后来那文友没定到鹅仔，她赶紧将钱还给了表弟，还问要多少利息。表弟说时间不长，就免了利息吧。从那以后，樱子就发誓，不到万不得已，一定不要借钱。

一九八六年，樱子去医院上了节育环，放环后才十几天，心气痛又复发了，又痛又吐，小姑连着两天搭她去医院就诊，道路泥泞，很难走。由于她怕药物对小孩有副作用，就趁机给儿子断了奶，儿子已经一岁零三个月了。那时农村的孩子都是很迟才断奶的，樱子前些时候也试过，但他成天哭闹，不忍心，又不断了。现在不能再拖了，樱子下决心给他彻底断奶。断奶的头晚，他哭得厉害，第二晚就安静许多了。

家里又缺粮了。家公不会耕田，大集体的时候他是使牛的，不用操心田间管理。阿心白天上课，也没时间管理，导致家里年年都是低产。交了公购粮之后，家公还要卖掉一些稻谷供他还债和花销。柴米油盐、日常开支、人情来往、病痛医药都要钱，难死樱子了。她不敢将家里的困境告诉给娘家人，大妹却将情况告诉给了祖母，目的是让祖母出面，叫父亲帮助些。这次父亲很慷慨，叫二弟运了一包米和一捆柴来，到底是血脉相连的父女。

困难时期，樱子发觉自己又怀孕了，去做 X 光透视，发现节育环早掉了。妇科医生说她不能上常规的节育环，要避孕，唯有做结扎。她才不扎呢，儿子还这么小，哪放心啊。她只好去做人工流产，术后休了十几天的假，但整天不得好好休息，洗衣、做饭、带孩子、喂鸡鸭，比上课还累。谁知才过了几个月，再一次怀上了，老是这样怀孕打胎会没命的。后来妇科医生——娘家的一个堂姑叫她上县计生办找那种特殊的节育环。她找人问过了，没有，只得给在地区医院当护士的阿秀写信，

艰难的成婚

叫她帮忙找。阿秀回信说，她们医院没有这方面的任务，所以没有这东西，她去地区计生单位才找到了这两种特殊型号，一种是"T"型，一种是扇型。阿秀休假的时候给她带回来了，她拿到医院，堂姑给她选了"T"型放上。这次成功了，免除了她的后顾之忧。

这期间有消息传来，说又要整顿民办教师队伍了，文化考试和能力考试随后进行。文化考试分语数两科，教文科的考语文，教理科的考数学，还要考该科的教学大纲、教材与教法。能力考试是上面派人来听课，检查备课情况和学生作业的批改情况，以及每人每期的档案资料。参加中师函授的不用参加文化考试，只考能力测试。本大队学校只有三人需要参加文化考试，樱子是其中之一。当初她曾向教育组辅导员提出就近参加中师函授，辅导员不同意，说她是教初中的，应该上县里参加大专函授。去县里的路费和食宿费要一大笔钱，而且要几年时间，代价很大。中师函授就在本公社，骑单车就可以去，晚上还可以回家，只有考试的时候才需要上一趟县城。因此，大专中师的函授樱子都无法参加。这一步错，让她以后无比后悔与遗憾。现在，樱子只有准备迎接整顿考试了。所幸她和丈夫最后都留了下来，又经历了一次有惊无险。

莫老师下乡了，特意绕路来看樱子。他先到邬供销社找到她的二弟，其时她父亲因为体力不支已不弹棉胎了，转由二弟和别人搭伙做。莫老师从二弟口中打听到了樱子的校址。这是樱子调邬公社后莫老师第一次来看她，他很忙。莫老师说，千万别把写作丢了，要坚持下去，并说若能在省级报刊上再发两篇作品的话，就有条件加入省作协，有文件规定，作协会员当知识分子看待，到那时条件就好得多了。樱子听后，心里重新燃起了希望之火。樱子还按照莫老师的主意，参加了某大学举办的文学创作专业的函授课程。她报名后，每月都收到了函授资料和作业题目，她也按时完成并寄了过去。就为了这个，后来她想参加成人高等教育自学考试也无力分身了，经济上也不允许。当时莫老师说国家承认这学历的，但最后却没有用，给她后来的职称评定带来了麻烦。

樱子还参加了民转公的招选考试。莫老师帮她上下打点了，他说可能会有几分把握。先体检，校长没通知她，她是从旁人的嘴里知道体检时间的。交档案资料的时间也差点错过。她快急哭了，抱着侥幸心理叫阿心赶紧将她的资料送去，还好，阿心回来说没迟，只是自己花路费亲自跑一趟而已。她心上的石头这才落了地。

文化考试出成绩了，樱子的语文和政治成绩遥遥领先，就是数学差些，但总分也排在全社参考人员的前列。大家都在猜测谁会最终转正，从莫老师给樱子的信中看，她还是蛮有把握的。然而事情突然出现了变故，传说民转公的事本来已确定了，但有人到教育局抗议，使教育局至今未能批复，原因是教育局起初把录用资格放宽到三年教龄以上，所以教龄长的就不服，要求按教龄长短来录用。

后来樱子到县城莫老师家询问转正的事，莫老师说他才从省城回来，也不知详情。也是，她得与不得，莫老师都已经做了工作。樱子将传闻跟莫老师说了，他说，人家这样做对你还有利呢，反正我们这不是走后门，是以文联的名义打报告给宣传部，叫部里向教育局提议破格录用，教育局的领导也说这事就应该这样办，何况樱子的教龄不长不短，正好十年。

民转公的人数定了，虽然邬镇是全县最大的镇，但也只有十个名额，樱子所在的大队有两个，但最终却没有樱子。她请假上县里去问原因，他们说，已经尽力了，可这不是他们的权限范围。樱子听后心冷得要命，对前途很绝望。

倒霉的事跟着来。女儿病了几天，不肯进食，吃点东西就呕吐，晚上还浑身发热。儿子被邻家一条母狗咬了一口，到镇医院去打狂犬疫苗，没有；第二天一早又到县防疫站，也没有。樱子真担心儿子，她宁愿自己替儿子被狗咬一口。这还不算完，樱子从报纸上看到三妹打工的地方发了洪水，她们的厂房就在大江边上，很担心她，就给她写信。三妹回信说，在红砖厂打工很辛苦，很久都没有发工资了，衣服也没钱买，叫樱子寄点衣服过去。

农历八月初，家里终于卖了两头猪，得了三百块钱。家公又露出一笔债，说未还清，不知是真的还是找借口去接济他那相好。家婆多病，哮喘不断，未老先衰，家公看她不顺眼，经常不给她好脸色看，趁樱子他们不在家的时候就找借口骂她，给她气受。刚卖了猪，就有四五个人来借钱了，一张口就是三位数，家里无法满足他们，只能借一点点，毕竟自己也不容易。樱子用这笔钱买了一座挂钟，一台华南牌衣车和一台红灯牌收音机，终于，三转一响齐全了，虽然来得太迟了点。她还用工资买了一台鸿运小风扇，这样晚上就不用为了凉快睡在地上了。

二姑已调到邬镇高中姑父处，在校图书室工作。姑父现在是校长了。他们在镇上买地建房，向樱子借一千元钱。樱子多年节衣缩食就省下一千来块钱，也想攒钱建房，她把钱存在信用社里。听到他们要用，就带姑父去信用社把钱取了。这多不容易，知情人都说，收入低微的民办教师要养活一大家子，能借出这一千元算是对得住亲戚了，并且是竭尽全力。

不料，一个月后，大姑也上门求借，她是为已出嫁的大女儿借的。可是樱子已把钱全数借给二姑了，再也没钱可以借出。大姑就是不信，一直在哀求，眼泪都快流出来了。樱子也经历过借钱的艰难，也到她家借过钱，天生心软的樱子只得叫大姑等几天，她想想办法。她向同事借，向总务预支，总算凑够了钱，给她女儿应急。当时小姑也出嫁了，家里成堆的活儿没人干，一家老小吃穿住行，人情来往，她头都疼死了。

天气不好，禾秆和谷物都无法翻晒，沤坏了不少。大妹像她家的小长工一样，每年春种秋收、夏收夏种都来家里帮忙。他们种了几分田的番薯，之所以长得好，多半还是因为大妹。家里养了两头猪，要许多饲料过冬，大妹便想帮忙割些薯藤来做猪饲料，于是就叫上了几个女生来帮忙。谁知家公把邻家那年轻妇人也叫上了，那年轻妇人平时与他来往密切，经常一起去割薯藤，又去挖番薯，大的归她家，小的才归樱子家，说是帮樱子家忙，要薯藤抵工钱。家婆也不敢反对，只是自己嘟哝，我每年都用很长时间扯野菜野草来喂猪，几分田的薯藤我都不够用。

樱子发觉后便请假赶了回来，声明不要那女人插手，但她割好薯藤后又无法挑回来，只好等阿心放学后去挑。她连夜将薯藤剁碎，让家婆搬到晒坪去。那女人不要脸，还是趁樱子不在家的时候去割薯藤挖番薯，竟和她开抢呢。家公凶蛮地说，地是我的，我爱给谁就给谁。那女人也有恃无恐地说，他叫我割我就敢割。樱子气得要命。家公的所作所为逐渐激起了樱子对他的憎恨，并逐步到了水火不容的地步。

现在再提樱子的老毛病——心气痛，自从樱子怀上儿子的那年开始，这老毛病就频繁复发。在投医无门的茫然中，她偶然打听到文友李医生那里有专治心胃气痛的药粉，便写信向他索要。其时李医生正在某卫生院当医生，业余时间也写点东西发表，后来写出了中篇童话《老鼠城历险记》和长篇小说《麝香花》。他回信说，三月份他要回家祭祖，到时将药粉带回，叫樱子到他家去拿，他家就在不远的邻村。那天小姑骑车载着她去见李医生，他还没回，正在疼痛中的樱子便坐在路边的石头上，用双手顶住痛处，艰难地等待着。后来李医生的弟弟叫她进屋，让她躺在他孩子的床上。等了许久，李医生终于回来了，给她带了两个月的药粉。他说，药粉是用海马和灵芝焙烤后碾成粉的，药粉适量加水，再加一个鸡蛋，搅匀后蒸熟服用。若药粉服完后还需用的话，自己可以去买些海马和灵芝来炮制。后来樱子服完了药，又照药方去抓，却苦得无法下咽。李医生给的药粉反倒有种香味，自己炮制的不知为何这么苦，樱子就不坚持服用了。这病很怪，用什么药都是刚开始很管用，等到下次复发时就无效了。所以这病时不时地就会发作一场，樱子苦不堪言。

距离上次心气痛才过了个把月，有一天上午，樱子忙着洗萝卜，没来得及吃早餐，等到她把手头的活儿做完时，早餐已凉。她懒得加热，直接吃了，结果心气痛马上又复发了，疼痛呕吐不止，那一瞬间，天地间的一切都不存在了，只有一个感觉：痛！痛得她用枕头、被角死死顶着心口，从床头滚到床尾。呼天抢地地喊，歇斯底里地叫。

坐在床边的阿心用同样痛苦的眼神看着她，替她擦着汗。

樱子接着是一阵恶心。她推开阿心递来的药碗，吐！吐！吐！吐得天昏地暗，肠胃都快要翻出来了。

吐完后，痛感似乎减轻了一点。她拉着他的手软软地说，阿心，我怕是得癌症了，还是让我早点死了吧，我被折磨得不愿活了……

阿心像哄小孩一样说，你别胡思乱想，一定会治好的。中国这么大，世界这么阔，总有人会治的……吃药吧。病好后，给你买一套新衣服，我们去广州耍一回。我家穷，没能陪你出去好好玩过。

喝了药之后，阿心又端来半碗温热的稠粥，一匙一匙地喂她。

没过几分钟，樱子的肚子又开始翻江倒海般搅动起来。这鬼病就是这样，肚子饿了会痛，吃点东西下去也会痛。痛、痛、痛！阿心紧握住她的手，她无法忍受，便用手狠狠地抠他。他手背一下子就被抠出了血，就像当初领结婚证时手背上的伤一样。他咬紧牙关，让她抠。樱子不忍心了，把手缩了回去。

来，我背背你！听你说过，你小时候痛得顶不住了，奶奶就背着你走来走去，痛就减轻了，我也背你试试。阿心就弓着腰把樱子背起来，在房里慢慢地从这头走到那头。伏在他不算宽阔甚至有点窄的背上，她的痛感竟真的慢慢轻了许多。

在他窄窄的背上趴着，听着他轻轻的话语，樱子平静了下来。任凭他慢慢地摇着，慢慢地走来走去，像婴儿躺在摇篮里，她竟迷迷糊糊，有了睡意……

学生快中考了，樱子是初三语文老师兼班主任，她心里一阵着急，越急病痛就越加剧。有老师提醒她说，反正要服药治病，在家花自己的钱，不如住医院，还能报销部分医药费呢。疼痛没有缓解，樱子只得住进了镇医院。她还不到三十四岁，就已成为住院专业户了，医院里好多医生都认得她。住进镇医院后，医生让樱子去照胃镜，照的时候，是用一条很长的胶管子从嘴里伸到胃里，然后反复地插入拉出。医生告诫她，不能干呕，但哪里顶得住？樱子干呕个不停。而且那管子还有一股浓浓的胶臭味，难受死了！

住院期间，樱子接到了县文联的通知，是县文联要召开第四次文代会。但她不能前往，于是在病床上写了一封信，向文联说明缺席的原因。不过，在樱子三十四岁生日那天，她收到了县文联寄来的信，信中说在第四次文代会上，她被选为县作协理事、文联委员，出席证和纪念品——一本精美的相册放在莫老师家，让她到他家去拿。信中还说，县刊《花洲》计划在近期复刊，欢迎投稿。信封里另附有一张中国作家协会广西分会的入会申请表，叫她填好后寄回。她知道这一切的荣誉都是由莫老师力荐得来的，可是自己毫无长进，怎么敢充这个数呢，因此她回了一封信。

> 莫老师，稿约和入会申请表收到了，可是我不想填，原因有二：第一，我在文学上无长进无建树，怎敢奢望加入作协？那是太不自量了。第二，就算退一万步来说，让我当个南郭先生，滥竽充数加入作协，我有自知之明，我没有什么才华，创作不出什么作品来，岂不让人当笑料？堂堂作协会员，毫无实绩，我出丑不算，还会让人有这种错觉，作协没有什么神圣的，这么轻易就能入会，甚至还可能引起某些非议，连介绍推荐的人也会被人说长道短。所以，我还是不填表为好，等我以后作品能有长进的时候再入会不迟。

信写好后，樱子把那张申请表以及两个短篇小说《有心与无意》《瓜分》一起封好，托同校的马老师带到县文化馆交给莫老师。莫老师接到信后，当即回信，叫她好好修改《有心与无意》。这稿是去年写的，针对前年的民转公有感而发，今年樱子的教龄快满十二年了，转正还是渺茫，多年受气的媳妇不知何时才能熬成婆。看不到光明的前途，樱子在心灰意冷、百般迷茫中翻阅过去的日记，看到那次与文友构思的关于一个老民办教师艰难的转正过程的日记后，她马上执笔，一气呵成，写出了三千多字的微小说，把她的遭遇与情感寄托在了这个老民办教师身上。

为了改好《有心与无意》，樱子将两个孩子接到学校，以校为家了，省得两头跑，晚上可以专心做自己想做的事。她班里的学生还剩下十三人，其他不参加中考的都已经离校了，虽然人不多，但樱子还得带着他们去镇上体检，给他们上复习课。虽然前途渺茫、世事复杂、邻里争斗、同事显势，但是她还得打起十二分精神去工作。她是丈夫的妻子，儿女的母亲，学生的老师，能不在人际的圈子里遭受冲撞吗？家里冷清，村里人也不好相处，她不想回去，连端午节也没回去，她真的很怕回到那个家。若能重新选择，她绝对不会再选择这个小村了。这大概是书上说的婚姻的七年之痒投下的阴影吧——这年正好是他们结婚的第七年。这是事业、家庭和自己的健康都不顺利的状况刻在她心上的伤痛，尽管丈夫没伤害过她，也爱她。

不知是焦虑还是别的原因，某天早上起床后，樱子突然感觉头晕，晕得坐不住，觉得床和房子也晃荡旋转起来了。她急得大叫，搂住孩子，生怕她和孩子被晃下床去。儿子很懂事，搂住她惊慌地问，妈，你怎么了？晃过之后，她慢慢地起床，到邻近的卫生室去看了看，服药之后头不晕了，但她却不知道这是患高血压的开端。

在修改《有心与无意》期间，樱子接到了《金田》编辑陀老师的信，信中说自己即将要退休了，以后不负责看稿子了。又说她寄去的短小说《三朵牡丹花》内容虽浅，但人物各有个性，已送主编审阅了。樱子看完信后，给他回了一封信。

陀老师，您好！接到您的信，我有点惆怅，您退休了，不再负责看我们的稿件了。人要是不会老该多好！您多年来花了那么多心血培养我们这些无名小辈，所以当您离开编辑岗位的时候，我作为一名业余作者，实在舍不得您离开。但岁月是留不住的，人毕竟会老的，但愿您退休后身心愉快，与家人共享天伦之乐，在空闲时间还望辅导我们这些不中用的后进生。半年前，我接到吕编辑的一封信，说我的小小说《得了稿费之后》在我寄往《金田》的几篇稿中，是写得较有基础的一篇，他已转给您审阅了，现在还没有消息，是您老没时间看还是看完后觉得没基础又不好意思说？请您老在退休前抽一点宝贵时间再就我这篇拙作指点一二，行吗？

写完这封信后，她灰暗的眼前又亮出了一丝光明：她还能写一些比较有基础的东西，她还有继续奋斗的价值。当时《广西日报》有稿约，在第三版副刊上举办了"我们之间"小小说专栏。在暑假的头两天里，樱子便以她胃痛发作时瘦弱的丈夫背她、开导她的事为原型，写了篇千把字的小小说《我不能死》，然后寄给了《广西日报》。

一个月后，悲喜交加，樱子收到了《三朵牡丹花》的退稿，但自己同时又收到了《广西日报》的两张样报——《我不能死》被选用了。这次上稿，又给了樱子极大的精神鼓舞。

一九八八年的秋季学期，樱子又被调回了学区初中。本大队的初中招不到学生，快要解散了。远香近臭，学生们宁可跑远些，到外面的初中住宿就读，也不在本大队走读了。樱子这是二进学区初中了，这次算她来得是时候，学校发福利给了老师，收入自然就比在大队时高些。逢年过节还会收到各种福利。娘家那边某学校的一位女老师知道这待遇后，感叹说，算你有福了，人家重点初中也不过如此——那位女老师的丈夫在公社重点初中工作。

女儿跳过了学前班，也开始上小学一年级了。某天半夜里，她突然肚子痛，还伴随着呕吐，折腾了许久，一家人都不得睡。天亮后，阿心去邻家讨了片药回来让女儿服下，女儿这才睡了一觉，睡到中午，樱子哄她吃了一小碗粥。过了一会儿，女儿又痛了起来，樱子就搂着她在沙发上坐了许久，直到阿心从学校边的药店买了药回来。阿心赶回学校，樱子也该回学校上课了。女儿想跟妈妈去，但樱子要工作，就狠着心不让她去，她就哭了。丢下未满六岁的孩子生病在家，着实很可怜，但是为了工作，樱子也没办法啊。

一九八九年春插农忙的时候，樱子留在学校的宿舍里看书写东西。她的宿舍是三个女老师共住的一个小阁楼，真应了鲁迅那句名言："躲进小楼成一统，管他春夏与秋冬。"她在写短小说《带笑声的忧虑》。写完小文后，她又开始给阿心织毛衣。这毛衣是当初华姑婆给阿心织的，谁知阿心穿着不合身，只好拆了，再叫他表妹织，也太窄，还是穿不了，最后由她亲手来织了。同房间的两个未婚姑娘看到后说，料想不到你会帮丈夫织毛衣。樱子问她们，怎么说？她们说，你一有空就看书写东西，好像其他什么事都没有注意到。樱子想，是的，她的确不是个贤妻良母，只顾自己的爱好，把丈夫和孩子撇在一边。从现在起，她得还丈夫一点温情，还孩子一份母爱。

此时，在广东打工的大妹失恋了，写信来对樱子诉苦。樱子给大妹回了一封超重的长信，她以自己和村中女伴的失恋史为例，劝她从痛苦中早日解脱出来。本校的未婚姑娘杏子也在此时找樱子倾诉，她爱上了一个已有一堆孩子的中年人，家人和亲戚朋友都强烈反对，都写信来劝阻。她将这些信拿给樱子看，与樱子彻夜长谈，希望能得到主意。樱子对此只能深表同情，她不是杏子的亲人，只是同事，无权指责她，只能劝她多方位考虑好后再做决定。唉！自己的事都理不清，还要当大姐、当主心骨为别人疏通心路，指导别人冲破黑暗寻找光明？

内心的烦恼只有自己知道，同校的两名姑娘虽然都谈恋爱了，但是对樱子却很羡慕。她们说，我们有失恋的烦恼，你这老大姐却有一个好家庭：公婆宠爱、夫妻恩爱、生育理想，有子有女合成个好字，夫妇俩的工资够吃够用，而且还有剩余，工作上又顺心，你还有什么要烦的？她们主张樱子拼命吃，拼命胖，拼命乐，来反衬她们的拼命烦，让她的开心感染她们，赶走她们的烦。她们说得有点儿道理，樱子为了帮助她们走出困境，赶走烦恼，真的采纳了她们的建议，一有空就拉上她们到镇上去看电影，或者买菜回来自己做好吃的，或者放声高歌，乐得像个疯子。她的体重因此增加了近十斤。但乐过之后还是烦，民转公无望，写作没有突破，家里还是贫穷，这三样就像三座大山一样压在头上。而增加的体重没能减下来，为她今后的"三高"魔火再加了一勺油，再添了一把火，只是当时没有意识到而已。

十二月中旬，樱子听说母亲病了，便抽空回去看她。知道母亲咳嗽吐血，樱子很难过，但又没有别的办法，只能给她点儿钱让她叫赤脚医生开药。母亲是年轻时苦累成疾的，当时没能及时调治好，所以就留下了病根。她一生都没吃过一碗自在饭，没人疼爱过，老了病了，也没人理。

在看望母亲回来的路上，樱子遇见了村里的赵姓女，她先前也是嫁在本大队的，与樱子的小村隔江相望。生了一男孩后，赵姓女与丈夫感情不和，离婚嫁往别处了。她看到樱子大冷的天还穿着凉鞋，左脚又用纱布包着，便问原因。樱子把向娘家人隐瞒的事全对她说了，也说了想买砖建房的事。赵姓女听后就主张樱子不要建房了，她对樱子说，等你辛苦建好，人家儿子、房子都有了，万一再与你离婚，看你怎么办？像我给人家生了儿子也离婚了。樱子听后想想也觉得可怕，单是那恶家公就很难对付的，她不能再吃亏了。第二个周日，樱子赶紧到砖窑去讨回订金——她之前给了砖窑七百块订金，砖窑说钱已投入运转了，没这么多现钱，先还给她三百，剩下的等卖砖之后再还。她便将这三百又重新存回了信用社。

寒假说到就到，学校照样杀猪分肉。樱子提前一天回去叫阿心来运肉，但当天迟迟不见他来，她只得叫工友将猪肉先割成一块块的，然后费力地从深井里打水，把猪肉洗干净，用盐腌好。弄好这一切之后，阿心才姗姗而来。他一来，杀猪的工友就拉他去喝酒吃肉，喝到最后竟醉倒了，睡到第二天才回去。

这个寒假过得很糟糕，与家公走得很近的那女人很过分，经常向家公要东西，家公就向商店赊账，买给她吃。人家催账了，他就向阿心要钱还账，谎称说是赊给家里的。有一天，樱子正好在房里，她听到了开碗柜门的声音，就知道有问题。樱子悄悄地跟出来看，果然看见家公拿着一包盐进了那女人的家门。那女人出门看见了樱子，料定已被觉察，便恶人先告状，出口便咒骂她，樱子便与那女人吵了起来。家公恬不知耻，竟帮那女人骂她。回家后，家公表面骂阿心，实际还是在骂她，他声称若知道是谁在说他与那女人好，他就要跟谁搏命，那凶恶的脸色，像正在冒烟的快要爆炸的手榴弹那样可怕。大年三十那天，樱子孤零零地顶着寒风冷雨锄地种菜，种完之后回到家，不知道那女人又和家公嘀咕了什么，家公就用骂家婆的方式来骂她。樱子知道，每逢过年过节，他都要送东西给那女人。今年鸡没有，猪肉是樱子从学校带回来的，他不敢拿去送。想卖谷送钱，樱子又嘱咐家婆看紧谷仓。现在没东西可送了，他就在家里乱发脾气。在村里，外人欺负他的时候，他一句话都不敢说，在家里却欺负樱子和家婆两个弱小的女人。樱子想，若有去处的话，她一定会拿上全部猪肉，带上儿女，不在家过年了，让他喝西北风去。对老人要赡养是应该的，但晚辈没有责任给钱物让他去和别的女人好，有本事他自己挣钱给那女人花。

家婆说，算命佬说家公是十败命，真的不假。这段时间，信用社的追债单送到了家里，他们这才知道他去信用社借钱了，他也向私人借钱，家里一切开支都是他们负责的，而他借来钱就与那女人一起花了。为了防止他再去信用社借钱，樱子叫丈夫把他的私章藏起来，谁知家公又去镇上重新刻了一枚，还是无法制止他借钱。无奈，樱子只好亲自出马去找信用社的人说明情况，请他们不要再借钱给家公了，以防日后债台高筑时他们无法偿还，这才杜绝了他再去信用社借钱给那女人花的可能。他在信用社借不到钱了，很恼火，经常拍着桌子恶声恶气地咒骂她。

　　家公的恶行还在继续，他恨死樱子了。只要樱子一回到家，他就摔东西，绷着个要吃人的雷公脸，随时都会冲她发雷霆之火。本来樱子对这小村早就有了恐惧感，但之前起码家里是安全的，现在连家也不安全了。一踏进家门，她的心房就剧烈地收缩，跳动异常，惧怕感马上笼罩心头。樱子举目无亲，无依无靠，父母是别人的，丈夫也变得陌生了。不管樱子在事业上有多大成就，受了委屈后，她也需要得到丈夫的同情与抚慰，尤其是心灵受到创伤的时候。这个家只有一双儿女与她有血缘关系，但儿女还小，无法依靠。其他人都把她当外人。前几天樱子和家公吵架时，家公操起一个碗就扔了过来，尖利的碗片划伤了樱子的脚背，伤口发炎化脓了，大冷的天也只能穿拖鞋。因为她与家公争吵，阿心不过问她的伤，反而还责怪她。

　　唉！一个家庭有一个这样的人，其他的家庭成员都得跟着倒霉！这个家她怎么待下去呢。

　　过完年后，樱子除了心气痛并发鼻炎外，又患上了严重的咽喉炎，喉咙红肿疼痛，声音嘶哑，讲课很吃力；而且吞咽不顺畅，有生吃芋头的那种刺痒感。服了很长时间的药了，还是不见效。看着杂志上介绍的"喉癌"之类的症状，樱子觉得有点像，顿感大难临头——她将不久于人世了。人到中年，尤其是灾难到来的时候，总有一股怀旧的情绪，她忽然怀念起过去的朋友，便给南宁的小周寄去一封信，像是诀别一样，但没有得到他的回信。病痛还在缠身，头晕又出现了，天旋地转，还有呕吐的感觉，只得连着几天到镇上医院去看病。在某天又淋了雨，樱子患上了重感冒，发冷发热、头痛出汗、不停咳嗽。当时正值学校组织师生坐船去梧州春游，她就叫阿心请假陪她随船去梧州，目的是想去梧州的大医院看病。途中樱子咳得很厉害，快喘不过气来，夜不能寐。到梧州后，别人都兴高采烈地去游玩，她却去找医院看病。医生排除了她患癌症的可能，说是重感冒引起一系列病痛的大发作，就开了些西药给她。从梧州回来后，阿心让她请一周假在家休息，慢慢调治。几天后，病有了好转，晚上能顺利入睡了，但白天还是咳，还得继续调治。梧州医院的医生主张她通过扎两个月的针灸来治疗咽喉炎，但她不可能请这么长时间的假，不是死到临头非去不可的时候她是不会去的，在家慢慢医治吧。一周后，假已满，虽然还没痊愈，但是樱子也得回校上课了。

　　樱子三十六岁生日那天，上面来了消息：民办教师教龄在十年以上的可入围转正考试。全县有一千二百多人入围，但只有一百多个指标，录取率不够十分之一。这又是一场心力交瘁的搏斗，又有许多人上蹿下跳。樱子给莫老师写信，告知他这次转正的大致做法。等了一周不见回信，她就到县文联去找他，可是没有见到，原来他还在下乡驻点。文联的小芦同志在编县刊《花洲》，见到樱子后很热情，也很同情她的难处，只是他也苦于没法子帮她。见她上县里一次不容易，他就热心地带她到县志办公室去找一位也姓莫的老文友。莫文友在县志办工作多年，找他或许会有办法。莫文友与樱子已是十几年的老文友了，他心肠好，也很同情她，只是无权，同那些有权人也不太接近，无法给她说情。但他建议樱子，可以马上写封信给主管文教卫生的李副县长，她做过县妇联主任，又做过信访工作，也喜欢看看文学书报，写点小诗散文什么的，并且颇具同情心。而且她对樱子的名字是熟悉的，或许她会替樱子说话。然后再找莫老师，由他与李副县长疏通。樱子就按照莫文友的建议给李副县长写了封言辞真切的求助信，随后又到莫老师驻点的地方找他。莫老师又有一番安排：他写了一封信，让樱子带给邬镇政府的粟督导。粟督导原先在县文化馆和文化局任过职，对樱子很熟悉。由他在下面把关，尽量把她的表填好，然后再送上去。他再让樱子给县文联写一封信，历数自己教学业务和文学创作的业绩，最后由莫老师拿着这封信去找李副县长，向她推荐樱子，这样上下疏通，或许会成功。

于是第二天，樱子就带上莫老师写给粟督导的信到了邬镇政府，谁知粟督导知道樱子的来意后，连信也没看，樱子在那儿待了不到十分钟，却听他教训了六七分钟。粟督导叫她做好工作，自然会得到承认，用不着这样做。这种官腔樱子听多了，很腻，她窝了一肚气回来，不想再求他了。

下面没人做铺垫，只得全靠上面了。樱子赶紧写好给县文联的信，一式两份，一份寄到县文联，一份带给了莫老师。一段时间后，樱子接到了莫老师的来信，有喜又有忧，喜的是李副县长看了她的信，而且经过了莫老师的推荐，加上她已有十四年的教龄了，同意在同等条件下给予照顾；忧的是镇教育组会在她的表上怎样写呢？会往上送她的表吗？收到信后樱子百感交集，想到受了这么多年磨难还未修成正果，竟流下了泪水。

教育组来对樱子进行政治业务考察，结果令人满意。本校的领导、老师踊跃发言，都在给她往好的方面总结成绩。一个老师事后告诉她，学校的副教导说，这次写她的鉴定意见是专拣好的写的，就看她上边有没有人帮，若有的话，她就有希望。

政治业务考察结束后，樱子又硬着头皮去找粟督导，莫老师重新给她写了一封信，叫她一定给粟督导看，没办法，只得又找他了。这次粟督导总算比前次好讲话些，樱子没有给他看信，只是把信中的内容口述给他听。他是这次镇里负责民转公的五人审查组的成员之一，从他的口中和副组长的口中知道，报名表不是按比例上送的，而是全部上送。樱子听后，心里定了些，于是着手准备文化考试，她心里没底，不知道考什么内容。她教的毕业班要中考，星期天也不休息的。师生都备考，老师考铁饭碗，学生考好前途，都紧张！

文化考试结束后，樱子去找了莫老师，莫老师说下面搞妥了，上面就由他来活动就好了。她回来就去找二姑，姑丈的学生黎是教育组的副组长，也是五人审查组的成员之一，他和姑丈经常有来往。姑丈去找他，他很爽快地答应搞好樱子的考察评分。做完了这些之后，樱子稍稍松了口气，随后焦虑地等待着。不幸的是，这次最终还是没有她。全镇只有九个指标，都是有关系的或者有县、地级先进证件的，每年的先进都是些有头有脸的人得的。樱子从没得过这类证件，就算政治业务考察同分，文化考试比他们考得好，也敌不过他们一张先进证件啊。这次她虽然上下活动，努力考试，死了这么多脑细胞，但是又像当年高考那样失败了，每搞一次，精神上就要经受一场残酷的折磨。

一九九〇年秋季学期，学校安排樱子当了女生辅导员。开学后不久，镇政府和教育组联合举办"我爱学生"师德演讲比赛，各校都派代表参赛，校领导就指定她去参加，要她写好演讲稿，读熟背出，并在本校试讲。她真不想写，一个脚残的人要登台去面对全镇的老师，自己从没经历过这种场面，肯定会怯场的。但领导坚持让樱子去，她只得写了篇题为《教书育人父母心》的稿子，硬着头皮上了。那是她人生旅途上，特别是从教十几年来最紧张的一天。全镇中小学教师和有关领导，还有县上广播站的采访人员，将近千人集中在镇影剧院里，看那阵势她就先胆怯了几分。比赛采用了当时流行的做法——当场亮分，参赛的选手分中学组和小学组各自评分。樱子登台后，看到台下黑压压的人头以及照相机闪动的白光，就紧张得背不全讲稿了，好在后来话筒出了故障，她得以早点脱身。最终，小学组有三名获奖，初中组则有两名，初中组有四人参赛，她获得了第三名。谢天谢地！她不祈望得奖，没跌在最末位就阿弥陀佛了。

不过，樱子在演讲比赛中的尴尬与不得意很快便被文学创作上的收获冲淡了。她接到地区文联的通知，自己的小说《一家之主》获得了地区优秀小说的三等奖，奖金八十元，差不多是她一个月的工资，而且还给她寄来了地区青年文协会员证。感谢文学！她在内心欢呼。

一九九一年五月，家里发生了一件大事，事情是这样的：之前生产队欠了银行一笔贷款，隔了二十几年都没还上，法庭就来拍卖队里唯一能卖的两间公屋，以标价的形式，谁给的价高就给谁。当时樱子正在学校给学生补课，留在家里的阿心在没告知她的情况下就参与了竞拍。有三户参加了竞拍。参加竞拍的人要先交三百定金给法院，以防拍到后反悔，若反悔，这笔钱就归下一个接手的人所有，每拍一级相差一百。阿心拿不出这三百块钱，法庭的人就借给他了。后来樱子才知道，另外参与竞拍的两户竟然是托儿，他们根本拿不出这笔钱来。他们知道这小村里最有可能拿出钱的就是樱子家，见樱子不在家，他们就撺掇着老实的阿心赶紧下手。别人最后出到了三千五，另一个就出三千六，有人起哄说，庄，赢他，往上拍，你拍赢了为止。连家公也竭力怂恿他。当时的阿心肯定是脑子进水了，要不然就是被灌了迷魂汤，以三千七的价钱标下了这两间屋。一个月内交钱拆屋，地还是公家的，不归私人所有。这两间屋都是瓦房，一半是用火砖砌的，一半是泥砖砌的。樱子回来听说了这事后气得要吐血，她十来年苦挣苦熬、省吃俭用积攒下的血本就这样被他败光了，她真恨不得杀了他。再加之那个时候，樱子投资养的近百只家禽几天内发病都死光了，血本无归。真是祸不单行，她欲哭无泪，连上吊的心都有了。

他们本来是各花各的钱，阿心只有工资，没有奖金，每月是没有余钱的。樱子教的是初中，工资比小学略高，有奖金、节假日补课费以及加班费，间或还会有些稿费，收入比他高。除了日常花销外，樱子剩余的钱都存入了信用社。阿心以为她存了很多钱，竟不经过她同意，就大胆地花高价买下了这烂屋。在二十世纪九十年代初，这烂屋根本不值这高价。结婚十年，樱子存的钱也仅四千来块，只够他处理这两间烂屋的，但她怎么能倾尽所有让他挥霍呢？她本来就多病，全家还有老有小，突然要用钱的话，去哪儿找？怎么也得留些钱在手里才踏实安全吧。

在阿心的苦苦哀求下，樱子从信用社里取出了全部的活期存款两千，再咬牙取了八百元快到期的定期存款，这才够还本金，还欠九百元利息，她实在舍不得再提前支取未到期的定期存款了，宁愿让他因为欠债去坐牢也不救他了。樱子怀揣着这宝贵的两千八百元与阿心到农业银行交了钱，并写下欠农行九百利息的欠条。从农行出来后，她心情沉重，举步艰难，心里有种被毁灭的沉重而压抑的失落感，与十年前跟他领结婚证后从镇政府走出来时的感觉一样。但也不一样，她现在觉得，跟着这种人实在倒霉透了，他除了善良外，她没沾到他半点光，只能算是人家有丈夫她也有，人家有个家她也有就是了，其他的则一无所获。她又得重新从负数开始了，真是十年辛劳毁于一旦啊！

三千七标来的烂屋又得让樱子操心处理了，她叫阿心放话，说谁想要谁就照原价领了去。结果他们不想要了。有谁会要？若想要的话，人家早就参加竞标了。村里 D 夫妇最会算计，标价时就是他夫妇俩撺掇阿心往上标的，听说他们不想要了，D 的老婆就来找樱子计议，叫樱子亏三百给她，并且还要找樱子借钱。要亏钱还要借钱给她？蠢仔才会同意呢。樱子没答应，便着手请人拆屋了，她家一屋的老弱病残幼，做不来这活儿。经协商，邻村有人愿意以三百的工钱帮忙拆屋，那人自己有拖拉机，可以将砖瓦木石运到樱子家。他领了工，但一人无法做下来，就招了 D 当帮手。樱子预料 D 一家会暗中使坏的。果然，第二天，当经过他家时，樱子看见领工的人正在 D 的家里计议，她在门外听到 D 的老婆说，你要出手拖，帮他搬运，又要柴油，以前起屋的除了人工钱外，还要给饭吃呢，你不向她讲这些吗？这过于精明的女人每时每刻都想得很到位，因为樱子没答应她的要求，她就千方百计、绞尽脑汁地要樱子家亏得更惨一些。招工的人转头就来向他们多要钱，说算是伙食费，吃饱了才能做工。没法子，他们自己又做不来，只能任人宰割了。

他又挖苦阿心，你看，你大脑少根弦，以为标得了屋就是你的了，没想到还要花一笔钱拆卸呢。你就没考虑你家没拆卸工要请人呢。

在这近乎倾家荡产的危难关头，女儿的成绩也一落千丈，两次单元测验都仅是及格。樱子已经把全部希望寄托在女儿身上了，她这辈子活得不好，便希望女儿通过读书来找到好的出路，现在却是如此令她失望，怎么办才好呢？

端午节后，樱子差点又与家公吵架了。家婆告诉樱子，樱子不在家的时候就只有她帮着喂猪了，她自己辛苦种出的猪菜舍不得摘，宁可扯野菜，为的是等天冷之后再去摘。家公却带着那女人去摘。她在村边只能眼巴巴地远远看着，默默嘟哝，难为自己一身病，这么辛苦种菜，倒叫外人摘了。家婆又说，端午节的时候，他又送给那女人一只樱桃谷白鸭，自己很气愤，实在忍不住了，就说了几句。家公听到后就对她发脾气，指桑骂槐。樱子听后气不打一处来，要不是急着赶去学校，可能又会是一顿大吵，最终还是忍住了。

家里两个孩子正在长身体，需要补充营养，樱子没钱买营养品，便养了两只母鸡，想等着母鸡下了蛋给孩子吃。樱子每天早上都去摸鸡屁股，有蛋的话她就将母鸡关在鸡窝里，然后在中午的时候赶回来捡，有时竟没捡到，可明明早上的时候还有蛋的啊！之后才知道是家公捡了。他捡了自己吃还不打紧，但他除了偶尔吃鸡蛋羹外，一般是不吃鸡蛋的，这分明是送给那女人了。樱子很生气，但没撞见他捡蛋，他是不会承认的。她就为了和家公抢鸡蛋，每天在家和学校之间来回跑四趟，午休也放弃了。为了让孩子能吃上鸡蛋，她就得付出这么辛苦的代价，有一次在回来的路上还摔伤了膝盖。樱子听人说过，一个男人若是出轨了某个女人，就算刀架在脖子上也不会回头，并且会六亲不认的，对照家公的做法，她很信服这说法。

暑假里，家婆病了，不能干活儿，樱子只好去干。夏天太阳毒辣，只能等到下午五六点后才能出去种薯藤——家里的母猪要饲料喂。叫阿心一起去种，他不愿去，樱子一时悲愤交加，竟然哭了，自己已经忍痛干了十几天，有谁可怜？家公吃里扒外，她做死不够补天穿，鸡扒来不够鸭一嘴。她一面哭一面数落他，哭得很伤心。一个残疾人要挑起家里家外的重担，她活得又苦又累。标公屋的事件过后，樱子已恨透了阿心，也看透了他，人家起哄挖个坑让他跳他就跳，真是个傻瓜！害得她要来帮他收拾这烂摊子。她像个大姐般劳心劳力操持着这个家，他呢？像小弟弟般不懂事，累了就耍性子说不干了。

阿心不帮她，樱子还是只能自己一个人去种薯藤。看见家公那相好的女人在附近，樱子就气不打一处来，与她狠狠地吵了一回。她也够得势，跳起来指手画脚地骂她，有人撑腰她怎么不嚣张十足呢？樱子忙着干活儿，家公却屋头巷尾地对人说她的是非，她去邻家铡花生藤，正好听到他在滔滔不绝地数落，定是因为自己和那女人吵了架。她懒得理他，对他给自己带来的精神虐待以及劳动成果的掠夺，她已经麻木了。樱子只能自己可怜自己。

家婆的病在一天天变重，花了许多钱也不见好。家公叫阿心给他的两个女儿写信，让两个女儿带点钱回来给老太婆治病，他们已经花了不少钱了。写完信后，家公就天天到村口去望，也不见两个女儿回来。直到农历七月初二下午，她们姐妹俩才赶了回来。小姑还带着刚满月的孩子。家婆起不了床，脸色惨白，没半点血色，看来凶多吉少。果然，见过两个女儿后，家婆就在两天后去世了。家婆断气时，樱子的大妹还在插田，她叫大妹赶快带着三侄女回去，去年她为了减轻母亲的负担，就把两岁半的三侄女带回来养着。现在，家婆去世了，他们要忙着办丧事。

家婆断气后，阿心哭得很伤心。他说，母亲一生都没有过上好日子，他于心有愧，才六十五岁，不算高寿。家婆结束了悲苦的一生，樱子也很同情家婆。

樱子当初的担心终于来了，殡葬费要花上千元，放假时两人领的工资全为家婆治病了，现在已经没钱了。好在之前没交齐标公屋的钱，樱子将定期的几百元提前领了出来，又向别人讨回了三百多元的债务，还是不够，虽然她手里还剩下最后一张几百元的存单，但是她打死也不会再拿出来的。说直白点，她这么多病，天知道哪天她突然要钱治病。因此，不够的部分由阿心去信用社借吧，谁叫他没脑子花尽家底去要一堆破烂？搞得现在这么被动。

暑假后，学校发生了一件大事：有一对致富心切的夫妇，胆大妄为，仗着与学校教导主任的亲戚关系，不顾学校"不准在校养禽畜"的禁令，在学校角落的小炮楼里养起了猪，甚至还改造了女生浴室来养。一个教学骨干看不过眼，就起草了一份集体请调书，全校十七名教师里有九名签上了名字，樱子也签了名。

教育组传学校教导主任P去问原因，为何这么多人突然请调？P教导很恼火，回来就找Z副教导问缘由，他怀疑Z是后台的操纵者。但Z不是主谋，他老实摊牌，说众人实在看不过眼，学校三令五申，可那老师一家除了养猪养鸡外，暑假的时候还在校园内养牛，搞得到处都是牛屎。大家不愿意与这种人共事，所以要请调。P教导听后无话可说，他的本家做得确实不像样。樱子做好了思想准备，调吧，到哪儿也是要做工作的，换换环境也好，俗话说"树挪死，人挪活"，或许换了环境后马上就会吉星临门呢。

教育组亲自来过问集体请调的事了。组里的正副组长来了两天，找了五个人谈话，樱子是其中一个。他们都反映了情况，说学校像养殖场，鸡飞猪跑，乌烟瘴气，严重影响了工作、学习和生活情绪。校领导却强词夺理，数说他们的不是。无论如何，樱子已准备调离此校，不愿与这类人为伍了。她还听说下次民转公考试规定，教初中的没专业合格证不准报考，也不准考小学的，所以她必须调到小学去，不然连报考资格都没有。

了解了学校的情况后，教育组的领导与工作人员倾巢出动，到学校来召开校领导班子民主扩大会，樱子是女生辅导员，也参加了。在会上，校长和"养殖户"语气很重地说，Z副教导有野心，想赶走领导自己顶上。这一顿猛烈的攻击使这个会变成了对Z副教导的批判会。P教导在提到老师关系闹僵的时候说，"养殖户"与杏子有点矛盾，他曾叫樱子去劝杏子，要与本校老师搞好关系，不知道樱子是真的劝了，还是火上加油了，他很怀疑。樱子当场澄清，她绝对没有火上加油。他这样指责樱子也有好处，让上级领导知道他患有多疑症，四面树敌。本来樱子对他没有什么成见的，现在连樱子也变成他的敌人了。

这次会后，教育组所有人到学校来召开全体教师会议，最后下了结论，说集体请调是Z副教导发动的，是他动员大家签名的。这让Z副教导连着几天都垂头丧气，情绪不佳。签名的老师们很内疚，深感对不住他，想在会上澄清，教育组的领导却说时间紧，下次有时间再说吧。会上还批评了一些人，都是针对集体请调的事，批评领导的用不痛不痒的话语，批评老师的却言词激烈，这更加激发了他们调离此校的决心。

因为集体请调的事，樱子和杏子被打入了十八层地狱，这学期的师德评定，她俩被领导评为最差的。而不在请调范围中的人个个都是满分，因此他们拉帮结派，把Z副教导视为对立面，樱子和杏子理解同情他，站在他这边，就被打击报复了。还有更卑鄙的，她和杏子在房间里谈话聊天，他们竟派人在外边偷听，这样来监视她们。她们失去了人身自由，还有必要在此受罪吗？只有三十六计，走为上计。于是樱子和杏子到教育组找黎副组长请调。黎副组长很真诚，推心置腹地教导她们如何为人，如何工作，并答应到明年秋季学期再调。她们说，我们想调到学区中心小学，肯定会有人愿意来教初中。黎副组长则说，有人愿来不等于他愿要。她俩只好耐心地等待。

集体请调事件过去后，报复开始了。杏子被撤了班主任职务，樱子则被撤了女生辅导员职务，有两人则被调出，接下来该轮到她们了。樱子想，还真以为大家很喜欢在这种是非之地呢？这里没有任何奖金，就那几十块工资，不见得有多好。岂不知调出一个就幸运一个，先前女老师蒙调出后，考上了县师范的民师班；男老师松调出后，停薪留职下海挣了大钱。以后樱子调出，说不定能快点转正呢。

请调的事还没完，之前阿心买公屋惹的麻烦也逐渐找上门了。那两间公屋要开始拆卸，夫妻俩都要上课，没时间到场监督，拆卸的那些人为了图快，不用心做，瓦片烂了许多，只得了几成。最要命的是拆火砖墙，那人纯粹是出于嫉妒和报复，樱子没答应借钱，也没打算将这两间公屋转让给他，现在他就要樱子一家遭受更大的损失。火砖墙不是正常拆的，而是用大铁锤尽力砸倒，故意把坚固的火砖砸碎。有人告诉樱子，他一边捶还一边哈哈大笑说，啊！几好睇，墙倒了，众人推呀。看着运回来的碎砖，樱子心痛极了，欲哭无泪，心里说这鬼人又一次暴露了他的为人，这样的品行樱子会记住的。由此，樱子与他们夫妇的裂痕又加深了，他们忘恩负义的历史又添了浓重的一笔。之前他们夫妇成双还是樱子介绍的呢，他老婆是樱子邻村的同姓姐妹，樱子想，再也不要给本村人当红娘引鬼入庙了。

公屋的墙体一半是火砖，一半是泥砖，上千块的泥砖只留下了一二百，雨一淋又烂了许多。家公见毁坏了这么多东西，不得已说了几句，他们便趁机故意刁难，说不干了。樱子他们就另外找人，等找好了人，那帮人又说要接着干，但还是处处刁难，卸下的瓦不运回家，说上下车要很多人工，目的就是要加人工钱。樱子他们只好将瓦片留在原地，以便宜到不能再便宜的价钱卖给需要的人，这才甩掉那些旧瓦。

为了偿还欠银行的九百元利息，拆下的木料、格片要迅速变卖。可还没等樱子他们筹够钱，有人就挨家挨户地挑唆，说他们欠银行的钱是不用还的，因为是吃回扣的。还说是队长、樱子的家公和他各分三百，因迟迟不见他们还钱，就说他们将这钱私下和队长分了，他没得。他跳出来鼓动一帮人，从上巷嚷到下巷，威胁着说要来抬樱子他们拆屋得来的木料。有人上门来追问，还有人直接来叫分钱，甚至有人扬言，若不拿出这钱来分给大家，就要联名写信到教育组告他们贪污。他们穷疯了，荒唐可笑而又可恶的人。

有个无赖甚至真煽动了一帮人想来抢他们拆屋得来的木材，一大群人闹哄哄地在屋外，还说要去银行闹呢。樱子病了，浑身没劲儿，没去上课，而是在家休息。这些人的无理取闹让她更怨恨阿心倾尽家底买来一场横祸，使她不得安生，她埋怨他，还伤心地哭了一场。阿心也无计可施，学校想叫他去梧州听课取经，他担心有人会趁他不在家的时候来偷抢木材，就没有去，失去这机会太可惜了。那些恶人扬言说请好了律师，要告樱子他们。樱子没经受过这种被众多恶毒的攻击包围的阵势，成天担惊受怕。

黑色的一九九一年，她多灾多难，在学校里，要左右开弓去抵挡种种明枪暗箭，在家里又要前后迎击诬陷与算计，还得对付病痛的折磨。她得打起十二分的精神，用残足去迈过一道道坎坷。

一九九二年的春节说到就到，正月初十这天，也是民办教师的女文友郑从很远的地方几经周折来到樱子的学校找她。她们之前没有见过面，郑文友的名字是别人告诉樱子的。她们同是文学爱好者，几年前就有文友告诉樱子，郑文友想认识樱子，今年终于见面了。郑文友在樱子家住了一晚，把她在地区《大众报》发表的两篇散文带来给樱子看。她与樱子聊文学，聊家庭，说她丈夫与别的女人有染，她曾与那女人打过架。她想离婚，然后去广东的民办学校教书，她有一男一女两个孩子，她要把一个带到广东去。她丈夫说一个孩子也不给她，这婚就有点难离了。每家都有本难念的经，每个女人都有段苦难史，她对樱子大倒苦水，很羡慕樱子有个忠诚的好丈夫。郑文友看的是表面，所有家庭都不是万事顺意的，这方面没问题，很难保证另一方面也如意，只是樱子不愿向外人诉说她的苦难遭遇而已。不过，樱子始终劝合不劝散，遇到男人出轨那是很难处理的，不是三言两语、一朝一夕就能解决的，先耗着磨着吧，或许时间可以改变人的某些作为。她们谈到了深夜。

第二天，郑文友要回去了，樱子送她到镇上去搭车。不久后，樱子到县医院去看病，正巧遇见郑文友也在，郑文友便生拉活拽地要樱子到她家去，樱子只好前往。她家婆叫樱子劝她看在两个孩子的份上不要离婚，就当男人死了。同是女人，她也不容许儿子对儿媳的背叛，但儿大不由娘，当娘的也制止不住儿子的出轨。她丈夫却给樱子提了个问题，你是写文章的，你说一个男人老实安分地在家陪老婆孩子受穷好呢，还是到外面挣钱回家好？不管他用什么手段。郑文友说，他与那女人是赌钱时勾上的，那女人有钱，丈夫是包工头，常年不在家。他用赌博接近这女人，再进一步通过亲密接触挖这女人的钱，使他财色双收。社会开放了，就有人用歪手段挣钱，樱子很鄙夷，她假装不知道他的行为，不动声色地回答他，只要不违法犯罪，不危害到家庭利益，不伤害到夫妻感情，钱挣得越多越好。相反，只要违反以上条约，那钱就属于来路不正，会葬送掉个人和家庭的前途。

年后，樱子听说母亲病了，好不伤感。她现在是内外交困，家里一片愁云惨雾，在学校又万般失落，真难啊。

家公经常为一些琐事对她大发脾气，这段时间他与一些闲汉竟将天九牌搬到家里来，在饭桌上日夜开战，孩子晚上做作业没个安静环境，房里的灯不够亮，女儿就在他们打牌的饭桌上找个有空隙的地方写作业看书。樱子恨不得扔了他的牌，说了他几句，家公更恨不得吃了她，扬言说谁敢丢他的牌就要和谁拼命。为了孩子的学习，她与家公有了更大的矛盾，要丈夫出面阻止。阿心将利害关系反复说了，家公这才将牌撤出去，还给孩子一个读书写作业的安静环境。

家婆生前喂的那头母猪之前被贱卖了，原因是猪花落价。现在猪花涨价了，樱子就又弄来了一头小母猪来养。没猪菜，她就在学校周边的田里扯野菜野草，然后叫阿心用车运回去，运过几回后，他嫌麻烦就不来了。家公不发脾气时还帮着喂一下猪，发脾气时就让猪饿着。家婆不在了，家里什么东西都与家公那相好共同享有。那女人还煽动家公来咒骂樱子，等樱子一回家她就丢东西示威，害得樱子不敢单独回家，就算等到天黑也要等到阿心才一起回去，多么可悲可怜。家公还趁机将晒烟叶用的竹烟夹送给那女人，说是不种烟了。这竹烟夹是樱子花钱买的，她当然不允许他送人，并且是送给那女人，就去问那女人数没数过烟夹有多少块。那女人很不服气，马上又让家公来对付樱子。家公对付樱子的办法除了像雷公一样咒骂她之外，还趁樱子他们不在家的时候，买肉买豆腐与那女人和她的几个孩子一起吃。

盗贼此时也来祸害她，将她拖着病躯冒着酷暑种下的两块地的薯藤连根割光，那是她以四毛钱一斤的价格买来的种苗啊，长势很好，本想种满两分田的。她心痛脚软，一下子瘫坐在田边，伤心地哭了一场。阿心这段时间迷上了麻将，他星期天补课，说好放学后就回来和她一起种薯藤的，却因为打麻将彻夜不归。每天都如此，打得天昏地暗，家也不顾了，孩子也不顾了，要樱子自己一个人忙里忙外，还要独自面对恶毒的家公，气得她也不想管这个多事之家了。

六月底，樱子带学生到镇上去参加考试的时候，见到了教育组的黎副组长。黎副组长问，前次提出的请调之事是真的吗？樱子说是真的，正想去找他。于是第二天，她和杏子去教育组找黎副组长请调。黎副组长答应将她调到鹊山小学，杏子还留在原校。在教育组的黑板上樱子看到了今年民转公的选招条件，要大专或中师文凭，或者专业合格证，她没有大专和中师的文凭，好在已搞了个小学专业合格证，等下学期她调到小学后，就符合报考条件了。

秋季学期开学后，樱子如愿调到了鹊山小学，当起了六年级语文老师兼班主任，毕业班的学生要考初中的，压力很大，很辛苦。

在这段时间里，她的鼻炎更严重了，去玉林军分区八一门诊部诊断，结果是严重萎缩性鼻炎，医生给了两个疗程的药。军医说，一个月后再去复查，还说有人花了几千元也没有治好，何况她这已变成了顽症。樱子听后便慌了，若发展成绝症，那一切都完了。买回药用了一个月后，病情反而加重，樱子只得又到地区中医院去看。拍了片，医生说，鼻子里的软骨也在发炎，先服一个月药看看效果。她的心往下一沉，有种不祥的预感：病情在恶化，怎么是好啊！

带着病痛工作，成天头昏脑涨，耳、鼻、喉、眼眶都在痛，非常难受，樱子真担心自己哪天起不来了。儿子也常常生病吃药，这学期带他来学校复读，本该读二年级了，因为上学期期末考试的时候发烧，没考数学，只有一科升学成绩，所以干脆让他留级了。阿心也是病秧子，经常煲药。就女儿健康些。唉！今年也像去年一样倒霉。

旧病未愈，新病又来。樱子两腋窝处肿大如梨，有异样感，双乳周期性疼痛难忍，去县妇幼保健院拍照检查，诊断是乳腺增生。腋窝处的东西不知是啥，她担心是乳腺癌的症状。镇上医院的妇科医生说没见过这种现象，外科医生说是脂肪瘤，要么就开刀割掉。她不敢相信这种说法，只想攒点钱上县里的医院去诊治。现在最难忍的还是鼻咽炎，讲课很困难，直接影响到了教学效果。

她的病已经很严重了，吃力地上了一节课后，樱子忍不住哭着向教导处请假，上县城看病。在县医院，先看腋窝的肿大物，幸好与镇医院说的一样，不是恶瘤，是良性瘤，可以做手术割掉。然后又去五官科看鼻咽炎，医生叫她先检验血液，看看是否发生了恶变。一周后拿到了检验单，还好不是很严重，樱子这才心定了些。

从县医院看病回来，樱子病休在家，之前村中的那伙人又从上巷窜到下巷，说樱子他们伙同队长得了银行的三百块钱，要他们拿出来分。樱子等他们闹了一阵后，就叫那个闹得最凶的人到家里来，翻出以前给银行写的九百元欠条以及前几天她和阿心去银行结清欠账的收据，然后将前后经过对他说了，让他们要钱就到银行去，不要骚扰她一个病妇，丈夫闯下的祸全让她承担了。那个人这才无话可说，他出去对那帮人说，人家已经全数结清了银行债务，生产队不欠银行的了。至于银行给了队长多少回扣，那是银行的事。

过了不久，家公才对阿心说，他们交给银行的这九百元利息，确实是队长领了。银行为了追债，让队长帮忙要债，队长就要劳务费。银行只好答应，只求收得本金，利息就当给队长的劳务费，或者当初借给水库移民的生产贷款压根就没有利息，现在银行收利息是用来付帮着催债的人的劳务费。怪不得队长那么积极召集大家拍卖公屋。他们不知情，阿心无脑，竟给他造福了。当初队长担心一个人无法让银行同意给劳务费，就叫上人称"老谋"的人和家公一起去银行充当说客，银行也为了尽快收清债务，就答应把利息给他们三人做劳务费。队长领了这钱后，分给"老谋"三百，分给家公一百五，说家公少去了一次，要少给他一半。这样不公平，但家公也不敢得罪他，打掉牙齿往肚里吞，只能对自己的儿子诉说冤屈。樱子知道实情后，真恨不得杀了这些老家伙，都说虎毒不吃儿，家公却为了得到这区区一百多元，也曾催过阿心尽早还债，从不向儿子吐露半点实情，导致樱子被村里的人闹得差点精神分裂，绝望得差点与他儿子离婚。他得钱不多，却害得阿心担了吃回扣的罪名，黑狗偷吃白狗担当，世上竟有这样的老子？

二弟突然送来两大捆柴，说是父亲买好了叫他送来的，并给樱子带来了两百块钱。父亲听说她患病没钱花，又要还银行的债务，可怜她。此刻，她所受的酸苦顷刻间涌上心头，催动着悲哀的眼泪如雨而下。这酸苦憋在心里化成病痛经常发作，她也从未宣示于人，现在她对着亲人把憋屈化成了泪水。接受了这些钱物后，樱子心里百感交集。一是她从未得宠过，也没得过谁这么大的馈赠，实在是有点受宠若惊；二是父母这么老了，父亲早已无力弹棉胎，只得在大队租个店，卖饲料、化肥、农药和石灰粉等，挣钱也极为艰难。母亲一直在生病，自己没钱给他们，心里已经很不安了，现在反而要他们给钱用，实在受之有愧；三是恨丈夫头脑少根筋，不是他听别人起哄，自己跳入别人挖好的坑，她又怎么会落到这种窘境呢？四是更显出家公的自私，对家人冷酷无情，伦理道德低下。她有难的时候婆家人谁也不过问，她一个残弱女子在这个穷家里单打独斗，被外人、家人攻打得遍体鳞伤，没有谁理解她、同情她，更别说帮助了。只有自己的家人才记挂她。她对二弟说，这次送来的就收下了，叫父亲不要再买什么东西送来了，等还清了债务，每月的工资节省着用，会慢慢好转的。父母的牵挂、对她的好，她会永远记住的。

先前，樱子去叔父家赊了一头小母猪，期盼小母猪长大后产两窝小猪，这样多少能帮补一点家用。家公有一顿没一顿地喂着，他们经常不在家，也无法正常喂食。刚养了一个月，小母猪就肚胀如鼓，坚硬如石，不拉屎尿，难受得发出阵阵惨叫。樱子赶紧叫兽医来灌肠、打针，并留了药，又叫阿心隔两个小时再打一针，但始终未奏效。小猪惨叫了一晚，早上起来，樱子发现它已经死去。她心里难受极了，又丢财又受气，这个家何时才能翻身？猪的本钱还未还，当初说好等猪生了仔养大后才给猪本钱的，现在猪种已死，又何来猪仔呢？过后有邻人对她说，家公早已厌烦喂猪，因为他要到处走动，有头猪捆住他，他就不能随时出行玩耍。可能是他给猪食掺了水泥。樱子很后悔当初处理死猪时没有解剖一下，看那坚硬如石的腹胀物是什么东西。她想，难怪猪死了家公一点也不难过，反而很轻松呢。遇上这种家公，她只能天天生闷气，郁闷久了，就引出了后来的大病。

她去还猪本钱时，顺便叫大队卫生室的医生看了看她的鼻炎，医生说鼻窦炎治不好的，只给了她点进口药，就当碰运气，试试效果，六毛钱一片，在当时是很贵的了。服药时似乎有好转，但一停药又复发如初了，只得到镇上的个体卫生室跟定一个医生，每天服用一剂中药。那方子有一味药叫蛇舌草，有时他药店里没有干品，樱子就叫学生去田野里帮忙找点生的来用。樱子盼望奇迹出现，通过中药调治把病治好。她每天煎一包中药，一包中药要用电炉熬几次，电费又贵，每天的工资刚够她吃药。好在去年用了一点土方治好了折磨她二十几年的胃痛，至今还未发作过。但这鼻咽炎也是顽症，老治不好，经常折磨她。

　　阿心带两个孩子和家公上县城去吃堂叔的乔迁喜酒，要红包八十元，还要几个人的搭车费，这是她一个月的工资；过几天，她也要去吃堂弟的结婚酒，也得要钱；而且还要交七十元的职称晋级费；还有年底的建校费、房屋费以及征订下一年的杂志费；加上长期的医药费，用钱的地方多如牛毛，民办教师工资低，所以阿心这段时间打算辞职去广东，他的堂叔堂弟也主张他去广东私立学校教书或打工。樱子不准他去，要她在家独自面对家公她是不愿意的，而且据说民办教师要全部转正了，应该有盼头的，耐心等待吧，光明就在前头。

　　快过年了，这时候家里又发生了一件令樱子非常生气的事。家公之前与邻人以低价买假币来用，他花五十块假币买了床棉胎。阿心给了他一张五十的真币，得来这棉胎，当是买给女儿的，女儿床上正缺。女儿睡了两晚后，家公趁樱子去赶圩、阿心又不在屋的时候，抱走这床棉胎去卖给邻人，每到过年的时候他都要向那女人"进贡"的。樱子赶圩回来后，女儿告诉她，床上的棉胎被阿公抱走卖给别人了。樱子无法原谅一个身为祖辈的人为了别的女人竟这样对待孙辈，但她不敢出声，知道一出声他必定发难。阿心也很气愤，马上去邻居家将棉胎抱了回来，重新铺回女儿床上。家公认为是樱子挑事的，便喊打喊杀起来，还大声骂她，最后竟然反咬一口，说是樱子打了他。几个人拦他不住，他要冲过来打她，还说什么有她就没有我，有我就没有她。家公讲出这么恶毒的话，竟为了那个女人！谁敢保证他不会用什么法子害死樱子？就像他害死那头小母猪一样。樱子痛定思痛，只有一法，离开这个家，另寻生路，否则定会死路一条！她已经在这个穷家受了十年罪了，但人生能有几个十年啊，再不走就来日无多了。

第二天，天刚蒙蒙亮，樱子就顶着蒙蒙雪雨，投奔邬高中的二姑家，向二姑哭诉自己的遭遇。二姑安慰她，不是丈夫对你不好，你离什么婚，家公再恶，他也活不过年轻人，尽量回避矛盾，忍着熬着，等他过世了就好了。二姑这样说也始终无法打开她的心结，她的心在痛苦地哭泣，她的磨难何时是尽头？

二姑忽然告诉她，樱子的同事——李老师的妹妹小李老师和邬高中的小陈老师见面相识才一个月，现在结婚了，今天在镇上酒家请吃饭。他俩是樱子和二姑一起牵线成婚的，请帖放在二姑那儿。今天就是喜日，二姑正愁无法将请帖送出，正好樱子今天来了，就可以和二姑一家人一起去吃喜酒。

到街上碰见阿心在买过年的东西，二姑说，正好赶巧了，现在不用去通知你了。然后就叫他一起入席，宴后，阿心回去了，樱子在二姑家住了一晚。第二天一早，小陈的父母叫女儿带礼品到二姑家，想叫二姑的女儿带着送去樱子家，代她兄嫂给樱子送礼谢媒，正好樱子在，她就将礼品交给樱子，不用再跑到她家去了。那么冷的天，下着雪，道路泥泞难行。樱子本不想回家过年的，她对家公的恶行还是无法原谅。收了这些礼品，二姑便叫她带着礼品回家，让孩子也高兴一下。她只好回家了，一回到家里心情就很坏，屋没扫，春联也不贴，鸡也没杀。这个年过得死气沉沉、冷冷清清的，一点喜庆的气氛都没有，家公的脸色比当时的天气还阴冷。他之前每到过年过节都要给那女人送钱送东西，现在他没什么可送了，就拿樱子出气。

一九九三年的正月初，阿心在电视上看到了一则广告，说县城的某传统医疗中心治鼻炎咽喉炎很拿手，两个疗程就见效，于是就叫樱子去试试看——她多年来深受鼻炎咽喉炎的折磨。这个传统医疗中心其实是个私人诊所，里面只有一个医生，两个助手和一个护士。租一间门面，牌子一挂，广告一吹，治病心切的病人就来了。当时治疗疑难杂症还是比较缺医少药的，所以就想试试另类疗法，像樱子这样患有久治不愈的顽疾的，对这种吹得天花乱坠的医术就有点相信了。

阿心陪她到县城找到诊所，主治医生姓C，他给樱子检查后说，先治一个星期，叫她找地方住下，每天来治疗。樱子就去县招待所找了个床位住下，然后天天去诊所。C医生这治法之前真没见过，每天往鼻孔、喉咙里直接注射药物，并要樱子每天按时服药。治疗费很贵，一个星期就要花五百多元，还要食宿费，对一个月工资不够一百元的民办教师来说，真如老牛负重。一周后，病情也未见好转，于是C医生就给樱子开了两星期的药，又要了一笔钱，嘱咐她服完药后再去复查。从县城回来，一进门，樱子就发现她养的半斤来重的小鸡不见了四只，一问，就知道有两只是家公送亲戚了，还有两只卖给邻居了。家公之前借亲戚的钱送给他相好的女人过年，现在用她的鸡去还债。她的辛苦是"老鼠生儿替猫造福"，本想养些鸡预备家里缺粮的时候换米的，谁知家公总是想着那女人，随时算计家里的东西，以前有谷卖谷，现在没谷卖了，连这几只小鸡也不放过。家公根本不讲道理，樱子无法和他抗争，只得忍了。

没过几天安生日子，樱子又窝了一肚子气。她发现家里的柴堆少了许多柴，便问哪里去了。家公说，几天前借给"那户"娶媳妇办酒席烧了。樱子听后马上就来气了，这一大堆松柴是学校去年分给她，阿心帮着运回来的，松柴质量很好，像出窑的瓦一样干，借出去，日后就算还回来，也多半是在圩里买的，最多只有六成干。何况那人心地阴毒，樱子恨透了他。去年就是他多次挨家挨户煽动人要搬他们拆公屋得来的砖木，还要去教育组告他们。平时还经常扬言万事不求人，现在办这区区十几桌酒，竟连这么点柴火也买不起，也要向她借？借用他的话打他嘴巴：没钱娶什么媳妇！樱子很不喜欢小村子里的一些人，大部分人又穷又懒，还见不得樱子过得好。樱子暗下决心，一定要鼓励孩子认真读书，逃离此地。

花了近千元打针服药，病痛还是没有好转，樱子只能骑着单车上县城复查。C医生告诉她，是鼻咽癌早期，嘱咐她下次带丈夫一起来制订治疗方案。樱子呆住了，头脑一片空白，欲哭无泪。诊断后C医生又给她打了三针，说是治癌的，一针在耳后，一针在鼻孔，一针在臀部。然而没想到，过了一会儿，樱子感觉从腋窝到面部出现了火烧般的灼热，而且还发痒。她惊叫起来，医生慌了，赶忙在她臀部打了一针不知是什么的药物，还冲了一支葡萄糖让她喝，这才慢慢地稳定下来。休息一会儿后，樱子又艰难地骑着单车回家，五六十里路，到半路上累得不行。

回去之后，鼻子里很难受，火辣灼烧般的感觉，脖颈的左边淋巴结很痛，而且似乎也扩散到右边了。樱子的精神很不好，就叫阿心请假陪她去复诊。医生将她的病情跟阿心说了，说癌症他也能治好，要相信他，今天就开始给她注射治癌的药物，要先收三百元钱。樱子没带那么多钱，也没有那么多钱可带了。医生就叫他们去借，钱到位后再打针。阿心只好带她去堂叔家借钱，堂叔不情愿，堂姊听说事情经过后劝他们，不要相信这种江湖野医，这是骗钱害人的，他没有任何仪器，不做任何检查，就说是癌症，是没有科学根据的。要去权威的正规医院诊断才行，去梧州红十字会医院看看吧，这家医院权威性较强，诊断鼻咽癌很准确。若检出真是癌症，就去省医学院附院用钴放射治疗。据说治疗时，飞机都不能从医院上面低空飞过，否则就会受到干扰。这样的科学手段才能治好癌症，靠这些骗人的小诊所怎么能治好癌症呢！堂姊说得在理，她不愧是县医院的医生，他们相信她的话了。

第二天，阿心用单车载着樱子到浔江边的港务站，然后买票上船，转天一早就到了梧州。他们找到红十字会医院，樱子在医院门口等候，阿心去找大学毕业后在梧州某单位工作的亲房小叔，让他到医院帮忙找名医。小叔来了，说他的医疗关系正好是在红十字会医院的，这里的名医他都熟。他带樱子他们去找肿瘤科的何主任诊断，何主任对她一番检查后说，最起码三年内不会有鼻咽癌的可能，时间长些就不敢说了，目前是鼻咽炎，开些药服用吧。樱子还是不放心，说照CT吧。小叔和何主任都说照CT要花三百块钱，家里经济不是很好，没必要。樱子又问，还有什么办法检验是不是癌症。何主任说，那得住院，从咽喉和鼻腔里各取一小点活组织做活检，住院更花钱。小叔说，放心吧，何主任是资深的肿瘤科医生，经他检验的肿瘤病人千千万万，听他的没错，检出你不是癌症就是好事。她这才完全放心了。

午饭和晚饭都是在小叔家吃的，他家有老人小孩，地方窄，无法住宿。晚饭后，樱子和阿心便往港务站附近的旅社投宿，想第二天搭早上八点半的船回家，谁知旅行社都住满了。阿心想去别处找找，她嫌远，担心明天早上来不及买船票，便在港务站逗留，他也只好与她一起留在那里。晚上十点，港务站的工作人员要关门，一大帮等船的人只好在门前的台阶上歇息。

　　樱子随身带着给女儿织的毛衣，衣服织了一半，她就拿出来接着织，以此来消磨时间。夜深了，实在困得不行，她收起毛线，靠在阿心的身上眯一会儿。半夜以后更难顶了，春夜料峭，又冷又困，他们只好去吃了五毛钱一碗的白粥暖身子，用处不大，那就咬住牙关硬挺着，挺不住了就起来走一走，心里说挺到天亮就能上船，上了船就可以睡觉了。好不容易挨到天亮，以为能搭上八点半的船，谁知遇上大雾，船从广州开到半路受阻了。一直等到中午十二点半他们才搭上船，再回到家乡的港务站时，已是晚上八点多了。

　　下船后，阿心用单车载她回到了八里路外灯火通明的邬镇，吃了碗馄饨后，她便到一个同事家借了支手电筒照着回家。手电筒的光不是很亮，走在路上时不时会摔跤，快到家时的这一跤摔得最惨，一双鞋袜都是烂泥，右边鞋袜陷进烂泥里拔不出来，用手拉才出来的。阿心在旁边的水渠里洗去鞋袜上的泥，她不穿湿袜，只穿着湿鞋，走得很慢。阿心无法再骑车了，只好让她坐在车上，然后他来推车。推了一段路，樱子觉得头晕，歇了一会儿才起身，这样走走停停，到家时已是半夜十二点多了。这次去梧州看病，连船票共用了一百多元，相当于自己一个多月的工资，一番辛苦，却买了个放心。阿心笑着说，花这个钱值得，这场辛苦也值得，买了个心理治疗。这么大的价值，却只花了被那个骗子医生骗去的十分之一，那真是个吃人的黑医，前后骗了樱子一年多的工资，还害得樱子差点自杀。也多亏堂婶的指点，不然还会被骗得更多呢。

　　樱子从梧州回来后，大妹带了几百元来给她，是大妹打工赚的。听说姐姐要去梧州治病，以为要住院，就拿钱来了。樱子没要大妹的钱，到底还是自己的姊妹好。

櫻子长期患病，却舍不得吃个鸡蛋或杀只鸡来补充点营养。她总想养鸡来帮补家用，家公在家只喂他自己的鸡，櫻子的鸡他不管不顾。但等櫻子的鸡长大后，他就抓她的鸡去卖，得了钱与他相好的女人去消费。櫻子气极了，又不能与他吵，他总会强词夺理。为了避开他，唯有离婚。古时的苦媳妇被休，多半是因为家里有个恶婆婆，但她被逼到要离婚却是因为有这个恶家公！这个家她实在不能待下去了，没病也会被他气病的，不病死也会被他气死！她鼓着一肚子气到镇上找在法庭工作的老乡咨询离婚的程序，老乡告诉她，先写诉状，一式两份，连结婚证和诉状费一起交法庭立案，法庭便可传唤双方到庭对证，然后法庭深入调查了解，经调解无效后便可判离。离婚也有这么多的麻烦，回到家看到两个孩子后，她又将此事搁下了。

四月，全镇教师到镇上的影院参加教育大会，会上说年底要给民办代课老师涨工资，还说今年的民转公指标又下达了，教委办前几天号召民办老师订资料，准备参加考试。櫻子没订，她百病缠身，也担心像往年一样，每考一次就要经受一次落选的痛苦折磨，像当年高考一样。会后，在镇政府吃招待餐时，辅导员阿安问她为何不订考试资料，她感到奇怪，那么多人不订，他为何单记得櫻子没有订呢？

一个月后，校长传达了今年的民转公情况，全县初步定了三百四十个指标，可能还有追加。几天后，又听说今年的转正指标多，大约有五百个，据说是县长向自治区申请增拨的劳动指标，怪不得动员大家报考。不报考的要说明原因，阿心的一个同事写了不报考的原因，教委办的不同意，要他亲自去汇报；有所学校一个也没报考，教委办大发雷霆，说谁不报考就叫他卷行李走人，这么多指标不去争，全让别的乡镇争去了。

莫不是时来运转了？阿心报考了，但樱子还是没报名，依旧担心白费劲，最后是教委办的阿安好心地亲自送报名表来给她，叫她填报好，再帮忙送回教委办的。既然报考了，就要做充分准备，语文、政治樱子不用怎么复习，只是背一些时事题。她把注意力集中在了数学上，特别是小学六年级的数学。她变成了学生，做学生做的题，不懂就向教六年级数学的老师请教，把许多遗忘的数学基础知识重温了一遍。按照往年的惯例，重点是考察小学初中的知识，复习好小学的知识也能达到六成的分了。

樱子上县里参加民转公考试，她感觉考得不错，语文难不倒她，初中三个年级的语文她经常上的，就算考小学的部分，她现在也正教着呢。印象最深的是六年级课本里的那句古诗："可怜九月初三夜，露似珍珠月似弓"。试题要答出"可怜"在诗中的意思。民办教师要种田，要教书，不可能都饱读诗书，她以前就没读过这首诗。老实说，若不是教过这课文，恐怕都会望词生义，答成"怜悯、怜爱"的意思呢。政治题也不是很难，初中三个年级的政治课她也上过。至于数学题，有好些是小学六年级的，复习到的都答对了，看来总不至于像往年那样绝望吧，那就静候命运如何安排了。

暑假很不好过。喂鸡的时候，家公只要看到樱子的鸡走近就用脚踢，用棍打，把鸡当成她，打着出气呢。为了防止樱子的鸡去吃他撒的米，他便将他的鸡引进厨房里关着门喂，而且用的是纯米，没有拌一点糠。说他两句，他就板起雷公脸，睁大眼睛像要吃人。有一天，他的鸡有两只落到粪坑里淹死了，他满肚子火，等樱子不在家的时候就对她的鸡大打出手，有只黑母鸡被打得很惨，鸡腿处掉了一大块皮，露出了鲜红的肉。樱子也目睹过他追打自己的母鸡，导致母鸡跌落到水缸里，险些被淹死。家公野蛮粗俗，恶气十足，恶待人就算了，连禽畜也不放过。

暑假过后，民转公的硬分公布了，樱子是52分，比往年多了4分，教龄比去年长了一年，当然要长分了，此外，职称晋升和班主任的身份大概也是加了分的。

一九九三年的秋季学期，在鹊山小学待了一年后，樱子又被调回原来的联中。这次是联中的校长到教委办要求把她调回去的，说学校缺语文老师。原来对他们集体签名请调的人打击报复的P教导已经调走了。回去之后，校长任命樱子为语文教研组的组长，说是为她今后转正需要加分考虑的。校长不计前嫌，没有记恨她。不过，那次集体请调不是针对他的，而是针对那个校园"养殖户"的，是那个P教导为了庇护他P姓人而对他们抱有成见，打击报复他们，与校长无关。

民转公的软分（政治业务考评）也公布了，全镇有五十五人的总分在320分以上，樱子是323分，照这个分数她可能有点把握。听说全镇有四十八个指标，若果真如此，他们夫妇都有希望了。

樱子做了个梦，梦见她的民转公考试的总分在镇上排第十四名，转正有望了。果然，早上她去学校的时候，阿心告诉樱子，教委办通知她去填表。他没通过，分数刚挨着边。于是樱子去教委办领了表回来，因为之前是在鹊山小学报的名，所以需要叫鹊山小学的校长签意见，然后又到她户口所在地村委会写了旁证材料。

材料收集好后，教委办用专车送他们上县医院体检，过程还算顺利。这次全镇最终的转正名额有四十八个，樱子排在了第二十五位，在没有任何先进证、官衔证、高职称、高学历加分的情况下能排在这位置，全凭她文化测评考得较好。感谢命运，让她在调去小学的一年时间里，能跟着小学生一起系统地复习好了小学数学知识，比往年多考了十多分，总分就提上去了。别以为老师就能考很高的成绩，大多数老师都是教哪门课就记哪门知识，不教的知识都忘掉了。甚至有的连自己教的科目也考不好。民办老师还是半个农民，春夏秋冬要干很多农活儿的，哪有很多时间用来复习考试科目？单拿文化成绩排的话，她能排在全镇前几名，不过，人家文化成绩不如她的却有一大堆加分证件，总分就远远高过她了。但不管怎样，她终于是多年的媳妇熬成了婆，修成正果了，整整考了五年，不容易呀。当初请调到小学时的赌气话现在终于应验了，树挪死，人挪活，说不定调到小学还能早点转正呢。

放下这件事后，樱子去县里参加了第五次文代会。报到后，她先到县妇幼保健院看病，查乳房及腋窝肿物，之前的健康体检没有这一项。她的乳房老是周期性地疼痛，腋下肿物虽然多位医生认为没有危险，但是她还是放心不下。同他们这次一起民转公的有一位女老师，她的丈夫是学区中心小学的校长，大把的好前途，眼看就能享福了，结果被查出患了乳腺癌，现在去梧州治疗了，吓得全镇的已婚女老师都赶快自费去检查乳房。这次检查，医生说是乳腺有小硬结，是乳腺增生导致的疼痛，开了十几元钱的药，叫她服完后再去复查。既然不是绝症，樱子就没有去复查了，上一次县城也很不容易。

晚上回到县招待所，地区文联副主席、《金田》的潘主编和李副主编也到了。樱子就和两位文友到潘主编的房间里闲聊，潘主编送给她们一本他自己的散文集《牧野之风》。聊到文学，他说樱子的作品很真实，有生活气息。他还问樱子转正的事，说他们很关心她，也很同情她，就是没办法帮得上。樱子想，虽然帮不上，但是她也很感谢他们。

会议期间，邻乡政府的工作人员、也是老师出身的梁文友告诉她，这次民转公的名额两天前已批复了。转正分为两批，第一批与工资挂钩，第二批暂不与工资挂钩。樱子听后就到教委办去询问这件事，只见到会计，问他，他含糊其词，没有确切告诉她什么。不过有老师告诉她，全镇转正的四十八人中，有十八人不与工资挂钩，要写保证书继续安心从教，等待后续指标名额。樱子没有被要求写保证书，说明她是第一批，是与工资挂钩的。

这次转正的时间是从一九九三年十月算起的，公办工资却是从一九九四年一月开始算，月薪不够两百元，但不管多少，各方面总比民办的强。她写信给莫老师报喜，也给《金田》的潘主编写信，叫他帮忙转告地区文联的陈大姐，她苦挣苦熬、历尽磨难，终于转正了，成为了一名公办教师。

喜事接踵而至，樱子收到了杳无音信近二十年的南宁小周的来信！信中说了他工作、家庭以及孩子的情况，并在信里写来了祝福与问候给她。在他们断联的漫长时间里，樱子心里时刻都在想念他，现在又有了消息，那高兴的程度并不亚于领了一千元奖金。她马上回信，也介绍了自己的工作、家庭、孩子情况，并给他寄去了全家福和她的单人照。

一九九四年元旦过后，邻村人在距樱子家田地不远的地方挖鱼塘，阿心提出把家里的部分田地也改挖鱼塘养鱼，被她顶了回去。他便给她写协议书，说什么如果以后没有什么经济效益的话，责任不在樱子，由此引起的一切后果由他自己负担。樱子不想再为家事生气，她收起协议书，还是不同意挖塘养鱼。

但家公却积极支持开挖，自己带着挖掘机手去勘察家里的田地，准备强行开挖。好在机手是樱子的高中同班同学。樱子找他说明了家庭实情，叫他不要去干她一家人意见不统一的事，同学只好听她的，鱼塘最终没有挖成。她有预见，如果挖鱼塘的话，多半又是一件标公屋事件，一来夫妇俩没时间打理，只有投入没有收益；二来鱼塘是贼偷鬼谋之地，别人会偷，就是家公也会网了鱼去卖钱，与他的相好逍遥享受；三来田地减少，粮食也跟着减少，每年耕这么多田粮食都不够——主要是家公偷卖，再少这两亩地岂不更缺粮？她宁愿让田地荒着也不干这花钱买操心的事。那四千多元的烂屋已让她崩溃了好久，到现在还在心痛，所以不能让这类事重演。鱼塘挖不成，家公人前人后地咒骂了樱子好久。骂吧，不把她整治死，他就不能随心所欲！

快放寒假时，杏子对樱子说，邬高中学生食堂有个女干事下学期要随丈夫调往县上某单位，所以会留下空位，樱子可以叫身为邬高中校长的姑丈帮忙活动，调她进去，填补那个女干事的位置。樱子听后，就到二姑家谈这事去了。二姑告诉她，姑丈表示由他出面与县教育局局长说，他要安排一名人员参与管理学生食堂，多了解些情况，明白地对局长说是想安排亲侄女进来。不用樱子走动，若她走动，又要花钱，还很有可能不会见成效，他是校长，说一句胜过她说一百句，让他全权去处理就行了。不用她出动就能把事情办妥，她求之不得呢。

学校本已放寒假了，因为预感这几天会有信来，樱子就到学校走了一趟。果然，南宁小周又来信了。她很高兴，即时就把信拆了。小周给她寄来了三张照片和一张名片，信中说有两张照片是在西双版纳泼水节上照的；再看名片，他现在是某公司的副经理，不是当年那个工厂里的小工人了；看他的照片，只能从那张合照中依稀认出他，笑容还是当年的，只是长胖了，有点富态。他在信中还说年初的时候来樱子家，她真的相信了，给他回了封长信，告诉他来她家的路径，还特意留出一只大鸡公等他来，谁知老等不来，大概他只是随口说说而已。

正月初六，樱子回娘家探年，知道有人给大妹介绍了一个男子。男子是邻村的，也姓庄，是过房给别人当儿子的，他家有块田离樱子家的田很近。他在广东某大排档当厨师，收入较好，个子中等，有点胖，也白净，算得上是个农村里的靓仔。大妹告诉樱子，父亲嫌她老不出嫁，与外人说了许多伤她人格与自尊的话，简直不像父亲对女儿。昨晚父亲还跟她吵了一架，今天父亲也恶狠狠地对樱子说，若是大妹再不答应跟这男子的话，就要赶她出家门。重男轻女的父亲就是这样，女儿一长大就要往外赶。大妹对樱子说，她怀疑她不是父亲的亲生女儿，是母亲在路边捡的，她不承认父亲养育了她。读初一的时候，第二学期是大弟给她的学杂费，谁知刚读了一星期，父亲就要她辍学回家，帮着种责任田，连学杂费也没退回半分。几年前，她脚掌生了恶疮，整个脚掌肿得像块火砖一样厚，痛得哭喊了一天一夜。邻家三叔听不过去，就叫父亲带她去看医生，他也无动于衷。她哭喊着求三弟把樱子叫了回来。樱子回到家，父亲这才让樱子陪着她搭手扶拖拉机去医院治恶疮。在医院的时候，大妹要如厕，又走不了路，脚残的樱子只得背着她艰难地挪向厕所。父亲从来不关心过问她的病痛、她的成长。樱子也这样认为，父亲常年在外，就是在家也未对家人担负起应有的责任。从外表看，这个家很好，但内部其实一团糟。

第二天，樱子带着一双儿女到郁高中二姑那里去了。二姑告诉她，学生食堂管理干事空缺，有很多人都想进来。有个人甚至想直接给她一千元，叫姑丈帮忙活动，她就怕有人捧着大堆钱越过校长，直接上县里去活动，看来有点棘手。姑丈在年前的时候去医院探望过县教育局局长，局长患病住院，姑丈送去了慰问金，还买了些礼物，并对他说起了调亲侄女进郁高中学生食堂当干事的事。局长问，会超编吗？姑丈说，不会的，是填别人调走的空缺。他就不作声了。

在父亲的逼迫下，大妹终于要出嫁了，然后夫妇会一起到广东打工。父亲赶她出了门，这位二十八岁的"大龄"妹妹终于有了归宿。从相识到成婚，不到一个月。正月廿四，二弟媳到家里来跟樱子说，大妹在本月廿七出嫁。男方给了两千元彩礼，还买了台20寸的彩电和一辆单车，当时的农村就兴这一套。父亲从彩礼中拿出两百元给大妹买衣服，还买个皮箱。在三姐妹中，大妹还算出嫁得比较风光的，主要是男方给得起钱，不像樱子当初出嫁时那么辛酸寒碜。樱子衷心祝大妹永远幸福。

正月二十九，樱子给南宁的小周寄去了一封信，除了述说过年时没见他来的遗憾外，还告诉他自己正想办法调进郁高中，并邀请他有空来郁镇玩，说郁镇是广西三大古镇之一，素有小广州之称，镇上的民风、民情、语言等都与广州相似，能来这里玩一玩也是件乐事。

开学前，二姑叫在郁高中学生食堂打工的三弟来通知樱子调动的事，但三弟传错了信息，只说准备调动，叫她做好准备，但并未说时间。第二天一早，樱子到邬高中去问二姑，二姑说，调令早就到了，学校已向全体教职工宣读了调令，你报到越快越好。樱子又到镇教委去问，教委说调令昨天才到，叫她直接到邬高中报到就行，不用带任何证明，调令留在教委，应该另有一份到了邬高中的。她弄清事情原委后便匆匆地赶到了阿心的学校，叫他帮忙运行李。她能拿的就拿，拿不了的东西就委托杏子每次在往返邬高中时帮着带点。

樱子的这次调动在联中、邬高中乃至邬镇的教育线上如同原子弹爆炸般引起了轩然大波，一片哗然。因为她刚刚民转公，各种手续还有待办理，而且她没有大专学历，只是在农村初中待着的残疾人，竟能调进由县教育局管辖的邬高中。如果说县城的重点高中是老大的话，那么老二就是邬高中了。除了大学毕业分配来的，下面学校的人想调进去几乎是不可能的。许多人因此嫉妒她，特别是那些想进又进不去的人，尤其怨恨她。

樱子到邬高中报到了，二姑带她去找主管这类工作的P支书，他正巧从行政办公室里走出来。二姑叫住他，告诉他樱子来报到了，他冷冷地一边走一边没好气地说，去找覃副教导。樱子在二姑的带领下走进了办公室，见到了覃副教导。几句寒暄过后，二姑问他怎样安排她，他答，去学生食堂，具体由食堂主管安排，本周只剩下一天半了，下周一开始工作吧。她们便走了出来。樱子独自去了食堂梁干事的办公室，她是来接替梁干事的工作的。梁干事热情地向樱子介绍了工作的要点及细节，之后又邀请樱子到她的宿舍坐一会儿。在她宿舍里，她告诉樱子，学校之前有两位巴结二姑的老师，他们的妻子都想调进来做她这份工作，现在不如愿了，便对二姑冷淡起来。一听樱子被调了进来，众人便闹开了，有些领导也有意见，都是针对樱子的。难怪刚才 P 支书那么冷漠对她，有个人就是想托他调进来的，争不到了，便敌视她。

很快，樱子在食堂工作了一周。食堂 C 总管是退休后又返聘的学校原总务，很会算账，算盘打得又快又准。他交代樱子，梁干事虽还没走，但总得走动一下，办些事。梁干事请假了，就让樱子代卖加菜代金券。樱子之前没干过，很紧张，结果越怕出差错就越出差错，第一天卖代金券就短款了十二元。C 总就说，谁多得了就交回。有一姓蒙的男生送回了五元代金券来，他说他只多得了五元，其余的不知道。樱子大喜过望，不对他表示表示似乎说不过去，而学校最好的表示方式就是表扬。她将事情的经过和想法对政教主任和食堂总管说了。领导听后说，该表扬。C 总就用小黑板写了表扬，放在食堂里。谁知这种做法竟引来某些人的非议和攻击，说第一天便出差错，以后怎么得了。樱子知道有人等着她出差错，一有差错便迫不及待地唾沫横飞，攻击非议，这些人容不下别人，只想自己好。

由于心情紧张，第二天卖代金券又少了两元，樱子吸取了昨天的教训，没声张，而是悄悄地自掏腰包赔上了。她在这里总觉得处处不如人，小心翼翼地不能得罪人，尽力地压抑自己，就像生活在冷酷的冰窖里，没人可以交心，没人可以倾诉。在这种压抑的氛围中，她先后给小周、莫老师乃至县文联写信，告知他们自己新的通信地址及近况。说明为了生存，有时必须忍受一些不幸与烦恼。

人是调进来了，心却悬在半空中不得踏实。为了调她进来，姑丈被人攻击，说校长找了个残疾人进来。樱子总担心好景不长，在学校与人相处甚难。她不禁怀念起或顽劣或温顺的学生和三尺讲台，但在这里一切都不存在了，从今之后再也没有需要她教诲、训导或和她顶嘴的学生了。她心怀惆怅，别了，有悲有喜的教书生涯！别了，黑板、粉笔、讲台和那或天真无邪或顽皮捣蛋的学子们！

新学期刚开始不久，学校全体教职工评先进，P支书被选上了。P支书的老婆是小学文化，之前他先给老婆找了个民办教师的指标，然后再民转公，最后依傍他的地位进学校，做了个书报信件的收发员，也是干事。但那女人是个刻薄、恶毒、俗不可耐的恶妇，很爱搬弄是非。她原先许诺给一个老师的老婆提供帮助，调进来填这个空缺。樱子突然调来后，她失信于那个老师了，于是就四处攻击姑丈。这次评先进，她公开为自己的老公拉选票，叫人们不选校长。

唉！就为了调她进来，竟连累了姑丈。在全县六所普通高中里，姑丈可是年年被评为先进的知名人士，去年邬高中的高考成绩突破了历史性纪录，大中专录取数仅排在县重点高中的后面，位居第二名。而这样有名的校长却评不上先进，天理何在？良心何在？她老公评上先进后，竟恬不知耻地说要评她为优秀教师，让人笑掉大牙，评她为优秀教师？将那些站讲台上挥洒汗水、为大中专院校输送人才的教师放在何处呢？

莫老师在收到樱子的信后，很快便给她回了信。樱子看后竟哭了，因为信中说到她痛苦而沉重的人生，触动了她那根回忆往事的痛苦的心弦以及目前难熬的状况：虽然调进了乡镇里的最高学府，但她并不快乐、并不开心。莫老师在信中说，欢迎她在五一节的时候带着孩子到他家去玩儿。于是五一节那天，樱子一家四口就到了县城莫老师家，儿女们都玩得很高兴，她也暂时忘掉了烦恼。莫老师的爱人甘姨和女儿早已准备好了饺子馅儿，等他们一到，就开始动手包饺子。莫老师建议樱子到书店买书，指定买语文工具书《新华词典》，他们就去逛书店，买了本《新华词典》，儿子吵着要军棋，又给他买了一副。

回到学校后，樱子想，之前站在讲台上讲得口干舌燥，还因此患上无法治愈的咽喉炎，而且被升学任务搞得疲惫不堪的时候，内心就祈祷：希望有朝一日告别讲台，不用三更灯火五更鸡地备课、改作业，太辛苦了。现在呢？真的如愿告别讲台了，心里却充满了失落、惆怅与悲哀，尤其是现在，陷入了别人的口水旋涡中，备受煎熬与折磨，还不如重回讲台。

P支书虽然在本校被评上了先进，但是他写的材料空洞无物，他也没有任何政绩可写，最终也未被评上。当初他老婆在校内为他拉票时好不威风，趾高气扬，这下好了，灰溜溜的。C副校长评上了，昨天已上地区领奖去了。

端午节的时候，樱子又窝了一肚子的气。学校专门调课，让师生都回家与家人一起过节。虽然已连续下了好多天的雨，路很难行，但樱子还是骑车回家了。她和孩子们忙着做饭炒菜，阿心却忙着和人打麻将，等做好饭菜、祭拜祖先后，儿子去叫他回家吃饭，他不回，麻将正打得火热；女儿又去请，他也不回；樱子又去请，他还是不回；家公亲自出马，也没把他请回来。樱子便气愤地叫孩子们先吃，等大家都吃过了他才回来，一家五口人分成了四拨吃饭。她怨他，早知如此，我就不回来了，走这么烂的路我容易吗？过节也不能吃顿团聚饭！

期末，樱子领了本学期的补贴和劳务费，虽不多，却比下面的学校多了很多。因此，当时很多外面的教师都想办法往这里调，其实都是冲着这份补贴来的，就算受了天大的委屈，也能让这份收入抹平了。

暑假的时候，樱子回去看了母亲。她给母亲买了两盒 B12 针剂，叫婶子帮忙注射。母亲很可怜，眼瞎耳聋，生活在无声无形的世界里，她孤独寂寞、百病缠身。虽然生育了六个子女，带大了十个孙儿，但是家里谁也不理她，算是白辛苦一辈子了。有谁理解她？只有做女儿的尚存一份亲情，但也爱莫能助，无法经常在床前尽孝，樱子深感遗憾。

等到大弟来家找樱子时，母亲已经病得很重了，她和阿心赶回家去看望。樱子提议送母亲去医院住院治疗。家人也巴不得将母亲送去医院，这样就不用再听她扰人的呻吟声了，说趁阿姐暑假有空，去医院陪护打理。问母亲，她也同意住院。出门前，母亲趁四下无人的时候从箱子的衣服堆里摸出一本存折，有九百元，她交给樱子，叫樱子收好。这是她一辈子的积蓄，患病也舍不得用，比命还重要。她只信樱子，说她去住院不在家，担心被谁翻见拿了。大弟载着母亲和樱子去邬镇医院，把她们送到之后，又去忙他的了。

樱子一人带着母亲，交费，看诊，上下楼做各项检查。她自己本来就受不得累，一累就呼吸困难，仅是上下二楼就得扶着楼梯喘大气了。她也背不了母亲，看着母亲难受的样子，她急得想哭。艰难地陪母亲做完检查后，樱子办了住院手续，让母亲住了下来，然后白天黑夜都守着。三弟夫妇带着新生的女儿也住在邬高中，他在学校煮好饭后就送到医院来，然后隔一晚就来替换樱子，让樱子回学校休息。三弟也辛苦，有时学校还得加班。父亲始终没有到医院来看母亲，更没有谁买过一丁点儿慰问品送到病床前。

两年前，母亲也是在这家医院割的白内障，在烟厂做临时工的大妹与别人换班，空出时间来陪护，被扣了一个月奖金。现在轮到樱子，也是孤零零的，其间只有女婿带着外孙女来看过，这让母亲触景伤情，默默流泪。樱子也颇为感触，想起母亲辛劳的一生，付出这么多却没得到什么回报。乌鸦尚懂反哺，羊羔还会跪奶。在住院的这几天时间里，母亲的病出现过险情，被转入重症病房，输液输氧，樱子不敢离开她半步。暑天酷热，樱子来不及梳洗，整日蓬头垢面，神情萎靡，而且缺少睡眠，走路头重脚轻，浑身轻飘飘的。别人还以为是樱子在住院治病呢。

住院第八天，病情刚控制得稳定了些，母亲就吵着要出院，怕花钱。父亲也怕花钱，巴不得她快点出院。父亲让大弟来结账，大弟说，父亲极不情愿拿出这笔钱，本想叫他们三兄弟分担多一些，他就跟父亲说三兄弟都困难，要建房，要养孩子，花销大。父亲这才充满怨气地扔下了钱。他经营了一个店铺，其实不缺钱的，就是不愿拿给母亲花。大弟结了账后就将母亲接回去了。

抛家离舍一个多星期，樱子家里一片混乱。阿心不管孩子，家里唯一的一棵龙眼树结了果子，果子已过熟，他也不摘了去卖，只是说等樱子回来再决定。

除了母亲，樱子也很挂念大妹，大妹这段时间杳无音信，她到底怎样？之前大妹来找樱子，说自己怀孕了，丈夫对她不好，有婚外情的苗头。她想让樱子陪她去法庭，咨询这种情况要离婚的有关程序，后来又想去广东找她丈夫谈谈。只是老天不作美，洪水滔天，不知道大妹有没有平安到达广东，顺利解决问题了没有？

暑假很快过去了，新学期刚上班不久，二姑就神情激动地找到樱子问，是不是你对F说过你能上课，梁某也说，你自己说你能上初中的课？樱子和他们不熟，她不是那种狂妄张扬的人，在邬高中一向卑微低调，根本不会说此类话，每天只是埋头工作。樱子听了，要去与他们对质。二姑制止了她，叫她别出声，他们想排挤她走，去对质正好激怒他们。二姑说，他们叫你上课是想看你笑话，你上不了课就有借口赶你出去，食堂这份工作又让别人做了。上课的都是大学生，你怎么能跟他们比呢？樱子听后越想越怕，悲苦与愤怒使她伏在办公桌上压抑地哭泣，哭后还得强装无事照常工作。在下面的初中，她是教学骨干，在这里却如此的窝囊，这样多压抑啊！

　　一周后，F来食堂购米，他问樱子，你在下面的初中是教语文的？之前二姑来提醒了，樱子就有了提防，但略一考虑后便说，是的。既是做教师的，总得上一门课。她没有正面回答。他说，我们这里现在缺语文老师。樱子老实地说，我不能在这里上课，你们都是大学生。他说，教初中吧，反正你以前是教初中的。她又强调，以前教的是农村初中，现在是镇上高中附设的初中，高手林立，我教不了。见她态度坚决，F就不和她说了，而是跟在场的人说本校缺语文老师，某个老师教高中三个班的语文，怎么能教得好学生呢。F是高中部语文教研组的组长，说的应该是实情。

　　国庆的时候，樱子又回家看望母亲，她买了些面条、芝麻糊和肉之类的东西，还给了母亲一点儿零花钱。樱子本想把存折交还给母亲的，但母亲不要，而是再三嘱咐樱子收好。还说不用给她现金，现在她不能走路，有钱也没办法去买东西。看到母亲这个现状，樱子很心痛，但没办法。回去后，她又到医院给母亲买了参芪胎盘口服液，然后托在郧高中初中部就读的堂妹带回去。

樱子为不能在母亲身边尽孝而不安，有空的时候，她又带上鹿茸针剂、红参、参芪胎盘口服液、面条、奶粉、猪肉等一大堆东西回去看她。每看母亲一次，樱子就陪母亲流泪一次。这些东西没人煮给她吃，只有樱子回来的时候才能让她吃上一顿这些好东西。母亲的病很重了，肚子肿得很大。她向樱子哭诉，父亲很吝啬，猪肉贵了，他就不肯买了；食用油贵了，也不买了，每晚就用些肥猪肉炸油煮菜了事。有一次，母亲半夜很饿，叫父亲起床煮点面条，但是没油煮不了面条，父亲就煮了一碗稀粥给她，也没菜，没辙，母亲只能叫他倒掉汤，放点白糖搅拌一下。

让一个生重病的人挨饿，父亲真的很无情。有时母亲被病痛折磨得顶不住了，就摸到邻家一个个体医生那儿挂账打针取药。那个医生向父亲要钱，回家后父亲便指着母亲恶狠狠地骂，医生都说你的病医不好，你还去白花我的钱。气得母亲又去问医生，医生说不是他说的。这就是父亲，把钱看得比命还重要，比任何道德人伦都重要。

樱子收到了大妹的信，知道大妹早已从广东回来待产了，没有再提离婚的事。樱子去看她，见她肚子很沉。大妹说，去做B超，发现脐带绕了胎儿的脖颈两圈，医生建议她去医院生产。因为是头胎，樱子也主张她去医院生产。她来学校跟樱子住了两晚，肚子痛得厉害了，就入院了。白天，樱子上班，只能午休的时候去看她，晚上，大妹有她丈夫和大嫂陪着，樱子就没去了。当大妹阵痛发作、最痛苦的时候，她就叫她丈夫连夜带樱子到医院，说生孩子是女人的生死关头，没有亲人在场她没有安全感。樱子整晚陪着她。她已经被折磨了几天几夜，吃不下睡不着，还流鼻血，这把大家吓坏了。医生给她输液输氧，说不要紧，流鼻血是她情绪紧张引起的。孩子还是不出来，值夜班的医生束手无策，只好找来不当班的产科老医生，然后用杯子吸出了孩子，七斤八两重，果然是脐带绕颈。但幸好母女都平安，这让樱子松了一口气。

一九九五年正月初四，大妹夫妇带着新生儿跟着樱子夫妇回娘家探年。一进家门，痛苦的气氛便迎面袭来：家里静悄悄的，只有母亲躺在床上痛苦地呻吟着。一大家人，有的陪老婆孩子去娘家探年，有的去大队看春节球赛，谁也没有理会病床上的母亲。大妹当场便哭了。对于母亲的苦难，樱子见多了，她有点麻木，没有哭，而是问她吃过没有。母亲说，昨天到现在还没吃过，连水也没有人给她一口。樱子便想拿暖瓶给她倒点儿水，一提，暖瓶是空的。阿心赶紧去厨房烧了开水，用碗端了过来，大妹则从身上取出一些预备喂孩子的奶粉，然后倒在碗里冲好。姐妹俩把母亲扶起来，给她喂了半碗，还扶她下床去了厕所。母亲神志还很清醒，就是说话已含混不清了，她还说要给女儿们新年红包，对女儿们念念不忘。樱子叫她好好躺着，不要动。

父亲终于回来了，他是关了店门去看球赛的。家里其他看球赛的人也陆续回来了，他们还沉浸在看球赛的兴奋中，进了家门，谁也没去母亲的床边看一眼，而是在兴高采烈地谈论某某的球艺如何。

母亲已是弥留之际，樱子从初四那天见到她后，每晚都失眠，也曾为她的遭遇，为她的不幸，为她这痛苦的一生，偷偷哭过。这段时间她老觉得神情恍惚，心里堵堵的。大妹也很牵挂母亲，时不时放下幼小的孩子去看她，为她清理便盆里的污物。姐妹俩都在焦虑与不安中度日。现在，母亲靠间歇性的输液苟延时日。不过，对于一个多灾多难、饱尝酸苦的人来说，生不如死，死或许是最好的解脱。纵观她的一生，甚觉悲哀，她毕竟才六十四岁，不算高寿。樱子无法承受这巨大的悲痛和愤怒，她好想狠狠地跟家里人吵一顿。阿心劝她想开些，生老病死是自然规律。

很快，春季学期开学了。几天后，樱子听回校的堂妹说，母亲的脚还是肿的，起不了床。正月二十日傍晚，樱子在学校遇见大弟骑着摩托车送他老婆回学校，他老婆在学生食堂做工。她让大弟明天再来一次，她买些药让他带回去给母亲。第二天，樱子去医院为母亲开了两瓶500毫升的葡萄糖溶液，还有二十瓶头孢菌素，用做静脉滴注，她将药放在大弟媳的房间里，几天后大弟才来取。家里人却说不输液了，母亲太虚弱，怕受不了，药物现在对她没有任何作用了。樱子自开学后就没空回去，这是她最对不住母亲，也让她终生遗憾的事。母亲现在大概是回光返照，听说能起床，能吃半碗饭，一条腿已消肿。

农历二月初五凌晨三时，母亲逝去了，初七出殡。初五这天，堂弟先到樱子家里报丧，没有见到她，便到学校来找。闻到噩耗后，虽已是意料之中，但樱子还是忍不住悲痛万分。阿心听到消息后也赶来了，樱子和他一起回去奔丧。母亲的一生是勤劳善良的一生、任劳任怨的一生，真像一把柴草燃尽自己，照亮家庭，直至变成一抔灰烬。

母亲走后，樱子曾梦见她一脸笑容地问，是不是你早就知道我治不好了？醒来又是一阵心酸，母亲才六十四岁，如果生存条件、家庭环境好些的话，她还能多活些时日。先撇开父亲不说，都怨做儿女的没能尽到责任，为此，樱子很是内疚和自责。

在樱子因失去母亲最痛苦的时候，她收到了以前教过的一位女生的信。那位女生的信使樱子感到人间尚有真情在。樱子把她当成一个成人，回信倾诉了失母之痛。她很快回信，说她父亲在去年洪水期间死了。当时她的小弟就在江边，目睹父亲被洪水卷走，哭着喊着，却无法去救。一句话没能留下的父亲就这样抛下年幼的他们走了。现在，小小年纪的她劝樱子，不要再悲伤了，人死不能再回人间。她的劝慰使樱子的哀伤有了缓解。

再过两三个月，女儿就要读初中了，她到镇中心小学参加了小升初的考试。女儿成绩一直不错，为多一分就读的保障，樱子又在本校初中部为她报了名。

于是，女儿又在本校初中部参加了考试。这天，樱子还得到了一个消息，镇重点初中——一中今年中考成绩很不错。樱子很希望女儿能进一中就读，将来考个好高中，上个好大学。

樱子再去邬高中时，便知道女儿考取了邬高中的初中班，录取通知已送往村公所了。一中的通知还未到。过了几天，成绩出来了，女儿考了190分，镇重点初中是179分上线，县重点初中是195分上线。女儿有教师子女加5分的优惠政策，但县重点初中不认，所以只能去镇重点初中一中就读了。

当天傍晚，女儿的班主任亲自到家通知，让女儿明天下午两点半到一中体检。第二天下午，樱子陪女儿去体检。女儿瘦小得可怜，体检的时候，在那儿巡视的镇教委办P辅导员笑着对樱子说，你不给女儿吃饭呀？这么瘦小。樱子听后感慨万分，

艰难的成婚

她想，当初女儿五岁多的时候就上小学一年级了，她老是耍赖不去，怕走路，一天来回四趟，也实在有点为难她了。一个人什么都可以选择，就是无法选择自己的出生地。女儿啊，妈妈当年选择了这里，那是无奈之举，既然把你生在了这里，就是期盼你能通过读书逃离这个地方，选择你想去的地方。考上重点初中只是万里长征的第一步，还得努力再努力，加油再加油，才能到达幸福的彼岸啊！

把孩子送入城去

　　一中的住宿紧张，女儿只能回樱子住的地方。为了她的安全，樱子在上完晚自习后就会去接她，午餐晚餐也得提前做好，让女儿回来能及时吃上饭。虽然有点累，但樱子想，只要女儿好好读书，有个好的将来，也就累得其所了。

　　开学后不久，女儿跟樱子说，她被安排在教室最后面的座位，看不见黑板，而且旁边的男生还经常在上课时讲话、捣蛋，影响她学习。于是，樱子便去学校请班主任给女儿换座位。班主任知道她是樱子的女儿，很照顾她。无奈女儿性格内向，有不懂的也不敢问教师。两次考试，除了数学过得去外，其余科目均不理想。儿子的身体状况还是很差，成绩也不太理想。两个孩子的状况令她有点揪心。

　　此时，姑丈也退休了，樱子又一次体验了人情冷暖、世态炎凉，同时感觉危机四伏，老担心自己被挤出去。上级领导叫姑丈在新校长来之后交班，但迟迟还未见到新校长，工作便没有交接。于是有人说他做校长还做得不够过瘾！有老师一面听一面坏笑，尤其是坐在樱子前面的 Z 和 L。另外，还有人谣传他贪污。樱子觉得他们是项庄舞剑，意在沛公，认为姑丈退休了，该是树倒猢狲散了，凡是姑丈提拔的人，都要跟着倒台或让位。

樱子的内心涌动着一股酸楚，她深知姑丈的为人。姑丈是广东客家人，自幼丧父，高考时因为仰慕广西桂林的山水，所以报了桂林师范学院。大学毕业后到本县工作了几十年，将青春都献给了本县，其间成绩也不少。他教化学很有一手，被县内业界称为化学王，而且在担任学校领导期间，本校高考上线人数也居全县普通高中之首。到头来却受到如此攻击，人格尊严被损毁。

学校住房紧张，分给樱子的房间本来不大，女儿来了之后，屋里安装了一套做饭的用具，所以房间就显得更窄了。放不下两张床，樱子只好跟女儿共挤一张床。她调到这里近两年了，到现在还没有小厨房做饭，用水要去公共的地方与学生共用，还要受时间限制。她腿脚不方便，打水回房间很艰难，所以母女俩洗澡都是去锅炉房提热水到食堂的教工洗澡房。女儿曾多次为排队等洗澡耽误时间，很为难。

好不容易盼到樱子隔壁的黎老师退休了，她就向余总务申请将黎老师的小厨房安排给她。小厨房里装有水龙头，砌有洗澡间。余总务是姑丈提拔的，姑丈退休后他也受到了影响，所以不大敢出头，这件事就没有回音。过了一段时间，她又去找他，他只好说，等人家搬了东西你再用吧。谁知黎老师以学校还没给他退休住房修缮费为由，始终锁住小厨房——其实他的东西早已搬回家了，只是锁住个空房。有一次，他的老婆打开小厨房的门，忘记上锁，有个老师就叫樱子拿掉锁头，赶快换一个自己的锁头锁住，这样厨房就归她使用了，反正里面又没啥东西，而且领导也许诺过给她用了。于是樱子便拿锁头锁了。第二天，黎教师的老婆见到之后便破口大骂，樱子听后，伤心地哭了。

一个周末，樱子上县城莫老师家拜访，莫老师叫她着重抓子女的教育问题。她回来之后问儿子，这段时间学习怎么样？儿子说，好一点了，这几次做作业都对了。女儿则说，上周末数学明星试可能不及格。明星试是女儿学校搞的一项考试方式，学校设了一个年级明星台，每个月都对中考主科进行一次测试，成绩在班内排第一的，就将其姓名和试卷贴在明星台上。毕竟是重点初中，竞争很激烈，女儿也在努力，虽然还没登上过明星台，但这才刚开始。

放寒假了，尽管毕业班要补课十天，但樱子的心情很好。女儿的期末考试成绩总体有了提高，而且在之前参加的全国"爱华杯"征文比赛中荣获了三等奖，奖品是一本《小学生优秀作文选》和一个获奖证书。

不过，开心的情绪并没有持续多久。樱子接到了大妹从广东寄来的挂号信，里面有两张相片，一张是她丈夫与一个年轻漂亮女人的合影，很亲昵，另一张是那女人的单人照。她丈夫很花心，暗地里与那女人苟合许久了。大妹翻看了那女人的来信，大妹说那信写得很肉麻。

樱子给大妹回了封长信，哀叹各自的不幸。那段时间，樱子的心情很不好，而且学生还写信向校长告她的状，她被校长严厉批评了。各种事情压得樱子喘不过气来，她非常沮丧。

莫老师知道樱子的处境后，写信开导她："我当年往前想一步均十分可怕，我便不想它，相信车到山前必有路，把心思放

把孩子送入城去

在工作和学习上，到底过来了。我是离不了苦难的中国人的一员，中华民族既然能负重前进，我也能负重走完我的人生历程，这就是我的人生价值。中华民族的历史，就是靠芸芸众生负重走完人生历程推进的。"他像高明的心理医生一样使她心悦诚服。是的，人生本就是一段不轻松的路程，比起莫老师所经受的苦难，自己这点小挫折又算什么呢？她想通了，就将烦恼撇在一边。

有一天，《广西文学》的李主编、潘副主编、凌编辑，还有一个樱子不认识的女同志，在县文联莫、方两位主席的带队下，来到邬高中看望樱子，他们是应本县县长的邀请前来考察的。从一九七七年樱子见到他们的第一面起，二十年过去，岁月流逝得真快啊。后来莫老师对樱子说，他们快退休了，听说她在邬高中过得不顺心，就特意来看看她。见到犹如亲人一般的他们，樱子一阵激动，马上眼眶湿润起来，心里的委屈和郁闷得到了释放。他们向校领导讲述了樱子的过去，让领导了解她并理解她。两周后，樱子又收到他们寄来的两期《广西文学》。在她生存艰难之际，他们的及时出现给了她精神鼓励。

在这灰暗的日子里，樱子的世界倏忽出现了一丝曙光。女儿的代数考了全班第一，荣登明星榜。她看到了希望，她要振作精神，让女儿有所倚靠。儿子在画画上显示出不凡的天赋，可是他们没能力指导他，也没钱送他去美术班学习，很可惜埋没了他这份天赋。

元旦前夕，班里的几名女生给樱子送来贺卡，有个女生还别出心裁地在贺卡上画了一幅铅笔画：其中一个人代表她，另一个代表老师，还有一张写有100分的试卷；右上角画有一颗心，周围还围绕着"美丽善良"四个字。办公室里的几位同事看后都夸这女孩画的好。有个刚分配来的女老师 Q 特别羡慕樱子。

有一天晚上，Q 到樱子宿舍聊天，说刚分到这所学校，走进办公室，谁也不认识，只有樱子冲她笑。她很感动，很自然便想到母亲的笑、母亲的亲切。樱子却不记得这事了，一个无意的笑也能给别人带来这么大的影响，可见日常待人要真诚，才能得到别人的尊重和信赖。

樱子猛然想起这学期刚开学的时候，一个上高中政治课的年轻老师 C 对她说，樱子老师，你从事教育工作时间长，有经验，帮我管管你班里的那个小 C，他是我侄子。他父亲不在了，母亲又管不了他。樱子觉得有点奇怪，她不是班主任，为何要找她呢？樱子说，我上课没发现他有什么不对的地方呀，很听话的一个孩子。C 说，在家里他老跟他母亲对抗。樱子说，那好吧，我试试看。不久后，C 的妻子 L 又对樱子说，樱子老师，帮忙问问侄子小 C 前段时间有两天跑到哪里去了，他妈担心他，问他又不说。樱子便去问了。小 C 说，去南宁玩了，他哥在南宁做工。当时电话还没普及，哥儿俩都没能及时告诉家里。她将情况告诉了 L。C 夫妻俩对樱子的信任，让她很感动，觉得人世间并不都是黑暗，这给了她一种信心和力量。这些在他们看来也许是小事，或许若干年后他们都淡忘了，但对于她来说，却是一段永留心间的美好记忆。

春季学期开学第二周，女儿又获得了语文学科竞赛班内的第一名，荣登学校明星榜，她把喜报不声不响地放在桌上，樱子发现后，惊喜交加。女儿数学成绩拔尖，往往是语文拖后腿，这次终于考了第一。樱子问女儿竞赛考的什么内容，她说是围绕"我喜爱的"写一篇作文，她写了《我喜爱的蚂蚁》。

好事接踵而至，一周后，樱子接到了莫老师的来信和她发表在《花洲》上的散文《女人很无奈》的剪页。莫老师在信中说，她以前寄给潘副主编的习作《女人之冢》已转到他处，潘副主编让他辅导她修改，争取能被地市级报刊录用。

更没想到的是，长达二十年没有见面的南宁老朋友小周来看她了。樱子欣喜不已。小周现在是一家公司的经理了，他说今天与几位领导从广州回南宁，途经这里的时候便决定来看她。他长胖了许多，前额的头发也掉了许多，若是在路上相遇，她肯定认不出他。他也感叹，你老了，唉！都是四十几岁的中年人了，能不老吗？

短暂的见面，什么也来不及细说，彼此的情况还互不知晓。几天后，樱子抽空给他写了封长信，继续那意犹未尽的倾谈，但一周后信被退回，说原址已搬，找不到此人。她是按几年前他寄来的名片上的地址寄信的，这次见面竟然忘记问他地址了。之后，她又给他曾经的邻居小王写信，也没有消息。她有点惆怅，若有所失。

暑假，阿心陪樱子去南宁看病。乳腺疼痛一直困扰着她，这么长时间了，她很担心病情恶化——镇上有两位女老师患乳腺癌去世了。之前《广西文学》编辑部的黄编辑已调到区文联了，樱子去找她，她便带樱子到广西中医学院第一附属医院去找妇科专家。这位专家的丈夫就是曾到邬高中看望樱子的《广西文学》李主编，所以黄编辑对她很熟悉。专家给她检查后说是乳腺增生，叫樱子放心。从医院出来后，樱子和阿心买了个十几斤重的大西瓜，由黄编辑带路，到《广西文学》编辑部坐了一会儿。编辑部早已搬离原址，而且编辑部里都是新面孔，二十几年了，原来的编辑都退休了。没见到熟识的编辑，樱子有点惆怅。黄编辑说，她也快退休了。樱子感慨万分，人生苦短，转眼就老去，当初她还是个单纯的小女孩，现在也到多事的中年了。

从南宁回来后，樱子去了县城莫老师家里，莫老师跟她聊了《女人之冢》怎样修改，然后叫她修改好后交给他，还说如果在地市级报纸杂志上再发一两篇作品，就可以申请加入省作协了，这会为她今后的工作带来好处。

不料，不久后，樱子的坐骨神经痛又复发了，疼痛难忍。她先买了"华佗风痛宝""野木瓜片"服用，还擦了药酒，不顶用。又转求医生，医生开了双氯芬酸、坐骨痛丸、维生素类、健胃精片之类的药物，然后打了止痛针剂，还是不行。后来她问了镇公立医院里的一位熟人，熟人说止痛针不要用得太多。樱子想起读高中时校医老师给她的茅膏菜，那老师现在已经去世了。她只好到邬镇上的草药行去寻找。整条草药行的人都不知道这种草药，唯有一个姓李的人有，据说他是用来做蛇药的，刚好从很远的大瑶山挖回来。樱子买了一小包，依照原法贴敷，很快就不痛了。

这期间，咽喉炎、颈椎病也来侵袭。头痛，还会呕吐，实在苦不堪言。发病的时候她正要去上课，只能硬撑着去上了第一节晚自习，然后在教室外的花圃边吐了，回到宿舍后，头痛得更难受，吐得也更厉害了。挨到半夜，阿心便载她去镇医院。值班医生从被窝里被叫醒，有点生气，一边抱怨他们为何不早点来，一边给她看病，量血压，很高。医生说，恐怕会中风，要住院。樱子不相信病情有这么严重，只是打了针，拿了药，便回去了。

熬了一晚上，第二天早上去找另一个医生看，说是感冒引起的颈肌肉痛、头痛、呕吐。樱子决定不住院，拿了药便回宿舍休息了。班里的学生都以为她住院了，有几个女生买了一袋苹果到医院楼上楼下地找她，没找到。学生们在医院找不见樱子，便来到宿舍探望。樱子很感动，能得到学生的牵挂，很幸福。

病痛持续到了半个月后。樱子连着几次去医院量血压，结果都很高。医生建议她去大医院做系统的检查，还说这么年轻就有高血压，很少见。真是多灾多难！她早就料到超负荷的压抑、烦恼必会酿成大病，只是没想到提前来临了。

尽管身心遭受着折磨，但樱子依然惦记着修改稿件的事。她给原来《金田》的主编、现在《贵港市报》的主编潘先生写了一封信，谈了《女人之冢》的创作情况。

潘先生您好：

　　此稿曾寄给了《广西文学》的潘老主编，他看后说最欣赏结尾部分，但不喜欢故事从头说到尾，又不知从何处给予指点，考虑再三便将此稿寄给莫老师，叫莫老师给予辅导。莫老师看后觉得题材不错，但他说对此种生活没感受，也想不出好办法，于是就叫我自己努力修改。二稿完成后，莫老师说还是不行，我只好又苦思冥想了一个暑假，实在到了"山穷水尽"的地步了。近段时间看您连续在《贵港市报》上发表作品，便想要将稿件寄给您，请您帮忙想想办法，行否？稿可留您处，不必往回寄，您只谈修改方法就行。恳请您从百忙中挤点时间辅导一下后进生。尽管不成器，还是向往迷恋文学，等着您的教导。

遗憾的是，樱子收到了潘主编退回的稿件和写给她的信。潘主编在信中说，自己患病动了大手术，现在在玉林的家中养病。她的稿子难以修改，所写的内容很敏感，故退回给她了。她这才知道潘主编生了大病，便在心里谴责自己，不该在这种时候打扰他。

女儿要中考了，考试那天，洪水滔天，好在她住在樱子的学校里，她的考场就在一墙之隔的邻高中。进考场前，女儿回来想帮忙收拾屋子。樱子赶忙说，没什么好收拾的了，你好好准备，不要牵挂这里。女儿哪里见过这种水淹房屋的阵势，看着混浊的水流裹着细小的漂浮物从门缝里涌进屋，然后不断上涨，她惊慌、难过，大概这样的心情影响了她考试的状态。成绩揭晓之后，女儿的成绩离县高相差甚远。樱子向一位女同事讨教，花高价送女儿去县高读书是否值得？同事说，不值得，花高价去买罪受，她妹去县高补习过，知道农村人很受歧视，特别是考不上又花钱进去的，一入学就被安排进那些慢班，备受冷落，反而对学习不利。像樱子女儿的成绩，在普通高中是名列前茅的，肯定能进重点班，有句话叫"宁做鸡头不做凤尾"。于是，樱子听从了同事的建议，让女儿入读了本校的高中，果然进了1号重点班。

快开学前，樱子回学校打探了一下调动的风声。因为现在每年暑假都会调进调出一批人，她很担心自己被调出。听说下学期会调入许多人，所以需要调出一批人，可能没靠山没背景的人会被调出。她一听便急了，儿子在本校上初中，也在重点班，她调出不打紧，只是无法照顾孩子了。好在有惊无险，同事说领导要调走的都是眼中钉、肉中刺和那些爱搞事的人，她不是那种人，之前还被评为校级先进教师呢。

最近有人传从明年开始，教师要改为校长聘用制了，也就是说，校长不聘用就得下岗。紧跟着，校方宣布，就学生流失之事，要开始扣责任金，规定每人负责跟踪的学生只准流失一个，流失两个的扣责任金 50%，流失三个就没得领。而且学校规定，每年级每科搞一节示范课。樱子被派上了。

樱子在示范课上讲了两篇小小说，《鞋》和《关于拖鞋问题的问题》，倒是不怎么紧张，就是用普通话上课不怎么习惯。她注意了一下到场的听课教师，没见到高中部号称"语文大师"的几个人大驾光临，不知他们是因为有事还是不屑于听。樱子没有大学文凭，但她听过好几位大专生老师的课，觉得大家都差不多，因此她也就不紧张了。

课后，所有听课者都集中来评定这一节示范课，没人发表见解，他们历来都是如此，会上不说，当面不说，会后和背后却乱说。过了一段时间，初中语文教研组组长告诉樱子，高中部有一个语文"元老"说，听了初一的语文课，认为高中生都不会归纳小说的主题思想，初一学生却做到了，大约是想说那是樱子课前给学生归纳好的。组长对"元老"说，课文后面有提示的，"元老"这才没出声。樱子听了此话，有些不高兴，便说，课后提示只有小小说特点，主题思想是没有的。组长这才笑了两声。樱子心想，组长也说错了，没看课文以及课后提示就乱下结论。那节示范课确实是她根据故事情节一步步地引导，学生就自然而然地归纳出小说的主题思想来了。

一天下午，樱子正在办公室里办公，学校勤杂工老梁叫她快出去。她出去一看，原来是县报文学编辑方记者来了。他是来找校长的，说是想在报纸上宣传这所学校，提高学校的知名度——实际是要广告费。与校长谈好后，他又来找樱子，说县报今年准备在国庆五十周年时对本县五十年以来各项文艺工作取得的成就进行系列报道，叫她写简历，他们要报道樱子，也欢迎她参加征文比赛。

樱子指导了自己的学生小红参加了县报的国庆征文比赛，并成功地刊在县报上了，许多老师为此欢呼，班主任也很高兴。这是樱子在小红的作文中选出来并为她修改好的。再后来，樱子又从她的作文里选出一篇《猫鸟之战》，润色好后寄往县报，也刊登了。樱子很高兴，因为小红之前提出过要转学，所以班主任和科任老师都着急，若她一转学，班级就会流失一个学生了，为了稳定生源，樱子只好有什么办法就用什么办法了。校长大会小会都在向老师们施加压力，今天不努力工作，明天努力找工作，哪个敢不努力啊！后来又得知还有六篇文章被选上了，其中有三篇是樱子指导的。有老师对她说，你在这方面指导学生，为稳定生源立下了汗马功劳。

周末，樱子上县妇幼保健院看病后，顺便到了莫老师家，请莫老师代交国庆征文《心哥的故事》，还遵照莫老师以前的嘱咐，交了自述。莫老师看后说，几百字的简介就行，这个太长。樱子只好将自述与照片留下，回去再写简介寄给他，这是准备用来填写加入省作协申请表用的。

有可靠消息传来，现任校长要调去县教育局当副局长了，即将走马上任。校长走之前召开了学期最后一次全体教职工大会，说下学期必有教师下岗。樱子听后焦虑万分，一有风吹草动，她最没有安全感了。

情绪焦虑导致她喉咙胀痛，吞咽口水也觉得困难，实在挨不过，她便让阿心陪着去了南宁的医院。医生诊断后说，是咽喉炎，中医又叫梅核气，多是由情绪郁结而成的，而且多数是女性患此病。樱子的病情已非常严重，喉部滤泡增生，左喉有一个很大的乳头状瘤，很容易癌变，吓得她腿软心慌，要阿心扶住才坐得稳。医生给樱子开了中药，很贵，平均每天就要五十几元，一个月的疗程就是近两千元。病患无情，光服药就入不敷出了。她带来的钱不够一个疗程，没法儿，只有回去。从南宁回来后，她到同事老卢那里坐了一会儿。老卢告诉樱子，方记者之前给她打电话，叫她通知樱子到贵港文联开会。樱子刚开始服中药，每天两次，还不停地干咳，出门在外很不方便，所以她决定不去了，就让老卢打电话给方记者说明情况。好遗憾，因病痛失去了这次机会，以后不知道还有没有类似的机会。后来樱子才知道，这是贵港市作家协会在城区召开的第一次代表大会，就在这次大会上，樱子被选为贵港市作家协会理事。

老卢还告诉樱子，新校长是县高中的教导主任，而本校的政教主任被调往其他高中任校长，他不愿去，于是县宣传部部长和县教育局局长亲自带着调令来督促，"护送"他上任。据说他想带走本校的两位老师，这两位老师都很优秀，其中一位是女儿所在重点班的班主任兼英语老师，另一位是当初叫樱子帮助管他侄子的那位，两人分别升为本校的副教导主任和副政教主任了。但他们均不肯去，大概是不想离开本校，也大概是因为那所高中快要倒闭了，校长都不愿去，何况他们呢？

自治区文联的黄编辑已将自治区作协会员的申请表寄到县文联，樱子去县里拿了。她先到县报社交稿件，方记者与她谈了许久，问了她许多问题，他要在县报上开辟专栏，采写"龚州文化人"系列报道，这次谈话算是在采访她。采访结束后，她才来到莫老师家，想听莫老师谈谈怎样填写那份省作协会员申请表。

秋季学期开学前夕，樱子赶紧填好了广西作协会员入会申请表，并遵照莫老师的嘱咐，分别给县文联的方主席和《贵港日报》的潘总编写信。她在信中说："……您也知道我在写作上很不成器，所写的东西不太好。但我却很痴迷向往这块神圣的领地，只想用写作去回报广西文学界对我的厚爱。当初是广西文学界将我从困境里救助出来，我别无他法报答，唯以我的勤奋劳动去回报了。我也深知自己知识有限，没能力在文坛上打得响，只是凭一腔热情去干。我很想加入广西作协，这样就有许多机会聆听新老作家们的创作经验与教诲，对提高自己的写作水平是有极大帮助的。我想请您当我的入会介绍人，介绍我加入广西作家协会，行吗？"

信写好后，樱子将填好的申请表一并带上，去找县文联的方主席，以县文联的名义在申请表的单位推荐这一栏签上意见，让莫老师在介绍人这一栏签名。然后樱子再将申请表以及写给潘总编的信寄出，最后由潘总编将这份申请表递交给广西作协，等当年的年会评议审查通过。潘总编同时是广西作协的副主席，也在场参加评议，对于他作介绍人的申请表，其他参评者应该会酌情考虑的。

教师节这天，方记者采写樱子的通讯《命运在敲窗》在县报中登出来了，这篇通讯记载了她艰难的成长历程。

国庆后，樱子收到了潘总编的信，信中还附上了一张《贵港作家》小报，这张小报刊登了市作协召开的第一次代表大会的信息以及贵港市作家协会组织机构名单，莫老师与贵港的黄老师是顾问，潘总编是主席，理事这一栏里有本县文联的方主席、

把孩子送入城去

郑老师、樱子和方记者四人的名字。信中说他已将樱子的入会申请表填好并寄往广西作协了。

一个月后，樱子终于接到了广西作协的通知，获批加入了广西作家协会，正式成为一名作协会员。人到中年才踏进这块神圣的领地，樱子激动之余，马上给作协汇去了终身会员费。她抽空抄了篇小说给方记者寄去，随稿附有一信，她告诉方记者，自己已获准加入广西作协了，请他转告莫老师及县文联的方主席，她最近很忙，就不另外写信告诉他们了。樱子原以为广西作协会给县文联发通知呢，所以她就只叫方记者转告，或许是方记者没来得及，或许是忘记了，莫老师他们没能及时知道这一消息，很生气。后来樱子得知，《贵港日报》报道了贵港市作协两个理事——樱子和小吴加入广西作协的消息，与她收到通知是同一天，就算她当天马上写信给莫老师和方主席也迟了。

学期结束了，学校在例会上宣布了下学期初三任课教师的名单，樱子被安排上了，而且还要担任一个班的班主任。她大吃一惊，随即找到初三年级的领导，请他换人。领导说需要与管初中部的刘副校长商量后才能决定。樱子便去找了刘副校长，想推掉初三班主任。刘副校长说，现在安排陈老师带两个班的语文，你只带一个班的语文，不兼任班主任的话，你的课时收入会很少，与别人悬殊太大了，是考虑让你收入不至于太低才让你当班主任的。相信你也有这个能力，其他科任老师都是男的，没有你心细，还是你比较合适。听了他这样说，樱子只好服从安排了。

樱子的班里有七十五人，学生很多，这段时间，儿子正读初三，女儿读高三，让樱子更紧张了。她把单车轮胎打得鼓鼓的，每天都车轮滚滚，忙得像只陀螺一样。每天早上六点起床，给两个孩子做好早餐后，就等学校起床铃响后去学生宿舍检查，看看是否有赖床的，然后跟早操。学生吃早餐时她也匆匆地吃了，有时没来得及吃，就经常饿着肚子去巡视班里负责的清洁区。轮到扫厕所那天，还得深入厕所里检查是否冲洗干净，不然让学校的检查员看见后就要扣班风分。还要跟早读，有时早读后紧接着上课，一直都未得闲。若有班里的学生打架、吵闹，或者上课的时候趴桌子、看课外书，甚至不戴校章、穿拖鞋进教室，男生留长发、女生戴首饰等，都要扣班风学风分，而这些直接与班主任补贴挂钩。有的班主任一个月下来甚至被扣成负分，辛辛苦苦一个月，半分班主任补贴没得领，还要挨批评。许多人不愿当这吃力不讨好的差使，樱子也不愿当，但是没办法，拼吧，打起精神来应战。

新学期开始，女儿所在班级的任课老师变动大，除了英语老师没动外，其他科任老师和班主任都换了。高三是关键时刻，这样换老师定会影响女儿的成绩。果然，期中测评的时候，女儿的成绩掉到了年级第四，比上学期期末倒退了两名。樱子很了解女儿，从小学开始就是如此，一换老师她就适应不过来，成绩就会下滑。

由于工作辛苦，睡眠少，樱子的身体又开始不舒服了，肚子疼得厉害。阿心送她去医院做 B 超，结果显示胆囊毛糙，胆管有蛔虫。医生开了一天的药，说要消炎，引胆管蛔虫出来。第二天，她空腹再去做 B 超，仍是胆囊毛糙，但胆管蛔虫不见了。医生据此开了三天的点滴，每天两次。打点滴时，她带了本《小小说选刊》去看，第一瓶药水滴完时她都毫无察觉，血已升到吊管上，被路过的护士发现后才将针头拔出来。

有一天，县报的方记者突然又到本校来了。他告诉樱子，她发在《贵港日报》"新世纪文学征文大赛"上的作品《小小说二题：蚯蚓命·引鬼入庙》获得了一等奖，全部征文里只有一个一等奖。他的散文《亲近死亡》获得了二等奖，消息发在《贵港日报》上了。樱子下班后便打电话给朋友，叫朋友帮忙在办公室里找这张报纸，没找到，最后是同事小杨从政教处拿来的。

没过几天，奖金寄到了，但获奖证书却没有寄来，这是樱子心头最大的遗憾。这是她的作品获奖档次最高的一次，以前获得的奖她都得到了证书，唯独这一次没有，怎么能不让她遗憾呢？同事老卢告诉樱子，方记者已借调到《贵港日报》一个月了。怪不得县报副刊上已不见他的名字了。之前他只告诉了樱子获奖的喜讯，却没告诉他已调离。自从他走后，樱子再也没有给县报投过稿，也没人和她联系。樱子在祝贺方记者的同时却又有一丝难舍的惋惜：本县走了一个文学知音，她少了一个文友。

晚上的自习课，樱子站在讲台上，突然觉得双腿很软，头晕，浑身直冒冷汗，她跌在了讲台上。班里的女生见状，赶紧上来扶她。有男生说，去叫校医。樱子忙说，不用叫，我坐一会儿就好了。有个女生说，老师是为我们班操劳累坏的。她说，也许是吧，也许是颈椎病引起头晕的。还好，班内未引起骚动。但事后学生还是将此事说了出去，许多老师知道了，都说本校老师的工作强度太大了。

终于挨到了期末，不参加中考的学生准许离校，樱子的班里只剩下了三十八个人，这下好管理了许多。在本学期最后一轮班风评比中，樱子带的班竟意外地获得了流动红旗。当了一年班主任，她经常带病工作，事事亲为。每个月班风分都达标，有时还接近满分，都领到了足额的班主任补贴，最后这个月还得到了流动红旗的奖励呢。她没有辜负刘副校长对她的期望，但也累出了一身毛病。所以当刘副校长想继续让她当班主任时，她坚决地拒绝了，太累了，再做下去恐怕会倒地不起。

女儿正在紧张的复习阶段，却出现了烦躁不安的情绪。他们的班主任没有好好管理，致使原来好端端的重点班秩序大乱。女儿被干扰得无法学习，只得躲到教室角落里与一女生挤座位，还是不行，又躲回樱子的宿舍去看书。白天好办，晚上却不行，学习了一天，本该好好地放松，谁知就寝铃声响过后，隔壁孩子的哭闹声、父母的大声训斥声，特别是门外扑克帮的嘈杂声，一浪高过一浪，母子三人被扰得烦躁不安，樱子头昏脑涨，儿子气得踢打床板，女儿则被逼得去了女生宿舍。

女儿高考的头一天晚上，樱子做了一个好梦，在梦中，她正在烧火煮猪食，那灶里的火烧得很旺。祖母曾告诉过她，梦见火旺是好兆头。醒来后她便想，大概近来有好事，是预示女儿高考金榜题名吗？

高考那天，台风又降临了，暴风暴雨，汛情紧张，南宁、柳州已经被淹了许多街道。樱子和阿心守在电视机前收看新闻，新闻说高考秩序井然，未受风雨影响，这才略微放心。但是上游柳江等地的洪水已冲泻了下来，加上本地的积水，浔江暴涨，邹镇街道被淹了，县城的低洼处也一片汪洋。女儿去县城前说过，考试结束后就去同班要好的女同学家玩两天，同学家在浔江对面的低处，现在已成一片泽国，来往要用舟船。樱子担心女儿的安全，就叫阿心在考场外等候女儿考试结束，接她回家。

女儿回来了，说感觉考得不大顺利，一进那陌生的考场，就感觉头脑一片空白，做题也不顺畅了。若是在本校的教室考的话，起码能多考二十分。

不管怎么样，该估分填志愿了。许多考生估分填志愿比考试还紧张，生怕把握不好就会丧失大好前途，其实父母的紧张程度也不亚于考生，至少樱子是这样。她打电话向莫老师请教。莫老师告诉樱子，要弄到上一年各大学录取竞争指数的那本书，县招生办有，学校也许会有。他建议一定要填一个本省区的学校做保底。于是樱子便去本校教务处找，还真让她把那本书找到了。

根据女儿的估分，第一批是没指望了，就随意填上了几所学校。第二批就要谨慎对待了，按莫老师的建议，先在文化底蕴深厚、经济发达的沿海省份找学校，然后再在广东找，最后在本省区找。女儿的分数在沿海地区找不到合适的学校，只能转向其他省份了。当时本校虽是普通高中，但却喊出了这样的励志口号："冲出广西，跨长江过黄河，挺进北京！"女儿的成绩只能读师范专业，广西师大要的分高，她不能报，但受学校励志口号的影响，她把志愿转向了第二批省外师范院校。

经过不断查阅比对，樱子觉得河南师大比较合适，中原地区文化底蕴也深厚，去年的录取竞争指数是 0.59，不够 1。于是樱子把河南师大放在了第一位，然后填了广东的茂名学院，最后凑上了广西师院。唉！那时填报志愿的方式有弊病，未生子先取名，所以一场估分填报志愿下来，就像又经历了一场高考一样，农村的许多家长不会给孩子填报志愿，这让许多考生快累晕了。女儿还好有樱子帮忙把关，顺利填好了志愿。

七月底，高考成绩下来了，女儿刚上本科线。樱子和阿心开始轮流到学校领导值班室询问女儿的高考录取情况。值班领导说有通知来会告诉他们，不用天天跑来打听。樱子想，若没有被录取的话，她要趁早去县高中给女儿报补习班，因为一放暑假，补习班就开课了，迟了就没有座位了。

过了几天，刘副校长找到樱子，对她说第二批已经开始录取了，广西师院愿读否？樱子说，只要是本科就去读，广西师院也填报了。刘副校长就当着她的面打电话给他的同学，他的同学谢某现在在该学院当中层领导。谢某是樱子的同乡，他是认识樱子的，樱子对他的名字也熟悉，恢复高考的头一年他从民办教师队伍中考出去了，当年樱子要不是体检不合格，很可能与他是大学同学呢。打完电话后，刘副校长说，我已帮你搭好桥了，有什么要求你就和他说。

下午，樱子就给谢某打了电话。他问了樱子女儿高考总分和各科成绩、体检情况以及所报专业。女儿不在身边，樱子没有答全。明天再更正吧，他很热情。他答应找学院负责招生的人把关，一有樱子女儿的名字即刻录取。他还笑着说，你把住这最后一关，填报我们学院是破釜沉舟啊。

焦灼的等待让人觉得日子格外漫长。第二批录取结束后，樱子便让阿心到学校去探寻录取情况。刘副校长告诉阿心，他女儿已被广东的茂名学院录取了，是广西师院的谢某打电话告诉他的，说没见到他女儿的名字。学校黑板上的高考录取金榜马上就写上了这一消息。阿心担心茂名学院不是正牌本科院校，樱子则说他的担心是多余的，这学院是从自治区招生办发的招生目录中选出来的。他又说学费太贵，比有些重点大学还贵。这是事实，不过理工科大学肯定比师范院校收费要高。

不料，八月底，女儿等来的却是河南师范大学计算机系的录取通知书。看来原先的说法不准确，樱子也有预感，先前她

把孩子送入城去

203

给茂名学院打过两次电话，茂名学院回复，该录取的他们都录了，只是不见有这名字的档案传来。樱子便知道可能是被第一志愿录取了。女儿很高兴，她没有想到有这么好的事，刚上本科线就能读省级大学。樱子说，你运气好呗。

阿心请假送女儿去学校报到。当天下午到柳州，他打电话回来说没有买到当天的火车票，只得在柳州住一晚，第二天出发，后天中午才能到郑州，再转车到新乡。父女二人没有买到卧铺票，最后是在柳州火车站旅社某领导的热心帮助下，这才加钱将座票换成了卧铺票，不至于一天一夜干坐着受累。

十几天后，女儿打电话回来，除了说有信寄给樱子之外，她还告诉樱子，她的辅导员是女的，姓娄，并说了辅导员的电话号码。她的宿舍下个月才装电话，让樱子有急事就先打给娄辅导员。女儿还叫樱子给她寄一本英汉字典和一些草稿本。

十月，樱子收到了女儿的来信，里面还夹了一张她国庆时与五位室友和五个男同学的合影。樱子给女儿回信了，信中说：

    一个人的人生有没有希望、有没有盼头，除了夫妻有好的事业前途之外，还要看子女有没有出息。有的人虽然自己这一代很风光，但是子女毫无上进，靠父母过日子，那是极大的悲哀。相反，有的人自己这一代受穷挨苦，但子女都有出息，做父母的便虽苦犹甜。妈现在的心情便是这样，我挨了几十年的苦，今天终于盼到你为我争了一口气，心里很舒畅，这几十年终于盼到了光明，受苦也值。想当初我高考第一批就上线了，但体检不合格，我伤心得哭了许多回。现

在你为妈妈圆了大学梦，我真感激你！你的成功让人
知道：妈妈肢残而智力不残，我的女儿更是个身体健
全、智力不错的人……

　　樱子在信中还告诫女儿，在男女交往上一定要把握分寸，
要全心全意扑在学习上，好前途是要靠自己打拼出来的。不要
过早谈恋爱，社会是个大空间，大把优秀男孩可供选择，到那
时再擦亮眼睛挑选也不迟。女儿是个懂事的孩子，她谨记妈妈
的话，专心读书。

　　农历九月初九是樱子所在学校七十周年的校庆纪念日，热
闹非凡。许多校友欢聚一堂，樱子见到了许多老熟人：曾经的
同事林老师；写出中篇童话《老鼠城历险记》，后来又写出长篇
小说《麝香花》，并且曾给她治过胃病的李医生；已调到《贵港
日报》的方记者。樱子甚至还见到了曾经关心帮助过她的县文
化馆甘馆长，看到他与校友热情地握手、问候，樱子没有与他
打招呼，不好意思打断他与校友的亲热交谈，现在想来还有点
遗憾。

　　学校给每位教职工发了一本校志，从校志上能找到他们一
家四口的名字，她在这里工作，丈夫与儿女在这里读书，都有
记载。校志首页上有现任教职工的合影，里面有各年度校领导、
任课教师的名字，当然能找到她的名字了。可惜历年考上大学
的学生名单就差今年这届来不及统计上去，只是在校庆这天用
红纸抄了名单贴在黑板上，摆在了显眼的地方。

　　樱子收集了几个气球，气球上印有"××县××高中70周年校
庆，1931–2001"字样，她将气球寄给女儿，叫女儿将气球吹起
来，挂在宿舍某处，也是一道风景。寄这些东西的时候樱子附

上了一封信，除了描绘校庆的盛况外，还抒写了她的思念。

　　女儿，爸妈很挂念你，每当看到你用过的东西时便想起你，心里空空落落的。但儿女长大了，就像鸟儿长硬了翅膀，要远走高飞的，做父母的也希望儿女有本事飞得高走得远。但你在爸妈身边长到了十八岁，现在去了那么远的地方，我们实在不能一下子就放下牵挂，心里总想着女儿现在身体好吗？吃得饱吗？学得顺利吗？但愿你一切都安好，身体壮壮的，能吃能睡；学习棒棒的，成绩优秀……虽然爸妈时常挂念你，但你不要分心，我们都很好，你安心学习。

　　农历九月二十一日，父亲突然发病，大弟和在邬高中食堂做工的三弟将他送去县医院，樱子掏了五百五十元让三弟带去。晚上，樱子给大弟打电话，他刚从医院回家不久，三弟留在医院陪护。大弟说，父亲感觉头重脚轻，是脑血管堵塞，单是这样就需要十几天治疗，怕的是其他问题。今天拍了五张片，还有一些是用其他仪器检查的。父亲晚上就已进入了昏迷状态。两天后的凌晨三点，父亲由已是县医院副院长的堂弟与大弟、三弟一起送回家，凌晨四点多到家，五点就咽气了，享年七十八岁，按照风俗，天地各加一岁，就有八十岁了。一生要强的父亲走了，他与母亲一样，奔波劳碌了一辈子，却没享到什么福。

　　二〇〇二年秋季学期，学校的初中部开始减少招生，全力以赴集中精力办好高中。初中部年轻、有能力的老师被安排去教高中，年纪稍大、学历不达标的被安排到各个部门当干事。

樱子被安排到了学生食堂，说她熟悉食堂的工作。樱子有点失落，但想起当初调进来时的目标就是奔着食堂这份工作来的，她又坦然了许多。

令她感动的是，有三名女生在晚自习后来敲她的房门，一进门就含泪问她，老师，您为何不教我们了？许多同学都很伤心，舍不得您呢。樱子赶紧宽慰道，不要紧的，我还在这所学校工作，你们有什么心事无处倾诉可以找我，我虽不能为你们解决什么，但至少可以当个忠实的听众，让你们将苦闷心事诉完，烦恼也就少了。她们听后都点头称是。

教师节那天，樱子开始在食堂工作了，负责给学生售卖饭票。去食堂的路上，她遇见了一个曾教过的男生许小彬。许小彬问，老师，您中午什么时候回宿舍？樱子说，等你们吃完午饭后，十二点左右吧。他说，那我就等您下班后再去您宿舍，我要给您一个惊喜。等她中午回到宿舍，儿子说有人找她，樱子以为是许小彬，儿子则说是七个女生，见她未回，便说去食堂找了。但樱子未见她们，大概是午休时间到了，学生不能随便走动，若被值日老师抓个正着会挨处分。樱子很感动。这晚，还有樱子当初教了三年、现已在本校读高二的男生黄小华来看她，黄小华还送来了礼物，祝她教师节快乐。礼物是一块小镜框，上面镶嵌着一幅青山瀑布图，图的上方有一行大字"老师辛苦了"，还有一行小字"您总是默默地燃烧自己，照亮别人"。他走后，又有刚教过的陆小明、傅小敏、蒙晓妍三位女生也送来了两份礼物，说有一份是全班同学委托她们送来的，另一份是她们三人送的。两份礼物都是条幅，其中一幅上面写着四个大字"恩师难忘"，还有一些小字"多少思绪，多少往事，悠悠难追忆，请让我将丝丝的思念，殷殷的祝福，捎给远方的您——曾经给我阳光、雨露、春风的老师"。礼物虽轻微，但心意甚重，樱子将礼物仔细包好带回家，认真收藏好，直到退休后才拿出来挂在新房的客厅里。因为这是她教书生涯中最后一批学生送给她的节日礼物，她非常珍惜。告别讲台后，她将历年教师节学生送的节日礼物都翻出来，有一大堆呢。

在食堂工作的时候，樱子接到了市作协要她去贵港开会的通知。市作协理事会原来的三个理事被调走了，现在需要补选；还要选举下届市文联主席、常委以及委员。樱子被选为了委员，是潘总编先提名、本县文联方主席支持的。会议上还说市首届文代会快要召开了，市文联向市委打报告要十三万元经费，市委批了三万多元，不够用，得从市文联的其他费用里挪些来开支。樱子获准参加这次文代会，在参会之前，需要先给贵港市文联寄去文代会代表的资格审查表，她便拿去让校长签字盖章。校长见是市文代会的资格审查表，便笑着说，祝贺你！

樱子在贵港明兴酒店报到了。报到当晚，市作协各个协会、各县文工团以及出席文代会的某些代表就在联欢晚会上表演节目。第二天晚上又是大型晚会，邀请的是自治区歌舞团、杂技团、本市歌舞团和港北区歌舞团同台演出的。这次文代会很隆重，市党委一把手率领有关领导参加了开幕式，并与到会代表合影留念，这是很难得的。这次市政府拨出专款支持这届酝酿已久的会议，并决定设立"荷花奖"，每三年评一次，每次奖金五万元。这五万元还专门列入财政专项拨款。努力吧，文艺创作的前途一片光明，有能力者都可以大展身手。

与会期间，樱子见到了莫老师。莫老师夫妇随大儿子住在贵港。他告诉樱子，寒假期间，他看到县报上发了樱子的一篇作品。樱子说不知道，也没有看到这报纸，回去再想法找一找。

莫老师还叫她回去后给县残联写封信，汇报一下到会情况，或许能引起该组织的关注，对她今后的工作大概会有好处。于是樱子给县残联写了一封言辞恳切的信，汇报了市文代会的盛况，并诚挚地表达了自己今后的决心和打算。让人意想不到的是，在妇女节到来前夕，县残联吴主席带着工作人员冯、卢二人，与本镇的黄副镇长一起到学校来慰问樱子。这大概是遵从莫老师的嘱咐得到的结果吧。

县残联邀请樱子到贵港市出席市第二届残代会，樱子欣然前往。在残代会上，樱子认识了许多朋友，也看到很多人的处境比她还艰难。樱子深受震撼，她与一个因小儿麻痹症导致左下肢残疾的W姑娘交上了朋友，W姑娘凭着坚毅的意志考上了大专的英语专业，毕业后在贵港市里的中学教书，很开朗爱笑，好像永远没有烦心事。她爱跟樱子聊天，说到高兴或好笑的事，就咯咯地笑个不停，樱子被她感染了，心情也变得愉悦了。W姑娘兄弟姐妹众多，虽然两岁时母亲就去世了，但是有父亲和兄弟姐妹的爱，所以她总是快乐的。她把樱子当成知心大姐，有什么心事或快乐事都给樱子分享。

那段时间，"非典"肆虐，学校连续两天都由校医在食堂里熬煮中草药凉茶给学生喝，樱子用杯子装了一点儿带回来给儿子。女儿来电话说，暑假可能不能回来了，学校号召外省的学生尽量不离校回家。

暑假的时候，樱子留在学校照顾儿子，儿子高三要补课。阿心突然打来电话说，家公可能快不行了，两天没吃饭，大小便也失禁了。过了一天，阿心又来电话说，家公有些好转了，能吃半碗粥。樱子知道这可能是回光返照，毕竟是八十九岁的高龄了。

儿子补完课回到家，邻人说起他爷爷的病况，爷爷迟迟不肯断气，可能是记挂唯一的孙子，就建议他到爷爷床边叫几声，让爷爷心安地咽气。虽然儿子到病床边叫了几声，但家公还是没有咽气。樱子要返校了，无法再守在家里，阿心叫她也学儿子那样去家公床边叫几声。虽然樱子以前被家公伤害得很深，但是现在不能与一个将要逝去的老人计较了，便去床边叫了。家公这才心安地断了气。

办完老人丧事的第二天，樱子和阿心都要回校上班了。樱子刚回到学校，同事老卢告诉她，方记者找她。于是樱子给方记者打去电话。方记者说，教师节期间，《贵港日报》办了个特刊专版，专门报道了残疾女性自强不息与命运抗争的事迹。他要采访三位残疾女性：一个是贵港市某中学的 W 姑娘，一个是樱子，还有一个没听清，好像是桂平的。樱子的事迹他已采写过并发表了，不用再登门采访，打这个电话就是说明一下，让她知道这事。方记者还叫她寄张照片给他，可能到时连照片一起刊发。樱子听后，当晚便写了信，连同她的照片，还特意把女儿在学校军训的照片一并寄给他。信中她补充了一些她艰难地工作、养家、供儿女读书的情况，还特意嘱咐他，报纸出来后，寄一份给她，让她了解其他残疾女性的人生经历。

儿子高考到底没考好，这是樱子预料中的，复读了一年也是这样。她犯愁了，别说上大学了，就是想去复读也找不到好的学校。本校已出台了一些优惠政策吸引高分的学生来复读，儿子完全可以在本校复读而不用交高额补习费，因为本校教职工子女是有些照顾的。可儿子说打死他也不再在本校读书了，丢人现眼，他要换学校，但他自己又不去找，阿心也没有任何人脉关系可用，只能又要樱子出动了。樱子找到平时要好的同事老卢，委托老卢帮忙，她有同学在其他县的好学校任教。老卢最后找到桂平一中的同学陈某，同学答应了下来。儿子的成绩下来了，只超三本线十分。三本院校收费昂贵，最低的也要一万块，怎么供得起？但是儿子还是上网填了一个三本志愿——南昌大学共青学院计算机专业，没有他想学的机械设计与制造专业了，很遗憾。不过好在被录取了。樱子为这事既喜又忧，喜的是儿子到底读上了本科，忧的是这昂贵的学费太为难人了。此时女儿在忙着找工作。阿心取了一千元钱给女儿，她要去南宁参加招聘会。到了南宁后，她住在读民院的女同学宿舍里。结果这场招聘会没有公办单位，都是一些私企，白花了路费。

在为儿女之事焦虑时，樱子又犯病了，去量血压，高压182，低压145，原因是她停服降压药一个月了，真可怕！回到家就头疼，她服了降压药加两片 VC 银翘片，昏昏沉沉地睡了一晚。在这关键时刻，老天保佑她不要倒下啊！

过了一段时间，樱子感觉脚麻，就去医院验血，结果各项指标都很高，只好做血稀治疗。脚麻的症状没有缓解，头顶又开始发麻了，她真担心哪天自己会倒下。血疗期间她还在服药，怎么就不起作用呢？还有头晕、失眠，樱子只得又去医院找堂姑，堂姑为她找来该院的心脑血管病专家吴医生，吴医生开了一些降压降脂的西药。阿心也给她送来了几包中药，这是她在电话中告诉给他病情，然后他翻医书开单抓的药。服了六剂中药和吴医生开的西药后，头不晕了，但是脚还是很麻。她顶不住了，又请假去医院输液。

女儿求职的事还没有着落。南宁和贵港的人才市场举行的

把孩子送入城去

211

大型招聘会她不愿意去了，说广西这边的工资才几百元，不够自己用的。于是阿心便陪女儿到广东东莞去了。先到族姑处，很不巧，族姑说，丈夫已从东莞市公安局局长的位子上退了，自己也从东莞市环保局局长的位子上退下来好几年了，要是他们都还未退休，找份工作那是很容易的。无奈之下，父女俩只得往广州进发，到在广州某医院当护士的四表姑家住下，安排妥当后，阿心便回来了。

女儿终于找了家公司上班了，但他们放心不下，担心女儿被骗。阿心便与堂兄又前往广州，去看看该公司的状况。兄弟俩看了后，觉得该公司的状况很不佳，去年才成立的，至今还没有收入，要等国家贷款到了后才能上项目，这种公司很容易垮。女儿上班后，东莞有家单位打来电话叫她去面试，她照实说自己已上班了，对方马上挂了电话。阿心叫她无论如何也不能在这种公司待了，立即走人，并给她一千多元做生活费，重新找工作。

樱子夫妇俩很是挂念在广州找工作的女儿，她辗转了多家公司，都不大好。他们都主张女儿回来当老师，她不回，并坚持除非有市级学校可进，不然她宁愿打工。他们不同意她在私企干，叫她要不就去广州的私立学校教书，安全点。无奈女儿有自己的想法和打算，她说，我从小吃尽了苦头，难道还要我的后代在这么穷困的地方生存？接受这种教育吗？

开学了，女儿发来短信说她找了一所民办中专教书，在广州天河区，包住宿，在学生食堂吃饭。校舍是老板租来的，她去看过了，还不错，有一千七百名学生。樱子收到消息后，马上打电话过去仔细询问。女儿说两个女生住一间屋，女伴是陕西人，丈夫是广东某部队的一名干部，节假日她就去见丈夫；

学生食堂伙食很差，没有开水，喝水需要买；洗澡用冷水；试用一个月，工资是一千元，仅够日常开支，第二个月转正，底薪五百元，每课时十五元，每天上四课时，加起来每月不到两千元。先干着吧，总比那些小私企安全可靠些。樱子收集了一些报纸，上面有广州的中职教育学校和民办学校的报道，都说中职教育有前景，民办学校办得好的也有前途。她还从报上得知，在广州住满七年，有固定工作、有住房的，其本人及未成年子女可办理广州常住户口。

国庆后，儿子来电话说前两天与室友租单车想去鄱阳湖玩儿，走到半路因为路不好走就没去了。他还说下学期想买手机和电脑，国庆期间许多外省的同学都回家搬电脑来了；他们学院也有专科，是南昌大学专科部的校址，这两年又招了三本，看来学院还是不错的，应该说学校是选对了。

赶在寒假春运前，儿女们都回来了，他们先到学校与樱子见了面。女儿出落得更标致了，肤色白嫩红润，身材高挑，穿着一件合身的深红色皮衣，一条紧身毛线裤，再套上一双长筒软靴，走路婀娜多姿。昔日初中部的女同事李老师看到樱子女儿后，赞叹不已，说她出落得真漂亮，不再是高中时的瘦弱小女孩了。生得漂亮的女儿，工作却不太顺利，她在私立学校工作，这学期结束后，下学期又得另找。于是樱子又给玉林的邱朋友去电，早先她曾帮女儿找过玉林的公立中专，女儿觉得没编制，工资又低，就没去。邱朋友说，要在本地找份好工作很难，广东那边选择空间大，还是在广东找吧。

寒假说过去就过去了，女儿在广州找工作依然四处碰壁。这段时间樱子频频给女儿打去电话，过问她求职之事。女儿说，你们已经很辛苦了，不要再操心我了，我对自己选择到大城市闯荡的决定无怨无悔，即使以后不怎么样，也不怨谁。女儿让家长不用操心，可家长能不操心吗？昔日初中部的女同事覃老师见樱子这么难，就说，不要再逼你女儿回来了，她回来工作得不好嫁得不好会埋怨你这个当妈的。你想啊，这镇上只有邬高中、一中，还有邬医院是公职单位，范围这么窄，能找到称心如意的工作和对象吗？樱子想想也是，就没有再干涉女儿了。

女儿终于找到了一家私立中专，也在天河区。这所中专一位带电脑课的男老师课教得不太好，校长就把他炒了，让女儿去带电脑课。进校之后，女儿结识了一位教英语的女老师，是从南昌来的，很厉害，英语八级。她与女儿很投缘，也是单身。课余的时候，两人没事就逛逛征婚网。女儿与一个海员聊上了，双方都比较满意。但樱子反对，她觉得海员陪伴家人的时间太少了。

女儿听了樱子的话，放弃了海员，进入了军人的征婚网。女儿最先聊了一个空军部队的，营级干部，比她大七岁，喜欢说教式地与她说话，她受不了，放弃了。之后选了一位武警部队的连级干部，湖南岳阳人，姓 W，皮肤白净，比她大三岁，符合她的择偶要求。女儿把他的照片发到樱子的邮箱，请求爸妈支持她。樱子提醒女儿，要查看对方的所有证件。女儿说，我会的，我不会那么傻。她查看了对方的身份证、大学毕业证、警官证，甚至连他在大学里的学生会干部的证件也看了。然后，女儿就和这位驻地在广州的武警干部谈起了恋爱。W 也是农村出身，有两个姐姐，都已成家。大姐夫妇都是博士毕业，在一个大型国企里工作；二姐也是大学毕业，嫁给了一个企业家，现在在浙江某市自己开厂，产品都是销往国外的。W 大学毕业时，武警部队去他所在的学校特招两个应届毕业的特长干部，一个是计算机，一个是美术，美术特长就是他了。到部队后他从排长做起，现在已升到正连级了。樱子很满意女儿的选择。

二〇〇七年的暑假，女儿来电话说准备年底结婚，她已接受了部队的各种考察，现在正在办理广州户口。办理广州户口必须有两证：学位证和房产证。他俩便去看房，看中了一套两室一厅的二手房。此房首付要八万块，W是二〇〇三年到部队的，军龄短，工资低，全部家底只有三万块，父母年纪大了也没有收入。女儿便打电话向樱子借五万块钱。他们当时刚好有八万块存款。当时镇上宅基地每份要八万块，樱子想先买份宅基地，等儿子读完大学再攒钱建房。有的老师早已在镇上建房了，邬高中的老师工资以外的收入不算少，但因为樱子一向多病，每年都要花掉一大部分收入，再加上养家、供孩子上学，所以一直拖到现在。现在女儿求助了，那就放弃购地的打算，把钱借给她用吧。

樱子和阿心到信用社取了五万块现金，然后到农行办了张卡，将钱存进卡里，由阿心到广州将卡当面交给女儿，正好见见未来的女婿。樱子还嘱咐女儿，我们出了这么多钱，一定要在房本上写你的名字。女儿说，妈，你放心，军队干部不准在外面买房，部队有房住呢。房本上就我一个人的名字，别担心。女儿有了归宿，有了保护她的人，樱子终于放下心来。

暑假快结束了，高三年级还在补课，樱子留在食堂加班。食堂外有一大块工人开发的菜地，一位退休的老师正在里面摘菜。樱子闲着，就想过去帮那老师。一地的红薯藤覆盖在地上，绿油油的薯叶密不透风，突然她右脚踏空，踩进了一条两尺深的水沟里。她听到了骨头似乎断裂的声音。有位食堂女工赶了过来，把她背到路边，然后由一位男工人用摩托车送她去了医院。好在医院的拍片室在一楼，不用爬楼梯。拍片结果显示，骨头没断，但踝关节往上一点的地方纵向裂了一条缝，骨位稍凸，需要住院。阿心接到食堂领导的电话后，慌慌张张赶到医院，听说樱子摔倒了，以为她是高血压脑卒中了，急得头脑一片空白。他帮樱子办了入院手续，樱子把钥匙交给他，叫他赶快去食堂大厅把抽屉里的钱清点清楚，然后交给出纳，这是最要紧的事。

骨科医生对樱子说，要做手术的话，就是打钢钉夹紧，一年后又要通过手术把钢钉取出来，一年两次手术，你受得了吗？阿心不主张手术，怕她受不了。樱子问，不手术的话会不会影响走路？医生说，肯定比原来更瘸一点，因为骨头裂得对不上原位了。你这脚反正是瘸的，年纪又这么大了，不在乎瘸多少。樱子点头同意了。于是，医生给她上了石膏夹板，再给她开了休养九十天的证明，就出院了。

休假三个月，一个人在家里待着无聊，樱子便想写一写自己的人生经历，于是她把自己的那堆日记本翻出来，把记录过的人与事进行了整理。从那时起，她就断断续续地写，一直写了十几年。

二〇〇八年年初，一场特大冰雪袭击了全国，湖南尤甚。女儿回湖南举行婚礼，叫樱子他们去参加，樱子因为脚不方便，去不了，只得让阿心一人去。阿心到了贵港后接到了女儿的电话，说湖南路段已经封了，阿心只好退了车票回来了。樱子心里有点失落，连女婿的面都没见过，自己的女儿就要出嫁了。直到春节期间他俩回门，樱子才第一次见到这位军人女婿。

转眼到了二〇一一年冬，其时，儿子已在湖南某大型国企工作了两年，买了房，樱子汇了一大笔钱帮他交了首付。女儿在一年前生了个儿子，早已从私立中专辞职，回家带孩子了。

时间过得真快啊！有一天早上起床后，樱子觉得左半边脸从眼睛到嘴巴的皮肤都紧紧的，头也有些不舒服。她赶紧洗漱完毕，到学校医务室找校医。校医看了看，惊讶地说，都这么严重了，我处理不了，赶快去医院吧。樱子还不知道事情的严重性，就到食堂吃了早餐，把工作交代给了同事，然后只身一人骑着单车往医院赶去。在路上的时候，樱子双手牢牢把着车头，却感觉车头不听使唤，两边摇晃，好在学校离医院很近，骑车只是几分钟的路程。

到了医院，医生给她拍了 CT，并叫她马上住院。樱子进了病房，感觉左半边脸的皮肤拉得更紧了，头也更加不适了。她赶紧打电话跟同事说自己住院了，叫领导安排人接替她的工作。

医生说她得了脑梗，就是中风了。邻床的病人告诉她，她的左眼又红又肿，还流泪，嘴巴也扭到一边去了。樱子这才知道事态的严重，马上给阿心打电话。

中午，部门领导和同事来医院看她了。领导埋怨她说，你为什么不告诉我们，我们送你过来呀。你自己骑车多危险，万一摔路上呢，事情就更严重了，说得她很后怕。

下午，阿心也赶来了，她用手捂住脸说，别看我，破相了，好难看！阿心拉开她的手，看了看说，别担心，会治好的，万幸没有摔倒。

经过十多天的治疗，樱子出院了，不过嘴巴还扭着，眼睛也依然红肿流泪。樱子问医生，为何还是这样？医生说，就是这样，这是中风后遗症。无奈，她只好叫阿心去买了一副墨镜，她就这样扭着嘴巴回到了学校。校长叫她回家休息，樱子说，还有一周就放寒假了，我可以坚持。

二〇一二年，女婿升为营级干部了，女儿也成功到广州某公立中职学校任教，实现了她要在大城市工作生活的愿望。她要上班了，孩子未到入托的年龄，樱子只好提前退休帮着带外孙，直到孩子入幼儿园后樱子才回家，老实说，带孩子比上班还辛苦。

回到家的樱子有了属于自己的时间，她继续整理起了自己的日记。打开那些尘封已久的日记本，一幕幕往事映在眼前，她回想起这一路艰难的历程，不由得感慨万分，同时松了一口气，心想，现在儿女都离开了贫穷落后的农村，自己辛苦了大半辈子，任务总算完成了，终于可以享受人生了吧。

生死体验

二〇一七年清明节，儿子趁放假开车回老家，接樱子老两口到他工作的城市去。因为儿媳怀孕了，不能没有老人照顾啊！于是他们就来到了千里之外的 H 省 Z 城，开始了异地他乡的旅居生活。到了异地他乡，樱子的心却还留在老家。诸多离愁别绪无法排解宣泄，樱子的身体又出问题了。在乡愁愈浓的七月底，樱子发觉右乳头溢液，一看，是血水，便马上想到了一个可怕的字：癌！她顿觉惶恐。

儿子和儿媳双双请假，急忙送她到医院，挂了乳腺外科的主任门诊。儿媳拖着六个月的身孕带着她楼上楼下地跑：B 超室、验血处、放射科、CT 室……因为是女性诊病区，"男士止步"，儿子只能干着急。一番检查下来，结论冷酷无情：樱子两侧的乳房都长了肿瘤。乳腺外科主任当即决定：住院，切除肿块，进行相关治疗，越快越好！

儿子给她办理了住院手续，又叫回住在广州女儿家的阿心。在这个多事之夏，她家三个女性都各自有事：女儿正怀着二胎，孕吐非常严重，早已在六月中旬就住进了广州市某医院保胎。女婿所在的部队调防到佛山去了，家里缺人手，所以阿心过去帮女儿照料六岁多的孩子。儿媳也正在妊娠期。现在，樱子又遭此灾。本来樱子千里迢迢从老家来到这陌生的城市是来照料儿媳的，现在却反过来要身怀六甲的儿媳照料樱子了。

阿心当晚就坐高铁从广州赶过来，他就像一个家庭消防员，儿女哪家起火了需要他救急，他就会在第一时间赶赴现场。

手术那天，樱子紧紧抓住阿心和儿子的手不放，在这座城市里，她只有这两个亲人能依靠了。她惧怕死亡，更多的是对生的眷恋，对亲人的眷恋！手术室里，各路医生早已严阵以待，都包裹得严严实实，只露出双眼。医生都与她有简短的对话，问她平时血压血糖、过往病史、身高体重，她猜这大概是作为打麻药的定量依据，都一一清晰地回答了。医生拿来笔和纸，问她要不要使用术后止痛泵用于止痛。樱子回答要用。医生便把笔和纸递给她说，那就签上你的名字。她便躺在手术床上签了字。打了麻醉针后，她不再胡思乱想，而是沉进了无知无觉的万丈深渊中，连梦也没有一段。

喂！醒醒，快醒来！是阿心的声音。

妈妈！睁开眼睛，别睡了，你睡好久了！是儿子的声音。

有点知觉后，除了感觉有从很遥远的地方传来的呼唤声注进耳膜外，樱子感觉有人在轻拍她的脸和额头，还有湿湿的东西在她的嘴唇上滑过。像做着噩梦一样，恍恍惚惚，如腾云，如驾雾，她努力想睁开眼，尽快逃离那梦境，但眼皮很重，睁不开，手脚也不能动弹；而且口干舌燥，想喝水。但她的舌头僵直，不能转动，只能艰难地轻吐一字：水！别人的声音和她吐出的声音都感觉是从很远很远的地方拉扯回来的。樱子听到阿心遥远的声音，医生说你现在还不能喝水，只能用棉签蘸水涂抹嘴唇，先忍一忍，时间到了才能喝水吃东西。她问，现在什么时候了？声音遥远而微弱，含混不清。阿心说，快晚上六点了，到六点就可以喝水吃东西了。哦，樱子想起来了，她从早上到现在整整一天没吃没喝，昨天晚饭也没吃，只冲了杯奶粉喝。她刚努力睁开眼睛，就看见天花板的灯光，很刺眼，便又闭眼睡去。

儿子带着哭腔的声音忽然从遥远的地方传来，妈妈！你睁开眼睛，不要睡了，你睡得很久了！医生说时间到了就必须唤醒你，不然残余的麻药会损坏你的大脑神经。继而樱子又感觉儿子在轻拍她的脸，轻握她的手。不知过了多久，又听到儿子遥远的声音传来，妈妈，醒来吧！婷婷一下午都在这儿等您醒来呢，您别吓着她！婷婷是她那身怀六甲的儿媳，也是她至亲至爱的孩子，儿媳和女儿都在孕期，都是她最大的牵挂！她奋力睁开眼，看到儿媳站在床边，正焦急地看着自己。但樱子没能多看儿媳一眼，又不争气地眼皮一沉，睡过去了。

不久，樱子又听到儿子在很遥远的地方喊，妈妈！婷婷带着你孙儿在这儿呢，你睁开眼就能看到他们！继而感觉儿子拉着她的左手放到了婷婷隆起的肚子上说，宝宝也在盼望奶奶快点醒过来呢！这句话像强有力的大扫把将残余的麻醉药扫跑了，她开始艰难地与瞌睡对抗，奋力地睁开双眼，不让眼皮合上。她终于看清站在病床边的亲人：阿心、儿子、儿媳，以及儿媳腹中的孙儿！她完全清醒了，尽管头还是很晕，恶心欲吐。

她终于又活过来啦！醒来后她马上就要喝水，阿心端水给她，她迫不及待地一口气灌下，水在胃里停留不到一分钟，马上又全吐出来了。又喝又吐，再喝再吐！整整三次，像洗胃一样，很难受。

两周后，樱子又进行了第二次手术。第一次活检得出的结论是乳腺癌早早期，也叫乳腺原位癌。她不懂这医学术语的意思，更不懂这癌症的分期分级，只从医生说术后不用化疗便猜测出，大约是说癌细胞刚形成，还未扩散吧，谢天谢地，真的如她所愿，不用化疗了。第二次手术叫根除术，也就是将长瘤的部位相关乳腺组织及邻近的淋巴结全部切除，这切除的腺体还要活检，如有问题还是要着重处理。所以在第二次等待活检结果的这段时间里，樱子又忐忑不安了，生怕有不好的结果。阿心后来告诉她，第二次手术时，他守在手术室外，手术结束后，一个医生拿着一个白色薄膜袋让他看，告诉他里面的东西是从樱子身上割下来的。看着袋里血肉模糊的东西，阿心不敢及时告诉她，他不明白医生为何要这样做，如果有人心理素质差的，肯定会当场晕倒。

此时，家乡贵港市作协徐主席在微信上给她发来一张图片，告诉她市刊《荷塘月》今年第二期将要刊载她的作品，他正在校对稿件。不久后，文学前辈莫老师也发来同样的图片；紧接着，家乡文友黄老师给她寄来两张刊载有她短小文字的报纸。这接踵而至的精神之光，在她颓废、消沉、绝望的心里燃起了一把火，重新照亮她灰暗的心田。文学是她的挚爱，等同于家人与亲朋一样。她追随了几十年，从年少到现在，文学都作为精神支柱支撑她一路走来。于是她抛开那些恐怖可怕的意念，像那些乐观自信的病友们一样，拨开内心的愁云，积极配合医生的治疗。

乳腺肿瘤切除了，但肺部似乎又出现问题了。在老家过完二〇二二年的春节，樱子和阿心就往广州赶了。当天下午两点多到达广州北站，女儿直接将他们送往中山大学附属肿瘤医院。一直等到晚上六点多，街灯亮了，樱子才做上检查。

两天后，女儿带她去拿检验结果，结论上有句"恶变可能性大"。樱子虽早有心理准备，但还是被吓了一大跳。之前在Z城医院检查时医生就怀疑她肺部结节有问题了，是女儿不放心，叫樱子转来广州的医院复诊。

看了CT片后，陈医生却轻松地说，早期的，割掉就没事了。做手术要去胸外科，他只看病，不做手术。

女儿问医生，找谁看诊？陈医生匆匆给樱子留了两个名字，女儿随即进入该医院公众号翻看那两位医生的资料，一位没有资料可查，另一位的号已挂满。情急之中，女儿询问在广州市第一人民医院做护士的表姑，表姑说她正好有个同学在该院工作，于是同学介绍了该院胸外科的杨教授。

杨教授看诊后说，住院部床位紧张，越秀老院区没床位，去黄埔分院区吧，两边的院区都是他做手术。但樱子有"三高症"，要调节好血压血糖才能做手术。

樱子只好回到女儿家，女儿在医院给她开了胰岛素，打针、服药，双管齐下地降低血糖。

在她调节血糖期间，女儿在医院公众号上看到《羊城晚报》某记者的一篇采访报道，其中介绍了他现场观摩杨教授熟练地采用美国全孔机器人切割肺部肿瘤的现场实况，细说了杨教授在这个医学领域的创举及贡献。但樱子知道自己的肺结节恶变了，心里正恐慌，就没有心情去看那篇报道。女儿安慰她说，妈，你不用担心了，杨教授学识渊博，医术很精湛。

过了几天，杨教授的助手给女儿打来电话，说杨教授知道樱子的病情比较严重，让她优先入院，叫女儿去办理入院手续。樱子很感动，想起了五十年前，在南宁，人民医院的骨科医生在住院床位非常紧张的情况下优先让她入院进行踝关节矫正手术。五十年了，如今又在广州遇上类似的医者仁心之举，是她不幸中的幸运。

孙天宇是樱子入院后遇到的医生，很年轻，大概是杨教授带的博士研究生吧。樱子所在病房里的患者都是由他"望闻问切"的。

孙医生待人很和气，跟她打招呼都是称阿姨。他检查樱子带去的降糖、降压、降脂的药品，然后挑出一些来说，这些咱们现在先不用，剩下那些可用。他说"咱们"，说得樱子心里暖暖的。

他问完樱子的病史病况后，又问，您几个小孩呀？孩子身体怎样？

樱子说，两个，一男一女，身体都很健康。

他又问，叔叔身体怎样？

她说，他也没什么，也很健康，就是我身体不好。

做手术的前夜，孙医生拿来听诊器对樱子说，阿姨，我来检查一下您的身体。

她忐忑不安地等待检查结果，生怕又查出什么不好的情况。他检查完后竖起一个拇指说，恭喜您，您的心率和肺活量杠杠的。她心里的一块石头总算落地了。这位年轻医生说话带点文艺气息，让人精神上得到了放松。

孙医生说话也很幽默，他为邻床的小温换药，需要帮手，小温就叫她站在布帘外的丈夫过来。孙医生也跟着嗲声嗲调温柔地叫闪在一边的男人，老公，过来！逗得布帘外的大家都笑了。樱子说，孙医生可以说相声了！病房里的气氛很活跃，笑声淹没了疾病带来的痛苦。

孙医生勤快能干，给患者问诊检查，找患者及家属谈话等。他很有才干，杨教授及团队医生来查房的时候，他全程都用英语向教授汇报患者的情况，教授时不时问上一句，也全用英语。

后来她对孙医生说，你和教授都很厉害啊，熟练地用英语交谈。孙医生说教授是从国外学习回来的，跟他说英语比较好点。哦！樱子对杨教授又多了些了解，对他更加肃然起敬了。学生这么优秀，说明教授的医德医术已经达到了很高的水平，名师出高徒，看徒弟就可以知道大师的风采。有这么高水平的教授为自己做手术，樱子特别安心。

手术前一天，孙医生找樱子和阿心到他的办公室谈话。他先说了一些可能会出现的问题，并告知他俩，杨教授决定用机器人为她做手术。餐馆有机器人送餐，仓库有机器人搬货，但樱子第一次听说机器人可以深入人体里切割病灶，她认为有点不可思议。孙医生又说，按程序需要你们签字。樱子许久没认真地写过字了，又对机器人做手术不了解，便心有戚戚，颤抖着手签了字。

阿心和一个护士将樱子送到手术室门口。想到现在走着进去，手术后要躺着出来，身上旧痕未消又添新伤，樱子心里多少有点伤感，但马上又很坦然，像赴死的勇士，完全没有在Z城医院手术前的那种恐惧，没有死死拉住阿心和儿子的手不放的那种场面。就算会出现孙医生预先假设的不好的结果，她也无所谓了。她已参透了生死，人都是向死而生的，经历了生的过程，就会有死的结果。

樱子再次醒来的时候已是深夜了，在ICU观察室里，一人一房，很静！只有护理机器像正常人的呼吸一样发出均匀低沉的响声。樱子孤零零地，第一感觉是她并没有升天堂，也没有下地狱。她又一次从鬼门关前逃了回来，她尚在人间！她又可以思考许多问题，做许多想做还没做完的事。

樱子的鼻孔里插着氧气管，呼吸自如。她身上虽稍有不适，但却是可以承受得了的，比起以前手术后的疼痛，觉得这根本不算什么。

手术前禁水禁食，她此刻渴极了。她问护士，我可以喝水吗？护士说，可以。说完护士马上用她的水杯装来了水。她一口气喝光了，然后不到两分钟就有想吐的感觉，好在护士在床边护栏上放有垃圾袋。她双手撑开垃圾袋，稀里哗啦地将喝下去的水全吐出来了。她从某些文章里看到过，麻醉过后是需要喝水的，喝水后吐出来也是正常的，残留体内的麻药要随着水排到体外。

之后，樱子觉得只保持一个姿势躺着很累，就问护士，我可以翻身吗？护士说，可以的，伤口这边的身体不要翻动就好。她慢慢地侧身，慢慢地往左边挪，曲着双腿，觉得舒服了许多。护士说，阿姨翻身翻得这么好！她心里暗暗发笑，这小姑娘太会哄人了，哄老人家像哄幼儿园的小朋友呢！

天亮了，一名护士打来温水让樱子漱口洗脸，然后用她的水杯装来水让她喝。护士问，阿姨，您是老师吗？樱子问，你怎么知道？护士说，我看见您水杯上刻有"教师节"几个字。樱子说，是的，这是某年教师节时镇政府送给每个老师的节日礼物。护士说，当老师好呀！樱子很感动，在这家医院里，从医生到护士，都有着一份尊师重教的情怀。

一大早，杨教授就来到了 ICU 观察室。他一间房一间房地巡视，观察着每个患者的术后状况。樱子透过窗口看向对面的观察室，杨教授在那里观察同她一个病房的患者。那个患者是从黑龙江来的。樱子曾问过他，为什么跑这么远来做手术呀？他说，慕名而来的。他的外甥在珠海买了房，他是个工人，刚退休。他外甥知道他肺部的肿瘤要切除，就说广州的肿瘤科主刀教授很厉害，让他来广州做手术。他就赶到广州来了。

　　也就是说，杨教授的声名和医术早已传到遥远的北国去了。

　　杨教授走到樱子身边来了，他静静地观察着她。樱子相信杨教授的眼睛就是锋利的手术刀，也是精准的 CT 机，能从患者的表象扫描出内在状况，判断患者好转与否。他没问她什么，说明她术后状况很好，她也自我感觉很好。醒来后没有以前醒来又嗜睡、亲人喊也喊不醒的那种困倦；也没有那种撕心裂肺的超出极限的疼痛。之前樱子和家人都担心她这一身的慢性病是否扛得住这个手术，会不会在手术台上下不来？现在，她良好的状况说明，那些担忧都是多余的。

　　手术后的第四天，孙医生就给樱子拔了插在身上的管子。她轻松了许多，便下床在走廊上慢慢地挪步，感觉很好！这次仅插管四天，而且插管口和手术切口都很小，没有蜈蚣状的伤口。樱子再次感慨，这次到广州来对了。

　　最令人感动的是，杨教授说，他收治过一名五十三岁的女性患者，要做切除胸腺瘤的手术。为了保护该患者的乳腺组织，他采取了在隐蔽处打孔的个性化定制切口的方案，切口小而隐蔽，体表难以发现疤痕，满足了女性对美的需求。这是既科学又人性的！

术后第五天，要出院了。杨教授走进病房，来到樱子床头，轻声地对她说，回去好好休息。话语虽轻，却很有温度，似一股温暖的春风徐徐吹进樱子的心肺。她感觉这股暖流充满肺腑，然后又溢出来，弥漫在病房的每一寸空间。

出院时，杨教授只给樱子开了几天的消炎止痛药，没有让她服完之后再去买药。这说明是杨教授手术做得好，这又再次证明他用机器人做手术的方式为患者解除了许多痛苦，让那些快要熄灭的生命之火重新被点燃。

出院后，女儿为樱子办理了广州居住证，将樱子的医疗关系转到了广州的医院，这样住院拿药都很方便。在办理这些证件时，要到广州的一些定点医院请医生签字，女儿就带樱子到医院找门诊部的谭医生签字，谭医生很热情，很快签了字。

办好这一切手续后，女儿说，妈妈，以后你就跟在我身边吧，方便照顾你。

樱子便在女儿家住了下来，白天，年轻人上班，小孩上学，家里很安静，很利于樱子静养。她可以看书写字，早晚出去走一走，感觉过得很好。

回顾三十几年前胃痛发作时，阿心为了唤起她战胜病痛、打消轻生的念头，曾对她许诺，病好后给她买身新衣衫，陪她到广州耍一回。几十年过去了，她把老伴的许诺当作是随意一说，并没有记在心上，与他一次也没来广州玩耍过。倒是女儿落户广州后，她成了广州的常住客了，何止是仅耍一回？樱子终于体会到辛苦耕耘之后收成的幸福。她想，人间值得走一遭，尽管人生路上布满荆棘，充满坎坷，但只要咬紧牙关，勇往直前，就定能到达幸福的彼岸。

后　记

赶在天黑前

借用中国作家协会会员，广西《贵港日报》社党组成员、副社长，贵港市作协主席徐强先生的一句话："以敬业精神与文字'调情'。"调情，原本指男女之间进行挑逗、嬉笑。有点儿色！可是读者朋友别想歪了。徐先生是写杂文的，杂文有几个特点，其中一个是：冷嘲热讽，幽默风趣。用这个特点去揣度他这句话就不难理解，他说的意思是用冷嘲热讽、幽默风趣、嬉笑怒骂的笔法去写杂文。

我是写小说和散文的，所以从另一个角度理解调情。我认为，调情是调动一切情感手法，如赞颂的、批判的、喜欢的、厌恶的，来表现人生喜怒哀乐、酸甜苦辣的诸种现象，达到教化人、指导人、感动人的效果。无论是写作名家还是草根作者，都在与几千个常用的汉字调情。

一场接一场的病痛使我有了要加快与文字调情进度的愿望。

去年年初的一场手术后，我从麻醉中醒来，第一感觉就是要赶快做我想做却还没做的事：出书！这是我的夙愿。

恩师莫老师曾说过，我的文学创作成绩即使是零分，他也觉得我今生爱好文学值得。因为在写作的过程中，我的心灵得到了涵养，像做了一次又一次的心灵健美操，这是一项养生的行为。我从少年时起一直都在不停地做这套心灵健美操，就像别人为了健身天天跳广场舞一样。我痴心不改，把文学当载体，将积聚于心的情感盛放在这载体上。

赶在天黑前，乐此不疲地潜游在文字的海洋里，与文字调情，我将争分夺秒、不留遗憾地实现这份夙愿。做完了这一切，等到日落西山，我就能无怨无悔地沉入无边无际、无知无觉的黑夜里了。

2023 年 3 月 23 日凌晨